D1180422

Maartje Fleur

Floor Faber

Uitgeverij L.J. Veen
Amsterdam/Antwerpen

De eerste druk verscheen als *Het dagboek van Floor Faber* bij Tirion
Uitgevers, Baarn in samenwerking met *Viva* in 2001
Tweede, herziene druk 2009

© 2009 Maartje Fleur en Uitgeverij L.J. Veen
Omslagontwerp Marry van Baar
Omslagbeeld © sbs/Elvin Boer
Beeldmerk Floor Faber © sbs/Rinkel Film

ISBN 978 90 204 5555 7
D/2009/0108/734
NUR 301

floorfaber.nl
ljveen.nl

Inhoud

1

Iedere relatie eindigt in een vuilniszak

Januari

Misschien heb ik vier namen onthouden van de dertig mensen aan wie ik ben voorgesteld. Iedereen ziet er opgetuigd uit. Ik ook, ik heb een mini-jurk aan die mijn moeder ordinair vindt en aan mijn oren bungelen kerstballen. Josée heeft haar appartement versierd met wel duizend kaarsen en waxinelichtjes. Het is wachten op de eerste nylon feestjurk die per ongeluk vlam vat. Er is genoeg drank om dertig man dronken te krijgen en genoeg hapjes voor twee personeelsfeesten.

Op precies zo'n feest heb ik Erik ontmoet, vier jaar geleden. Het leek of ik voelde dat hij binnenkwam. Ik draaide me om en hij glimlachte naar me. Wat een mooie tanden, dacht ik, wat een mooi haar, wat een mooie ogen. En wat een mooie vrouw. Want naast hem stond een ongelooflijk knappe meid met opgestoken donker haar in een jurk die het bij mij vooral leuk doet aan een kledinghanger. Daar kan ik niet mee concurreren, dacht ik, en ik vestigde mijn aandacht weer op – Hans? Stefan? Om twaalf uur begon iedereen te zoenen. Toen ik tegenover Erik stond, zei hij: 'Ik heb maar één goed voornemen voor het nieuwe jaar: dat ik jou beter leer kennen.'

'Zal je vriendin leuk vinden,' antwoordde ik.

'Wie?' vroeg hij verbaasd.

'Dat mooie meisje met wie je binnenkwam.'

'Dat is mijn zus.' En toen vroeg hij of ik mee naar buiten ging 'om te kijken of er al sneeuw lag'. Ware romantiek.

Waar ging het mis? Waarom zag ik niet eerder dat hij een knurft was? Is verliefdheid eigenlijk puur hormonaal? Ik begin het koud te krijgen in mijn wel erg veel been tonende jurk. Om mezelf niet te verliezen in onbeantwoordbare vragen, neem ik een whisky voor de moed.

Plotseling voel ik natte lippen in mijn nek. 'Je staat onder mistletoe, schat.' Een leukerd met een bril op kijkt me verwachtingsvol aan. Ik loop weg om Josée in de keuken te helpen. Ze staat glazen af te wassen, legt tegelijkertijd kaassoufflétjes op een bakplaat en vertelt waar de badkamer is aan een jongen die eruitziet alsof hij elk moment kan gaan overgeven. Zodra ze me ziet, geeft ze me de droogdoek.

'Gaat het nog?' vraag ik als ik haar rode gezicht zie.

'Het gaat. En met jou? Heb je Erik nog gesproken?'

'Ja, hij vertelde dat hij een nieuwe vriendin heeft. Dat heeft hij toch maar snel weten te regelen.'

'Rot voor je.' Ze veegt een piek van haar voorhoofd.

'Laten we het over jou hebben,' zeg ik. 'Hoe is het met Peter?'

Ze zucht. 'Zijn gezin komt op de eerste plaats. Het is kerstvakantie, dus zit hij met hen bij de open haard. Ik heb hem al twee weken niet gezien. Maar hij belt me om de paar dagen. Tenminste, hij zegt dat hij het probeert.'

'We zijn dit jaar niet zo goed in de liefde geweest,' zeg ik zacht.

Woedend kijkt ze me aan. 'Ik wel. Dat jij er nou een puinhoop van maakt.'

Tranen prikken in mijn ogen.

Josée slaat haar armen om me heen. 'Sorry, dat had ik niet moeten zeggen.'

Even later loop ik rond met een schaal tapas. Ik praat wat met een knappe jongen met krullend haar, een meisje dat ik op alle feesten van Josée tegenkom en Josée's buurman. Eigenlijk amuseer ik me best. Als het twaalf slaat, joel ik het hardst. Dit wordt míjn jaar. Floor laat zich niet meer in de luren leggen.

ZONDAG

Elke relatie eindigt in een vuilniszak. Ik ben de spullen van Erik aan het verzamelen, over een uur komt hij ze ophalen. Ik moet slikken als ik de vakantiefoto's verdeel. Natuurlijk nooit de moeite genomen om ze dubbel te laten afdrukken, we zouden toch gaan samenwonen. Hier die leuke van Erik op een kameel, in Spanje. En deze is in de Efteling genomen, in het grote schommelschip. God, ik zit helemaal te versentimentaliseren. Niet doen. Het is beter zo. Onze relatie was zo saai geworden dat ik puur voor de spanning maar eens met een ander ging zoenen. En dat was de druppel.

De bel.

Hij is veranderd in die paar weken dat ik hem niet heb gezien. Hij heeft bakkebaarden laten groeien en een leren jack aangeschaft en hij kijkt defensief.

'Leuk oud en nieuw gehad?' vraag ik.

Énig heeft hij het gehad. Hij heeft zich met zijn nieuwe vlam (Bep heet ze, ik verzin dit niet) drie dagen romantisch vermaakt in een bungalowpark. Ik moet onmiddellijk denken aan dat liedje van Wham!: 'Last Christmas I gave you my heart'. We babbelen wat over het weer, werk en wederzijdse kennissen.

'Is er wat?' vraagt hij plotseling. 'Je zit zo te staren.'

'Nee niks,' zeg ik gauw. Ik kan toch moeilijk vertellen dat ik me zit af te vragen wat er in godsnaam ooit tussen ons was.

Als de deur achter hem dichtvalt, voel ik me doodmoe. Ik douch, onthaar mijn benen en smeer me in met bodylotion. Daarna trek ik mijn sexy zwarte kamerjas aan. Een loodzware gedachte overvalt me ineens: waarom doe ik dit soort dingen nog?

WOENSDAG

Marie-Claire heeft al drie keer gezegd dat ze niets kan eten en dus ook niet mee kan gaan lunchen. 'Ik ben kilo's aangekomen, die moeten er eerst af.'

'Ga dan mee een kop thee drinken,' zeg ik. En het doorslaggevende argument: 'Je wilt toch niet in je pauze blijven doorwerken?'

In het eetcafé is nog een plaatsje vrij bij het raam. Een tosti, een kop soep en een cappuccino bestel ik. Ik struikel bijna over de poedel van een morsig oud mannetje als we erheen lopen.

Marie-Claire zit te watertanden als mijn bestelling wordt gebracht.

'Eet nou ook wat,' dring ik aan.

'Ik neem dit.' Ze haalt een pakje met een soort yoghurtdrank uit haar tas.

'Daar kun je toch niet op leven?'

'Jawel hoor, alles zit erin.' Ze noemt bestanddelen die blijkbaar onontbeerlijk zijn voor het menselijk mechanisme.

'Maar is het net zo lekker als een tosti?'

'Hou op, Floor,' zegt ze kwaad. 'Dat jij nou kunt eten wat je wilt...'

Ik begin snel over iets anders. 'Zondag heeft Erik al zijn spullen opgehaald. Het voelde zo raar. Ik ken hem zo goed en tegelijkertijd leek hij een vreemde. Ik denk niet dat ik hem nog wil zien. Of hij mij. Misschien over een tijdje. Wat denk jij? Luister je wel?'

Marie-Claire heeft gedurende het hele verhaal uit het raam zitten staren. 'Ik moet even naar het toilet.' Ze staat haastig op, neemt haar handtas zelfs niet mee. Ik pak de krant van het tafeltje naast ons. Net als ik het bericht 'Peuter Redt Hond' aan het lezen ben, hoor ik een vrouw om een dokter roepen. Het zweet breekt me uit. Die oude man natuurlijk. Ik heb een cursus hartmassage gedaan, maar of ik die ook op hem durf toe te passen? Ik houd mezelf voor dat ik een mensenleven kan redden. Ook als zijn gebit loslaat. Maar ik vond de plastic pop waarop ik eerste hulp heb leren toepassen al walgelijk... Aan de andere kant: eeuwige dankbaarheid, krantenberichten, misschien zelfs een verslag in *Hart van Nederland*! Met een heroïsch gevoel loop ik naar de Plek Des Onheils – de toiletten.

Een groepje mensen staat gebogen over een uitgestrekt lichaam en het morsige oude mannetje zit er op zijn knieën naast.

'Gelukkig is er een dokter,' zegt de mevrouw naast me. 'Ik stond naast haar toen het gebeurde. Ze begon enorm te trillen en te zweten en voordat ik het wist, lag ze op de grond.'

'Het is Marie-Claire!' gil ik. 'Laat me erlangs!'

Het oude mannetje geeft haar ritmisch klappen op haar wang. 'Ze is gewoon flauwgevallen. Zeker zo'n modern overwerkt juffie. Je weet niet hoe vaak ik die in mijn praktijk krijg. Kijk, ze komt bij.'

Marie-Claire doet langzaam haar ogen open. 'Waar is mijn tas?'

'Die tas komt zo wel,' zegt de dokter. 'Blijft u nu rustig even liggen.'

Ik pak haar hand. 'Waarom heb je niet gezegd dat je niet lekker was?'

'Het kwam zomaar ineens,' zucht ze. 'Zwart voor mijn ogen. Bel jij even naar kantoor dat we iets later komen?'

'Ben je gek geworden? Jij gaat naar huis!'

'Het is wel vaker voorgekomen,' murmelt ze. 'Straks ben ik weer helemaal de oude.'

De dokter bemoeit zich ermee: 'Als u verstandig bent, luistert u naar uw vriendin. En maakt u een afspraak met uw huisarts.'

Als ook de mensen om ons heen zeggen dat het idioot is, geeft ze toe.

Er wordt een taxi gebeld en even later is Marie-Claire op weg naar huis. Als ik haar van kantoor bel, belooft ze naar de dokter te gaan. Morgen ga ik op bezoek.

DONDERDAG

Ik heb een enorme bos paarse bloemen voor Marie-Claire gekocht. Haar hele huis is ingericht in allerlei tinten roze. Toen ik haar net kende, heb ik haar eens een groene trommel cadeau gedaan. Denk maar niet dat ik daar ooit een koekje uit gepresenteerd heb gekregen.

'Leuk dat je er bent,' zegt ze, maar blij kijkt ze niet. Ze is net een ziek musje, ze verdwijnt bijna in haar gewatteerde ochtendjas.

Mijn moederinstinct speelt heftig op. 'Ga jij maar weer liggen, dan zet ik een kop thee.' Nukkig schuifelt ze naar bed.

'Wat heeft de dokter gezegd?'

'O niks, dat ik moe ben.'

'Daar val je toch niet van flauw?'

'Ik blijkbaar wel.' Meer wil ze er niet over zeggen. Ik babbel maar wat over het weer, de kat en de stiefkinderen van mijn zus Gina. Het lijkt alsof ze niet luistert, dus bij wijze van test vertel ik dat gisteren veertien marsmannetjes het kantoor in gijzeling hebben gehouden. 'Het duurde maar een halfuur,' zeg ik, 'want toen de baas zijn buik dreigde te ontbloten, renden ze gillend naar hun ufo's.'

Geen reactie.

'Wat is er nou?' vraag ik boos.

Marie-Claire begint hartverscheurend te huilen.

ZATERDAG

Om het zinnige met het aangename te combineren, heb ik met mijn zus afgesproken in het zwembad. Ons doel: minstens twintig baantjes zwemmen en de afgelopen twee weken doornemen, want zo lang hebben we elkaar niet gezien. Ze staat niet bij de kassa, dus misschien is ze al binnen. Bij het omkleden zie ik dat mijn winterhuid erg wit is, en dat mijn spijkerbroek rode striemen heeft achtergelaten op mijn buik. Zwemmen is zelfconfrontatie. Ik doe mijn contactlenzen uit en loop voorzichtig naar de rand van het zwembad. Hopelijk heeft Gina haar knalgele badpak aan... Na mijn tweede baantje ga ik even op de touwen in het water zitten. Waar blijft ze toch?

Een witte schim komt voor me staan. 'Hé, Floor, hoe is het?'

'Goed en met jou?' Omdat ik zijn stem niet herken, buig ik me voorover om hem beter te kunnen zien.

Hij begrijpt het verkeerd en zoent me op mijn mond.

Dan zie ik wie het is: de eikel die ik op het feestje van Josée heb ontmoet. 'Ik ga nog even zwemmen.' Als een speer crawl ik weg.

Na nog drie baantjes duikt Gina op. 'Sorry,' hijgt ze. 'Gerard en ik waren wat lang aan het trainen.'

Soms word ik zo moe van het gelukkige seksleven van mijn zus. Als we even later baantjes trekken, vertel ik haar over het flauwvaldrama van Marie-Claire. 'Haar dokter zegt dat ze een eetprobleem heeft. Zij vindt dat onzin. "Miljoenen vrouwen zijn op dieet," zei ze. Maar ze huilde er wel bij.'

'Wat gaat ze nu doen?' Gina gaat over op een baantje rugslag.

'Ik weet het niet. Ze zit nu al twee weken thuis. Het gaat niet goed!'

Dan zwemt Gina tegen een walrus met een duikbril op. 'Zullen we eruit gaan?' zegt ze als ze uitgeproest is. 'Zwemmen is stom. Elk baantje is hetzelfde als het vorige, het water is een bron van bacteriën en je ruikt de hele dag nog naar chloor.'

Eigenlijk ben ik het met haar eens, maar ik moet nog drie baantjes. Wat goed voor je is, is meestal niet lekker.

In een lunchroom bestellen we warme chocolademelk en brownies. Dan zie ik Josée voorbijkomen met een lange blonde man, type vertegenwoordiger. Ik storm naar buiten. 'Josée!' roep ik.

Ze blijven staan en kijken om.

Ik loop naar ze toe. 'Gina en ik zitten binnen,' zeg ik. 'Kom er ook even bij.'

'Dit is Peter,' zegt Josée.

'Veel over je gehoord.' Ik geef hem een hand.

Hij glimlacht ongemakkelijk. 'We hebben nogal haast.'

Je moet zeker naar je vrouw en kinderen, wil ik zeggen. Maar ik houd mijn mond, want Josée kijkt naar hem alsof hij Brad Pitt is.

Vrije vrouw verveelt zich kapot, zo voel ik me. Het blijft ook maar regenen. Toen Erik en ik nog samen waren, maakten we op dagen als vandaag een wandeling met zijn ouders, of we deden een potje scrabble. Ook niet leuk, maar ik hoefde tenminste niet te bedenken wat ik zou gaan doen. Nu is het halfvier, ik heb de afwas gedaan, mijn moeder gebeld en naar een talkshow gekeken, maar er blijft zo'n lome drekkigheid om me heen hangen. Ik besluit Josée te bellen. Gelukkig is ze thuis, we spreken af om een borrel te drinken in café De Arena. Ze zit al achter een dubbele whisky als ik binnenkom en ziet eruit alsof ze iemand wil meppen.

Ik trek mijn allervrolijkste gezicht. 'Dag lieverd, gaat het goed?'

'Nee.'

'O. Heeft het met mij te maken?'

'Nee.'

Ik bestel een biertje en ga tegenover haar zitten.

'De lul,' zegt ze na een poosje.

'Peter?'

'Hij heeft altijd tegen me gezegd dat hij een verstandshuwelijk had. Er was niets meer tussen hem en zijn vrouw, behalve de kinderen. Maar vrijdag kwam hij langs en toen vond ik een briefje in zijn jaszak. En weet je wat daarop stond? "Wil jij even bij de stomerij langsgaan? Je was geweldig vannacht. Ik ga steeds meer van je houden!" Verdomme, wat voel ik me klote.'

'Het lijkt me wel duidelijk dat hij niet gaat scheiden. Volgens mij wil hij jou gewoon voor de leuk erbij en haar voor het echt.'

'Maar hij zegt dat hij van me houdt.'

'Wat verwacht je dan? Hij zal echt niet toegeven: "Schat, ik wil alleen maar af en toe ter ontspanning met je naar bed.'''

Josée wil net iets kattigs zeggen als een man in een grijs overhemd komt vragen of we iets willen drinken van hem en zijn vriend. 'Graag,' antwoord ik stralend. Hij ziet er leuk uit, en van Josée verwacht ik vanmiddag niet meer dan gezeur. Misschien knapt ze er wel van op. Ze volgt ons lijdzaam.

Ik praat met Jean. Hij doet iets met auto's. Nadat hij heeft gevraagd naar mijn werk, zaagt hij me door over de verschillen tussen de motoren van diverse auto's. Ik ben te beleefd om te gaan gillen, dus fluister ik tegen Josée: 'We moeten weg. Of is die van jou wel leuk?'

Even later staan we buiten. 'Dat zulke mannen bestaan,' huiver ik. 'Als je met hem in bed ligt, heeft ie het vast nog alleen over auto's.'

'Kom schat,' giechelt Josée, 'maak je gordel vast, we gaan een ritje maken.'

'Is je motor al warmgelopen?'

'Zullen we even koppelen?'

Ik pies bijna in mijn broek als we naar huis fietsen.

MAANDAG

Er is een aardbeving aan de gang, ik weet het zeker. Ik lig te trillen in mijn bed, de ramen vibreren in de kozijnen en de kat zit bang te miauwen in de kast. Of oorlog, dat is ook goed mogelijk. 'Ra-ta-ta-ta-ta-ta' klinkt het buiten. God, wat waren ook alweer de instructies bij rampen? Blijf binnen, houd ramen en deuren gesloten. Tot zover doe ik het goed.

Ik trek mijn ochtendjas aan en sluip naar het raam. Genoeg journaalbeelden gezien om te weten dat scherpschutters schieten op alles wat beweegt. Ik loer onder de luxaflex door. Een enorm gevaarte staat voor mijn huis. Mannen in spijkerbroeken lopen om het ding heen dat asfalt lijkt op te slurpen. Stratenmakers. In het buurtkrantje stond dat mijn straat de komende veertien weken in een bouwput zal veranderen, herinner ik me ineens. Het is dan wel geen oorlog, maar dit is wel een ramp. Waar moet ik in godsnaam mijn motor neerzetten? Gelukkig is Marie-Claire weer op kantoor, zodat ik het verhaal meteen kan vertellen. Ze ziet nog steeds bleek en kauwt op een wortel. 'Gaat het weer een beetje?' vraag ik bezorgd. 'Ik had je nog helemaal niet verwacht. De dokter had toch gezegd dat je moest uitrusten en flink eten?'

Bruusk antwoordt ze: 'Het gaat prima en zoals je ziet eet ik.'

Een beetje beduusd ga ik achter mijn bureau zitten. Heeft mijn omgeving nou van die lange tenen of ben ik gek?

Februari

DINSDAG

Mijn straat is nu een woestijn. Met mijn boodschappen ploeg ik erdoorheen. De werkmannen zijn weg, maar ze hebben buizen, zandhopen en gaten achtergelaten. In het rampgebied staan koffiedrinkwoonwagens. Thuis doe ik eerst mijn schoenen uit, stofzuigen is geen hobby van me. Ik pak mijn boodschappentas uit; genoeg ingrediënten voor een culinaire prestatie. Ik ben sjalotjes aan het hakken als er wordt aangebeld. Gina staat voor de deur. 'Je moet komen helpen, Floor, ik zag zo'n schattig konijntje onder een kar schieten.'

'Ik denk niet dat...'

'Dit is hufterig, hoe kunnen mensen het doen!' Ze beent alweer weg.

'Wacht even,' roep ik haar na, 'volgens mij is het...' Ze hoort me al niet meer, dus trek ik mijn laarzen aan en ren haar achterna. Twintig meter verderop ligt ze op haar buik voor een kar. 'Kom maar kleintje, kom dan,' koert ze. Nonchalant leun ik tegen de kar aan. 'Je weet toch wel wat je aan het lokken bent?'

'Ik heb hem bijna!'

'Ze zijn de riolering aan het vervangen,' vertel ik. 'Dan komt er nogal wat rommel naar boven.' Ik grijns. 'Ratten bijvoorbeeld.'

'Wat zei je?' Gina komt met een ruk omhoog. *Pok* klinkt het: ze stoot haar hoofd tegen de kar. 'Godverdomme, godverdomme, godverdomme, had je me niet even kunnen waarschuwen?'

'Ik wilde...' giechel ik, 'maar jij...'

'Hou op,' schreeuwt ze, terwijl ze naar mijn huis stampt.

Pas na het tweede glas wijn kalmeert ze. Een beetje. Ik heb in ieder geval een leuke avond. Om de zoveel tijd zeg ik: 'Kom dan, kom maar kleintje,' en elke keer weer wordt ze nijdig.

WOENSDAG

'Ik ben helemaal verweekt,' zeg ik tegen Josée. 'Dit was genoeg romantiek voor maanden.' We zijn naar de film geweest en zitten bier te drinken in De Arena. 'Je mag antwoorden hoor.' Josée heeft al tien minuten geen woord gezegd. 'Zullen we dan maar naar huis gaan?'

Dan zegt ze: 'Ik heb Peter weer gezien.' Haar ogen schitteren. 'Hij kan niet zonder me, zegt hij.'

'Goh,' zeg ik. Iedere andere reactie zou beledigend worden.

'Vorige week kreeg ik een brief van hem,' zucht ze. 'Hij schreef dat hij me moest spreken, want anders zou hij me elke dag na mijn werk opwachten. Dus ik maakte een afspraak. Wat moest ik anders?'

Hem zeggen dat hij kan oprotten, denk ik. Maar ik vraag: 'En toen?'

'We hadden afgesproken in een hotel. Champagne, bloemen, hij had alles geregeld.' Ze haalt diep adem. 'We hebben samen gehuild.'

Wat pathetisch. 'En hoe zit het met zijn vrouw?'

'Hij moet af en toe wel met haar vrijen, anders krijgt ze argwaan.'

Verdedigend voegt ze eraan toe: 'Maar hij gaat scheiden hoor. Hij heeft het beloofd.'

'Ja, ja,' zeg ik.

'Wat nou: ja ja.' Ze wordt knalrood. 'Je bent gewoon jaloers, Floor. Je kunt niet hebben dat ik gelukkig ben in de liefde en jij niet.' Ze pakt haar jas en stuift het café uit.

DONDERDAG

Een welbestede vrije middag: drie uur lang heeft een juffrouw mijn gezicht beknepen, gemasseerd en ingesmeerd. Ik huppel bijna naar huis. Als ik langs een school loop, zie ik Josée. Het lijkt wel alsof ze zich achter een boom verstopt. Wil ze mij ontlopen? Wat kinderachtig. Ik tik op haar rug. 'Probeer je me te ontlopen?' vraag ik. 'Zo kwaad ben ik ook weer niet omdat je er gisteren vandoor ging.'

'Ik zag je helemaal niet aankomen,' stottert ze.

'Wat doe je hier? Moet je een kind uit school halen?'

'Nee.' Ze wordt rood.

'Zullen we even naar een café?' stel ik voor. Ik wil weten hoe dit zit.

Even later zitten we aan de overkant in een café met een cappuccino.

'Dat is Tjerk,' zegt Josée plotseling, 'en dat is Lisette.' Twee kinderen in Oilily-kleding lopen langs aan de hand van een grote brunette.

'Hoe vind je die vrouw?' Ze kijkt me doordringend aan.

'Wel leuk om te zien. Waar ken je haar van?'

'Dat is Elise, Peters vrouw. Ik wilde de concurrentie wel eens zien.'

'Je bent echt gek geworden,' zeg ik verbijsterd. 'Je bespioneert het gezin dat je kapotmaakt.'

Josée heeft al bijna haar jas weer aan. 'Je bent zo bot, Floor,' sist ze. 'Ik heb hier geen zin in.'

'Het spijt me,' zeg ik, 'zo was het niet bedoeld.'

'Je weet best dat ik dat gezin niet kapotmaak. Dat doet Elise juist. Je zou Peter eens over haar moeten horen. Laatst heeft ze...'

Ik probeer haar verhaal te negeren en verkruimel een koekje. Ze lijkt wel geobsedeerd. Moet ik als goede vriendin daar iets over zeggen?

VRIJDAG

Het is verschrikkelijk druk in Oblomov. Gerard gaat misschien promotie maken en hij heeft Gina en mij hiernaartoe gesleept om de stress eruit te dansen. Toen voor de vierde keer iemand met ecstasy-ogen op mijn voeten ging staan, heb ik het opgegeven. Ik hang aan de bar en kijk naar Gina en Gerard die uit hun dak gaan. 'De laatste stuiptrekkingen van oude beesten,' zeg ik zachtjes tegen mezelf.

'Wat?' Een man met een te strak T-shirt kijkt me vragend aan.

'O, niks. Het was niet aardig.'

'Wat zeg je?' Ik gil het nog een keer in zijn oor.

Hij brult terug: 'Ik vind jou wel aardig. Zullen we ergens anders naartoe gaan?' Ik bekijk hem nog eens goed. Lekker kontje, leuke kop. Waarom niet? Ik wurm me de dansvloer op en zeg Gerard en Gina gedag. 'Ik ga naar huis want ik heb hoofdpijn.' Daarmee voorkom ik een preek over moreel welzijn.

De man neemt me mee naar een café waar alleen nog maar heel erg dronken mensen zitten. Ik ben zelf ook niet meer zo helder. Als hij twee wodka-jus heeft gehaald, komt hij dicht tegen me aan zitten. Hij ruikt lekker, vind ik.

'Toen je Oblomov binnenkwam, viel je me al op,' zegt hij.

'Jij mij niet,' antwoord ik lachend.

Hij leunt een beetje van me weg. 'Ik ben je aan het versieren, maar zo lukt het natuurlijk niet.'

'Probeer een andere strategie,' stel ik voor.

ZATERDAG

'Waar moet jij naartoe?' vraag ik bij de taxistandplaats.

'Waar jij heen gaat,' antwoordt hij.

De taxi kan niet voor de deur stoppen want mijn straat is nog steeds opgebroken, dus lopen we hand in hand naar mijn huis.

Ik besluit er niet omheen te draaien. 'Je kunt koffie krijgen, maar eigenlijk ben ik doodmoe. Wil je hier blijven?'

Hij zoent me lang.

Lekker, dit is te lang geleden. Binnen trek ik hem mee naar mijn bed en daar kleden we elkaar uit. Hij streelt me langzaam terwijl hij zachtjes neuriet. Raar, maar tegelijkertijd opwindend. Als ik in mijn nachtkastje op zoek ga naar een condoom – ik doe alles wat Postbus 51 voorschrijft – zegt hij: 'Ik geloof dat ik in slaap ga vallen.'

Verbaasd kijk ik opzij. 'Dat meen je niet.'

'Morgen, goed?' zegt hij terwijl hij zich omdraait.

'Hé, hoe heet je eigenlijk?' vraag ik, maar hij hoort me al niet meer.

De rest van de nacht kijk ik naar hem. Als hij uitademt, beweegt een donkere pluk haar op zijn voorhoofd. Hij heeft zo'n rechte, Griekse neus. Zijn lichaam is trouwens ook niet verkeerd. Wat een sterke armen, en die borstkas is niet eng breed, maar wel lekker. Blauwe of bruine ogen? Ik weet eigenlijk niets van deze man. Dat hij in de dertig is. En iets met kunst doet. Of was dat een versierverzinsel?

ZONDAG

Marie-Claire doet niet open. Typisch, want we hebben om zeven uur afgesproken en voor de verandering ben ik op tijd. Pas als mijn vinger pijn doet van het aanbellen, opent ze de deur. Ze ziet er beroerd uit, haar haar hangt in slierten voor haar gezicht. In huis hangt een sinaasappelachtige lucht. Ze lacht opgewekt, bijna hysterisch zelfs. 'Ik was even naar de buurvrouw,' verklaart ze, 'het zout was op.'

Terwijl zij water opzet voor de pasta, leun ik met een glas wijn tegen het aanrecht. Ik kan mijn mond niet langer houden over Menno, want zo blijkt mijn minnaar te heten.

'Maar heb je het nou wel of niet met 'm gedaan?' onderbreekt ze me.

'Niet dus,' zeg ik grijnzend. ''s Ochtends had ik schele hoofdpijn. Te veel door elkaar gedronken, denk ik. Hij was ook niet lekker, dus hebben we in bed koffie gedronken met een aspirine. Hartstikke gezellig.'

Marie-Claire giechelt. 'Wat een romantisch begin van een relatie.'

'Nou nou, relatie,' sputter ik tegen. 'Ik weet niet of ik hem weer ga zien.'

'Je hebt zijn telefoonnummer toch wel?'

'Hij heeft het mijne en ik weet in welke galerie hij werkt.' En ik vertel een paar van zijn grappige anekdotes over overspannen kunstenaars. Ik hoop zo dat ie belt. Maar dat zeg ik niet.

Als we aan tafel zitten, schept Marie-Claire haar bord vol sla, eet dat razendsnel op en begint dan aan een enorme berg pasta. Ik babbel door over Menno, maar ze luistert niet, zo druk is ze met eten. Plotseling staat ze op en rent naar de wc. Ik hoor braakgeluiden. Ik stop mijn vingers in mijn oren. Even later komt ze weer tegenover me zitten en schept nog een portie sla op alsof er niets is gebeurd.

'Je hebt net staan overgeven,' zeg ik.

'Ja, dat doe ik soms,' antwoordt ze.

MAANDAG

Als ik de voordeur uit kom, val ik nog net niet in een kuil. Gek word ik van die opgebroken straat.

Marie-Claire is nog niet op kantoor. Om halftien bel ik haar. Ze zegt dat ze morgen waarschijnlijk wel komt. 'Ik voel me niet lekker.'

Vind je het gek, met al dat kotsen, denk ik. 'Zal ik vanavond even langskomen?'

'Hoeft niet hoor,' antwoordt ze. Dan hangt ze op.

Bedachtzaam roer ik in mijn koffie. Het is goed mis met Marie-Claire. Gisteren heeft ze me verteld over haar eetprobleem. Het komt erop neer dat ze stress weg eet. Ze zegt dat ze zo'n bui eens in de week heeft, maar als ik haar broodmagere figuur zie, geloof ik dat niet.

DONDERDAG

Onderuitgezakt op de bank lepel ik een pot appelmoes leeg. Ik kijk naar een stomme quiz waarin stomme kandidaten antwoord geven op stomme vragen. Geërgerd zap ik door. Nieuws, een kinderprogramma, een soap die ik niet volg... Dan gaat de telefoon.

Gina klinkt opgewekter dan ooit. Na een lang verhaal over Gerard en zijn mogelijke promotie, vraagt ze hoe het met mij is.

'Menno heeft nog steeds niet gebeld. Het was zo gezellig en nu hoor ik niks meer van hem. Begrijp jij het?'

'Het is nog geen week geleden. Geef die jongen een kans.'

'Maar wachten is vervelend. En ik vind hem leuk.'

'Je had zijn nummer ook moeten vragen. Dat was stom, zusje.'

Ik zeur nog even over Menno en vertel dan dat Marie-Claire de hele week nog niet op kantoor is geweest en ook de telefoon niet opneemt. 'Ik denk dat ze bij haar moeder is,' besluit ik.

'Pas geleden vertelde je nog dat ze ruzie hadden.'

Ik slik, dat is waar. Het is onwaarschijnlijk dat Marie-Claire bij haar zit. 'Maar waar is ze dan?'

'Ja hoor eens, het is jouw vriendin.'

Als we ophangen, heb ik een knoop in mijn maag. Ik probeer

Marie-Claire te bellen maar krijg geen gehoor. Afgrijselijke beelden flitsen door mijn hoofd: Marie-Claire hangend in trapgat, Marie-Claire met hoofd in oven, Marie-Claire die voor trein springt. Ik trek mijn jas aan en loop naar de voordeur. Ik hoop dat dit een overdreven actie is.

Binnen een kwartier sta ik voor haar huis. Er brandt zwak licht achter de gordijnen. Ik druk de bel zo lang in dat je wel dood moet zijn om hem niet te horen. Of gewoon niet thuis, houd ik mezelf geruststellend voor. Als laatste middel pak ik een steentje en gooi het naar haar raam. Het komt terecht tegen het raam van de buren.

Een vrouw schreeuwt naar beneden: 'Wat moet dat?'

'Uw buurvrouw doet niet open,' roep ik terug. 'En ik maak me zorgen want ze zit een beetje in de problemen.'

'Ik kom eraan!' brult ze.

Een paar minuten later staat de buurvrouw voor Marie-Claires deur met een enorme sleutelbos in haar hand. 'Ik pas op de plantjes van de hele buurt,' zegt ze. 'Eens kijken welke sleutel het is.' Ze babbelt door terwijl ze een voor een de sleutels probeert.

Schiet nou op, wil ik gillen, Marie-Claire kan wel dood aan de andere kant van die deur liggen! De zesde sleutel is de juiste.

Nu de deur open is, valt de buurvrouw stil.

'Er brandt licht in de huiskamer,' fluister ik.

'Ik ga niet mee naar binnen,' zegt de buurvrouw. 'Ik vind dat hier een raar sfeertje hangt.'

'Misschien ben ik wel een inbreker,' zeg ik om haar over te halen. 'Marie-Claire wordt woedend als ze ontdekt dat u zomaar vreemde mensen in haar huis laat.'

'Nou goed,' zegt ze, 'maar jij moet voorop.' We schuifelen achter elkaar door het huis. De woonkamer ziet eruit als een showroom, zo opgeruimd is het. In de keuken is ook niets te zien, zelfs geen afwas. Waarschijnlijk heeft ze vanavond niet thuis gegeten.

'Ze is vast met vakantie,' zegt de buurvrouw. 'Mens, wat kun jij een drukte om niks maken.'

'We hebben nog niet in de slaapkamer gekeken.'

'Ik blijf hier wel wachten.' Ze leunt tegen de muur.

Langzaam doe ik de deur open. Niemand te zien, maar het beddengoed lijkt wel woest van het bed gerukt. Ik loop ernaartoe en geef een gil van schrik. Op de grond ligt Marie-Claire, haar ogen zijn gesloten en haar lippen zijn blauw. Naast haar een omgevallen fles whisky en een bijna leeg potje pillen.

'Ze is dood!' gilt de buurvrouw, die plotseling achter me staat.

Ik pak Marie-Claires pols maar voel niks. 'Bel een dokter.'

Ze pakt de hoorn van de haak en begint te huilen. 'Ik weet het nummer niet.'

'1-1-2. Laat maar, ik doe het wel.'

De mevrouw van 1-1-2 is de rust zelve, ook als ik me even het adres van Marie-Claire niet kan herinneren.

Als ik heb opgehangen, zegt de buurvrouw: 'Kom eens, ze lijkt te ademen.'

Ik kniel naast Marie-Claire en druk mijn hoofd tegen haar borst. 'U heeft gelijk. O, ik hoop dat ze op tijd komen.'

In films weten de helden altijd precies wat ze moeten doen, maar wij kunnen alleen maar angstvallig letten op Marie-Claires ademhaling. Tegen de tijd dat de ambulance komt, zijn we op van de zenuwen.

Drie mannen met een brancard stormen naar binnen. Een van hen zet een soort kapje op Marie-Claires mond en neus.

'Gaat ze het redden?' vraagt de buurvrouw steeds weer.

'Daar kunnen we nog niets over zeggen.'

Gelukkig mag ik met de ambulance mee. In het ziekenhuis word ik op een bank gezet terwijl Marie-Claire met brancard en al achter klapdeuren verdwijnt. Een aardige verpleegster brengt me een kop koffie. Ik blader in een roddelblad ('Scheiding Voor Marco En Leontine?') maar kan mijn aandacht er niet bij houden. Ik voel me schuldig. Door die stomme onenightstand heb ik te weinig aandacht voor Marie-Claire gehad en niet gezien hoe wanhopig ze was. Ga zo door Floor. De mensheid wordt echt gelukkig van jou.

Na een eeuwigheid komt een somber kijkende dokter met een bril naar me toe. 'Bent u familie van Marie-Claire de Boer?'

ZATERDAG

Het is dat er naast haar bed een machine staat die elke keer bliept als haar hart klopt, anders zou je denken dat Marie-Claire dood is. Ik lees haar voor uit een Bouquet-reeks. Volgens de dokter is het goed voor comapatiënten als ze vertrouwde stemmen horen. Het enige wat ze kunnen doen, is haar kunstmatig voeden en hopen dat ze ontwaakt. Heel even is ze bij kennis geweest. 'Het is niet gelukt,' zei ze. Haar moeder begon meteen te huilen. 'Vertel me dan wat ik verkeerd heb gedaan,' snikte ze. Maar Marie-Claire was alweer weggezakt.

Ik ben bij het hoofdstuk waar de held en de heldin Het Grote Misverstand naderen. Hoewel ik mijn best doe om alle personages een eigen stem te geven, geeft Marie-Claire geen kick. 'Oké,' geef ik toe, 'dit is slaapverwekkend. Iets uit een roddelblad misschien?'

Na een uur komt Ferdinand, haar broer, me aflossen. 'Ik weet niet hoe ik je moet bedanken, Floor,' zegt hij als hij me omhelst.

'Als jij niet bij haar was langsgegaan, was ze dood.' Zijn tranen maken natte plekken op mijn bloes. Voorzichtig maak ik me los.

'Laten we er maar het beste van hopen.' Ik vind het niet prettig om als reddende engel gezien te worden. In feite heb ik haar ook laten stikken, anders was het niet zo ver gekomen.

ZONDAG

'Hou nou eens op over die vriendin van je,' zegt Menno terwijl hij mijn rug inzeept. Vanmiddag belde hij eindelijk. We zijn uit eten geweest en nu zitten we bij hem thuis in bad. Ik kan mezelf van alle kanten zien, er zitten zelfs spiegels tegen het plafond.

'Ja maar...' begin ik te protesteren. Maar dan wast hij me op een plek waardoor ik niet meer kan praten.

We liggen in bed, of liever: we doen het in bed, als de telefoon gaat. 'Laat maar gaan,' hijgt Menno.

In de verte hoor ik zijn antwoordapparaat. Een vrouwenstem zegt: 'Dag schat, met mij. Hij is er vanavond niet, dus bel me als je nog thuiskomt. Kunnen we wat leuks doen.' Ze giechelt.

Ik verstijf. 'Wie was dat?'

Menno knippert met zijn ogen. 'Mijn zus.'

'Die noemt je schat? Die wil iets leuks met je doen, giechelgiechel?'

'Zo ga ik met mijn zus om.' Hij duwt zijn tong tussen mijn tanden. 'Niet meer zeuren,' zegt hij terwijl hij mijn borsten masseert. Het is zo heerlijk wat hij doet, dat ik niets meer te vragen heb. Hoe heb ik het al die jaren bij Erik uitgehouden? Deze mag blijven, besluit ik.

Menno ligt te roken terwijl ik mijn kleren bij elkaar zoek. Ik vis mijn slipje tussen de kussens van de bank vandaan. Ik had toch geen rode aan? Deze is niet van mij, dit is geen Hema-onderbroek! Ik stamp naar het bed en duw het ding onder zijn neus. 'Denk je dat ik achterlijk ben?' Het klinkt dramatisch, maar het vervelende is dat ik me echt rot voel.

'Wat zie je er prachtig uit als je kwaad bent,' zegt hij grijnzend. 'Gewoon een slipje van een ex. Maak je niet zo druk.'

'Je zei toch dat je een schoonmaakster hebt? Schoonmaaksters zuigen tussen de kussens van de bank. Elke week!'

Menno vindt het bijzonder grappig. 'Floor Faber, de vrouwelijke Sherlock Holmes!'

Ik pak mijn kleren en kleed me op de gang snel aan.

'Wacht nou, Floor!' is het laatste wat ik hoor voordat ik de deur dichttrek. Dan sta ik jankend op straat.

Maart

WOENSDAG

Sinds Marie-Claire uit haar coma is ontwaakt, is ze in een pesthumeur. Het eerste wat ze aan me vroeg, was waarom ik haar in godsnaam niet had laten liggen. 'Nu ben ik er nog steeds. Ik had niet voor niets zoveel pillen geslikt.'

Ik was met stomheid geslagen – op z'n minst had ik een soort dankbaarheid verwacht. Ze heeft tot nu toe nauwelijks gepraat. Haar moeder en haar broer hebben uit haar proberen te trekken waarom ze dood wilde, maar ze wil niks zeggen.

Ik zit op het voeteneind van haar ziekenhuisbed. Nog steeds

staan er allemaal apparaten om haar heen te bliepen. Een opgewekte verpleegster komt een infuus vernieuwen. 'Voelen we ons al wat beter?'

'Ik niet en ik ook niet,' gromt Marie-Claire.

Als de verpleegster weg is, stel ik voor een spelletje te doen.

'Geen zin.' Haar ogen blijven gefixeerd op de muur.

'Televisie kijken?'

'Nee.'

'Zal ik je over mijn laatste rampen op liefdesgebied vertellen?'

'Je denkt toch niet dat ik daar op dit moment in geïnteresseerd ben?'

Ik voel dat ik razend word. 'Iedereen is doodongerust over jou, en jij laat jezelf gewoon niet helpen. Met niemand wil je praten. Je ligt hier als een... een soort oester! Nou, stik er maar in! Ik wou dat ik je niet had gered!' Ik sla de deur achter me dicht en ren het ziekenhuis uit. Zodra ik buiten sta, heb ik ontzettende spijt. Hoe kan ik nou uitvallen tegen iemand die zo in de war is? Ik ga weer naar binnen.

Op Marie-Claires verdieping word ik op de gang tegengehouden door de opgewekte verpleegster. 'U kunt morgen weer langskomen,' zegt ze. 'De patiënten moeten rusten.'

Ik loop terug naar de lift, maar zodra de verpleegster de hoek om is, glip ik de kamer van Marie-Claire in, die zich verstopt heeft onder de dekens. 'Ik ben het: Floor,' fluister ik.

'Het bezoekuur is afgelopen,' antwoordt het hoopje.

'Weet ik, ik ben naar binnen geslopen. De witte macht houdt mij niet tegen.'

Er komen verstikte geluiden van onder de dekens. Net als ik een dokter wil roepen – volgens mij gaat het helemaal mis daar – komt Marie-Claires hoofd tevoorschijn. Ze lacht. 'Niks houdt jou tegen, zelfs zelfmoord niet.'

'Het spijt me,' zeg ik snel, 'ik had die dingen niet moeten zeggen.'

'Het is goed.' Ze knijpt in mijn hand.

VRIJDAG

Het is Floor-Verwen-Avond. Ik heb gedoucht en zit nu met een bord lasagna voor de televisie in mijn lubberigste trui voor de duizendste keer naar *Love Story* te kijken. Tissues en M&M's binnen handbereik. Op het moment dat Oliver de doodzieke Jenny naar het ziekenhuis brengt, wordt er aangebeld. Met betraande ogen doe ik open.

'Ik wist niet dat ik dit effect op je had,' zegt Menno.

'Ik zit een dvd'tje te kijken.' Ik probeer me een beetje te verbergen achter de deur. 'En ik zie er belachelijk uit.'

'Je ziet er lief uit.' Hij duwt de deur open, begint me te zoenen en schopt met een voet de deur achter zich dicht.

'Ik had niet gezegd dat je binnen mocht komen,' hijg ik.

'Dat ga je nog doen,' antwoordt hij.

ZATERDAG

'Ik heb wel zin in koffie,' zegt Menno terwijl hij zich uitrekt. 'Met opgeklopte melk, lijkt me lekker.'

Ik trek mijn wenkbrauwen op. 'Je weet waar alles staat.'

'Nee, ik ben hier de gast.' Hij begint me uit bed te duwen.

Als ik even later melk sta op te warmen, bereik ik zelf langzamerhand ook het kookpunt. Wat denkt die lul wel niet? Gisteravond kwam hij zomaar binnenvallen. Hij begon me te zoenen bij de deur, kleedde me uit in de hal en nam me daarna op de bank en in bed. Elke keer als ik wat wilde vragen over de andere vrouw in zijn leven, zei hij iets als: 'Weet je dat je navel ook heel gevoelig is?' Of: 'Sommige vrouwen kunnen klaarkomen als je aan hun oorlelletje zuigt.'

Terwijl ik de melk in bekers giet, denk ik: Faber, op wie ben je nu eigenlijk kwaad? Ik ben toch zelf de muts die hem binnenlaat en met hem naar bed gaat nog voor we een zinnig gesprek hebben gevoerd? Menno is weer in slaap gevallen als ik terugkom in de slaapkamer. Ik steek een sigaret op en zet de asbak op zijn buik. Het irriteert me dat hij er zo tevreden uitziet. Ik blaas rook in zijn gezicht.

'Wil je dat laten?' zegt hij terwijl hij hoestend overeind komt.

'Kijk nou wat je doet,' roep ik boos als de asbak omvalt. Ik wil uit bed stappen om de stofzuiger te pakken, maar Menno houdt me tegen.

'Wat heb jij een pesthumeur. Ben je elke ochtend zo?'

'Nee,' zeg ik grimmig, 'ik wil weten hoe het zit met die andere vrouw.' Menno zakt onderuit. 'Moet dat nu?'

'Ja.'

'Nou, ze is ouder dan jij, getrouwd. Twee kinderen. Af en toe komt ze langs.'

'Ben je verliefd op haar?' Mijn maag trekt samen.

'Natuurlijk niet. Ik word niet verliefd.'

'Wat wil je dan van mij?'

'Gewoon, zoals nu, leuk.'

'Is dat alles?' Wat klinkt mijn stem schril.

'Je gaat toch niet beweren dat we Romeo en Julia zijn?'

Ik lig verstijfd naast hem. Hij streelt mijn arm, dan mijn borsten, en fluistert: 'Maar ik vind je wel heel lief.'

Vanmiddag is Marie-Claire uit het ziekenhuis ontslagen. Haar moeder heeft een Hoera Marie-Claire Is Thuis-feest georganiseerd, maar de stemming zit er niet in. Marie-Claire prikt doelloos in haar slagroompunt, haar moeder loopt heen en weer met koffie en haar broer staat uit het raam te staren. Ik zit op de bank en vraag me af of Marie-Claire nu in therapie gaat of zoiets. Of kun je een zelfmoordpoging doen en gewoon weer naar huis als je lichaam genezen is?

Het is alsof haar moeder me heeft gehoord, want ze zegt: 'Morgen gaat Marie-Claire praten met een dokter. Hij is heel goed, aanbevolen door het ziekenhuis en gespecialiseerd in eetproblemen. Want dit willen we niet nog een keer meemaken, hè lieverd?' Ze aait haar dochter over haar wang. 'De dokter zal al die ideeën van Marie-Claire over haar figuur wel uit haar hoofd praten. Het komt gewoon doordat in al die bladen alleen maar slanke modellen staan. Ik begrijp het best hoor.' Ze lacht net iets te vrolijk. Marie-Claire staat op.

'In haar jeugd hoeft de dokter in elk geval niet te wroeten,' gaat haar moeder door, 'want die was heerlijk. Elk jaar met vakantie, na de scheiding zelfs twee keer per jaar.'

'Misschien kunnen we het over iets anders hebben?' zegt Ferdinand.

'Ja, ik heb vandaag op kantoor zoiets geks meegemaakt,' probeer ik.

'Ik begrijp niet waarom we dit niet kunnen bespreken,' zegt Marie-Claires moeder. 'Floor is bijna een lid van de familie.'

Liever dood dan lid van deze familie, schiet het door mijn hoofd. Ik schrik ervan. Niemand heeft gemerkt dat Marie-Claire de kamer uit is gelopen. Haar moeder gaat haar zoeken.

'Wat een toestand,' zegt Ferdinand.

Ik knik, laat ik mijn mond maar houden.

Even later komt zijn moeder terug. 'Marie-Claire zegt dat ze wil rusten. Misschien is het beter als jullie naar huis gaan. Ik blijf hier om op haar te letten. Ik heb ontzettend last van mijn rug, maar voor een nachtje kan ik wel op de bank slapen. Morgen moet Marie-Claire dat maar doen.'

Buiten adem ik de frisse lucht diep in. Ik heb zielsveel medelijden met Marie-Claire.

ZONDAG

Josée en ik maken een wandeling in het park. Aan sommige bomen zitten al knoppen. Ik heb Josée net het hele Menno-verhaal verteld. 'Dus het is leuk en gezellig,' besluit ik, 'en de seks is geweldig. Maar het zal wel nooit serieus worden. Wat moet ik daar nou mee?'

'Ik weet het niet,' zegt Josée. 'Doen wat je gevoel je ingeeft of zo.'

Zwijgend lopen we een poosje door. Ik kan natuurlijk alleen met Menno omgaan voor het bedgebeuren. Tot ik iemand anders tegenkom bijvoorbeeld. Maar kan ik dat aan?

In café Vertigo is het stampvol met kinderen, honden en volwassenen. 'Als ik met Menno blijf omgaan, kan ik kinderen wel vergeten,' zeg ik.

'Peter wil als hij gescheiden is ook absoluut geen kinderen meer,' bekent Josée. We steken allebei een sigaret op.

'Ik probeer Menno al de hele week te bereiken,' vertel ik. 'Maar hij is nooit thuis. Ik denk dan meteen dat hij bij die andere vrouw is.'

'Als ze getrouwd is, heeft ze daar geen tijd voor. Kijk naar mij, ik heb Peter al anderhalve week niet gezien.'

We zuchten allebei diep. 'Misschien moeten we eens een weekje weg,' zeg ik. Josée is het er onmiddellijk mee eens. We bestellen een wijntje, en nog een, en vinden Thailand, Curaçao en Mexico fascinerende mogelijkheden. Tot we het over kosten en vervoer gaan hebben. Een weekje Frankrijk is net haalbaar, mits ik Gina's auto kan lenen.

MAANDAG

'Onmogelijk,' zegt mijn baas Frits. 'Vakantie moet je drie maanden van tevoren aanvragen. Zo zijn de regels. Het zou een mooie boel worden als iedereen zomaar besluit om weken weg te gaan.'

'Ik heb het over één week vakantie die ik over acht weken wil opnemen,' antwoord ik bits. 'En er komt toch een nieuwe medewerker?'

Ik bestudeer hoe het licht reflecteert op zijn kale schedel als hij antwoordt: 'Marie-Claire is er ook niet, dus moeten we dan een uitzendkracht nemen. Weet je wel hoe duur dat is?'

Net als ik wil zeggen dat hij een onbuigzame burgerlijke lul is, stapt Marie-Claire uit de lift. 'Daar ben ik weer,' zegt ze. Ze ziet bleek.

'Ze is er weer,' bijt ik Frits toe. 'Dus ik ga met vakantie. Over acht weken.' Frits beent woest weg. 'Je hoort er nog van.'

'Ik dacht dat je pas over een maand weer zou komen,' zeg ik tegen Marie-Claire als ik koffie heb gehaald. 'Gaat het een beetje?'

'Ik hield het thuis niet meer uit,' zegt ze terwijl ze gaat zitten. 'Mijn moeder had bedacht dat ze op me zou passen tot ik weer aan het werk ging. Ik werd er gek van. De hele dag vertelde ze me hoe ik bofte met zo'n moeder, met zulk werk, zulke vrienden, zo'n figuur. En als ik bij de psychiater geweest was, wilde ze een woordelijk verslag. Maar de psychiater zegt juist dat ik me van haar moet losmaken.'

'Maar nu gaat ze weer naar huis?'

'Zo snel mogelijk, hoop ik.'

Op mijn voicemail staat Menno, die met zijn hese stem meldt dat ik om acht uur in het concertgebouw moet zijn omdat we naar de opera gaan. 'Trek een jurk aan, die zwarte vind ik het leukst.'

Lef heeft ie wel: ik hoor twee weken niets van hem en nu word ik gewoon besteld. Alsof ik geen eigen leven heb. De beste wraak zou zijn om niet op te komen dagen, maar mijn nieuwsgierigheid wint het. Ik ben nog nooit naar de opera geweest. Bovendien heb ik vanavond eigenlijk niets te doen.

Hij staat voor het gebouw op me te wachten. 'Heb je geen andere jas?' vraagt hij en geeft me een zoen. 'Een leren jack is toch geen gezicht bij een jurk.' Ik knijp hem hard in zijn bil.

De zaal zit vol mooie mensen, vooral óúde mooie mensen. Menno zwaait af en toe naar een bekende.

Ik glimlach breed naar een man in pak en met snor. Hij zwaait terug.

'Wie is dat?' wil Menno meteen weten.

'Zomaar een kennis,' antwoord ik stoer. Ik heb geen idee.

Als de eerste tonen klinken, vraag ik Menno hoe het stuk heet. '*La bohème*,' fluistert hij. 'En nu moet je stil zijn.'

Boven het toneel hangt een bord waarop de vertaling van de

gezongen teksten verschijnt. Al snel besluit ik er niet meer op te letten, want ze blijken dingen te zingen als: 'Waar is mijn sleuteltje?' En: 'Ik heet Mimi en houd van bloemen.'

In de pauze blijkt Menno kwaad op me te zijn. 'Onbegrijpelijk,' briest hij. 'Op het gevoeligste moment van Mimi's aria ga jij een dropje uit je tas pakken. Uit een krakend zakje!'

'Ik had een beetje keelpijn,' zeg ik verontschuldigend.

'En mag iedereen daarvan meegenieten?'

'Ik durfde niet te vragen of jij ook wilde. Je had gezegd dat ik niet mocht praten,' antwoord ik pesterig.

Hij kijkt me geïrriteerd aan en loopt naar het koffiebuffet.

Het einde van de opera is tragisch. Terwijl haar minnaar haar hand vasthoudt, zakt Mimi zingend ineen. Geritsel van tissues, gesnotter in de zaal. Als de zaallichten aangaan, zie ik dat Menno ook tranen in zijn ogen heeft. Ik trek zijn hoofd naar me toe en lik ze weg.

'Niet hier,' sist hij. Maar aan zijn stem hoor ik dat hij 't wel geil vindt.

Bij de garderobe staan groepjes dames, terwijl de heren zich verdringen voor de jassen. Menno wil wachten tot het wat rustiger is. Net als ik wil opmerken dat hij geen echte man is, zie ik Peter en zijn vrouw. 'Ik moet hen even gedag zeggen,' zegt Menno.

Langzaam loop ik achter hem aan. Ik zal maar niet laten merken dat ik Peter ken. Ik kan me toch moeilijk voorstellen met: 'Dag Peter, ken je me nog? Floor, de vriendin van de vrouw met wie je overspel pleegt.' Ik geef Elise en Peter een hand. Hij glimlacht koeltjes, zij neemt me geringschattend op. Ik kijk net zo venijnig terug.

Ondertussen zegt Menno iets intelligents over de opera. Gek genoeg is hij nerveus. Zijn hand voelt zweterig aan en zijn stem trilt. Ook Elise lijkt zenuwachtig, ze draait voortdurend een pluk haar om haar vinger. Algauw zegt ze: 'Kom schat, de oppas wil naar huis.'

Menno zucht hoorbaar als ze vertrokken zijn. Dan begint het me te dagen. 'Zij is die ander, hè? Je doet het ook met Elise.'

ZATERDAG

Halfvijf op mijn wekker. 's Ochtends. En het is bepaald niet om romantische redenen dat ik naar mijn plafond kijk. Die lul van een Menno, die nymfomane Elise en die achterlijke Josée en Peter... Eerst maar een kop thee.

In de keuken wrijft Otje flemerig langs mijn kuiten omdat ze gevoerd wil worden. '*Any time, baby,*' zeg ik terwijl ik haar bakje vul.

Even later zit ik weer in bed, een asbak op het kussen naast me. Tijd om spijkers met koppen te slaan, de koe bij de hoorns te vatten, Menno op te bellen? Nou ja, dat laatste toch maar niet. Hij moet niet denken dat ik van hem wakker lig. Hij vertelde gisteren in een café dat die Elise al twee jaar zijn minnares is.

'Ze blijft zeker bij haar man voor de kinderen,' zei ik sarcastisch.

Verbaasd keek hij opzij. 'Hoe weet jij dat?'

'Dat je je zo laat inpalmen,' viel ik uit. 'Je lijkt verdomme wel zo'n stom vrouwtje dat zit te wachten tot haar getrouwde minnaar tijd voor haar heeft.'

Hij grijnsde zelfgenoegzaam. 'Ik heb ook tijd voor andere dingen.'

En toen – ik snuif diep – heb ik hem een klap gegeven. Op z'n mond, tand door z'n lip. Ik dacht even dat hij me een hengst terug zou geven, maar hij stond op en zei: 'Ik breng je naar huis. Je bent moe.' De koele kikker. De hele taxirit heeft hij geen woord tegen me gezegd. Tot we stopten bij mijn straat. 'Ik wil hier niet meer over praten. We hebben geen relatie,' zei hij (hij sprak het uit of het een enge ziekte was). 'Dus ik ben je geen verantwoording schuldig. Bel me maar als je gekalmeerd bent.'

Verkrampt roer ik in mijn thee. Wat nu? De situatie is te belachelijk voor woorden. Menno doet het met Elise, die getrouwd is met Peter. En Peter doet het met Josée, mijn beste vriendin. Wat betekent dit gedoe voor onze vriendschap? Zodra ik haar vertel dat Menno iets heeft met Elise, zegt ze het tegen Peter. Peter bij Elise weg, Elise naar Menno, Floor buitenspel. Hetzelfde verhaal als ik Menno over Peter inlicht. Wat te doen? Het verstandigst zou natuurlijk zijn om me uit de hele toestand terug te trekken. Nooit meer Menno. Nooit meer Menno in dit bed? Ik weet niet of ik dat wil. De schrik slaat me om het hart: misschien ben ik wel verliefd.

ZONDAG

Gisteren heb ik de hele dag in pyjama door het huis gesloft. Vandaag moet ik mijn hart luchten. Bij Marie-Claire.

De deur wordt onmiddellijk opengedaan als ik heb aangebeld. 'Floor,' glimlacht Marie-Claires moeder. 'We begonnen ons net af te vragen of je Marie-Claire in de steek had gelaten.'

Ik ben sprakeloos. Die vrouw zou toch naar huis gaan?

'Doe maar snel je jas uit,' zegt ze. 'Ze is in de huiskamer.'

Marie-Claire zit op de bank televisie te kijken. 'Hoi,' zegt ze met een zwak stemmetje. 'Let maar niet op mijn moeder.' Dat blijkt onmogelijk. Haar moeder onderbreekt elke g”spekspoging met koekjes en opmerkingen over televisieprogramma's. Na een uur geef ik het op.

'Kom je snel weer langs?' fluistert Marie-Claire bij de deur. 'Ik word echt hartstikke gek van dat mens.'

'Zeg dan dat ze weg moet gaan.'

'Dat durf ik niet.' Tranen glinsteren in haar ogen.

2
Haat op het eerste gezicht

April

'Dames, mag ik even jullie aandacht,' zegt Frits, het afdelings-hoofd. 'Dit is jullie nieuwe collega, Stephanie.'

Een slanke vrouw in een kokerrok en een witte bloes geeft mij en Marie-Claire een hand.

'Dit is je plek,' wijst Frits. 'Floor legt je verder alles wel uit.'

Zodra Frits is weggelopen, zegt Stephanie: 'Wel een dikkerd-je, hè? Volgende week dinsdag wil ik een atv-dag opnemen. Hij zei dat we dat onderling moesten regelen. Dat kan toch wel?'

'Begin eerst maar eens met werken,' bromt Marie-Claire.

'Let maar niet op haar,' zeg ik. Ik laat Stephanie zien waar het kopieerapparaat, de fax en het koffiezetapparaat staan en leg uit wat eerst afgehandeld moet worden en wat nog even kan wach-ten.

'Lijkt me een eitje,' zegt ze, en ze pakt een vijl uit haar tas.

'Om twaalf uur heb je pauze,' zegt Marie-Claire.

'Als ik niet snel wat aan deze gescheurde nagel doe...'

'Met korte nagels kun je beter tikken,' snauwt Marie-Claire.

'Verzorgde handen vind ik heel belangrijk.' Maar ze stopt de vijl weg.

Vragend kijk ik Marie-Claire aan, maar die doet alsof ze het niet ziet. Wat is er aan de hand? Dit lijkt wel haat op het eerste gezicht.

In de pauze wil ik het vragen, maar Stephanie is al bij ons aan tafel geschoven. 'Op mijn vorige werk hadden we een betere kantine,' zegt ze, starend naar het broodje salami van Marie-Claire. 'Daar hadden ze ten minste ook salades. Ik wil een beetje in vorm blijven.'

Langzaam wurgt Marie-Claire haar zakje mosterd.

WOENSDAG

'Je ziet er afgetobd uit,' zegt Gina terwijl ze twee borden op tafel zet. 'Eet je wel genoeg sla?'

Ik hef mijn handen ten hemel. 'Sla?' herhaal ik. 'Mijn leven is een soap. Minnaars, overspel, moeizame vriendschappen... Alles gaat mis.'

'Toch niet ook op je werk?' vraagt ze bezorgd.

'Een nieuwe collega die niet te pruimen is, maar verder alles oké.'

Ik kan me niet langer beheersen en vertel over Menno en dat hij ook een verhouding heeft met Elise. Gina trekt een zuinig mondje, maar zegt niets. Dat valt mee. 'En die Elise is getrouwd,' vervolg ik dus, 'met Peter, die weer een verhouding heeft met Josée.'

Gina kijkt verbijsterd. 'Het is niet waar.' Dan begint ze te giechelen. 'Ik wist dat je domme dingen deed, maar dit is zo ongelooflijk stom.'

Beledigd sta ik op. 'Je hebt het wel over mijn gevoelens, hoor. Ik denk dat ik maar in de snackbar ga eten.'

Bij de deur haalt ze me in. 'Doe nou niet zo kinderachtig, Floor,' zegt ze. 'Bovendien kun je wel wat sla gebruiken.'

Ik laat me overreden. De hele maaltijd hebben we het over 'die achterlijke toestand', zoals Gina het noemt. Haar advies is duidelijk: niet dollen, kappen met die hap. Als ze me later uitlaat, zegt ze nog eens: 'Je moet echt met die Menno stoppen. Hier word je niet gelukkig van.'

Thuis is het koud en stil.

'Nee, ik kom niet even binnen,' zeg ik tegen Marie-Claire als ik haar op de motor kom ophalen voor een avondje bioscoop. Ik wil niet weer met die verschrikkelijke moeder praten.

Maar het mens komt zelf al naar buiten. 'Die motor is toch wel veilig?' vraagt ze. 'Onze Marie-Claire moet niets overkomen.'

'Ik leef nog steeds,' antwoord ik, te laat beseffend dat ze dit kan interpreteren als een toespeling op Marie-Claires zelfmoordpoging.

Nadat ze haar dochter wanten en een extra sjaal heeft gegeven – het is april! – rijd ik zo snel mogelijk weg. Tot Marie-Claire op mijn rug bonkt dat ik langzamer moet.

Na de film, een suffige thriller, stel ik voor naar een café te gaan.

'Heel even dan,' antwoordt Marie-Claire. 'Ik heb beloofd op tijd thuis te zijn.' Ik merk op dat ze al een poos meerderjarig is.

Ze zegt niets, maar lijkt een beetje ineen te krimpen.

We gaan in een rustig hoekje zitten. Ik wil precies weten hoe het met haar gaat. De laatste tijd is ze zo anders dan anders. Gelukkig begint ze zelf over haar psychiater. 'Hij is heel aardig,' vertelt ze. 'Alleen zegt hij niet zoveel. Nou ja, af en toe vraagt hij: "Wat denk je er zelf van?"'

Verbaasd kijk ik haar aan. 'Maar heb je er dan wat aan?'

'Het probleem is niet met één of twee sessies opgelost,' antwoordt ze, terwijl ze een bierviltje begint te verpulveren.

'En je moeder, blijft die nog lang bij je wonen?'

'Tot ik alles weer aankan. Het liefst had ik dat ze morgen weggaat.'

'Volgens mij kun jij je leven weer aan als je haar durft weg te sturen.'

Ze haalt diep adem. 'Zo makkelijk is het allemaal niet. Soms denk ik dat ik echt gek word.'

WOENSDAG

Gelukkig kan ik het restaurant snel vinden. Het is zo'n tent waar yuppen met zakenrelaties komen. Door het raam zie ik Menno al zitten. Hij maakt een kalme indruk. Mijn hart slaat een keer over.

Gisteravond belde hij ineens. Het was een wat typisch gesprek omdat we elkaar na die ruzie niet meer gezien hadden. Wordt dit een sorry-Floor-ik-zie-het-toch-niet-zitten-avond?

'Dag lieverd,' zegt hij terwijl hij mijn jas aanneemt, 'ik zit nog maar een kwartiertje op je te wachten.' Is dit sarcasme of gewoon een opmerking?

'De tram reed voor m'n neus weg,' mompel ik.

Menno gaat er niet op in. Hij wenkt de ober en bestelt voor mij een glas wijn. Ik luister naar zijn gebabbel over de galerie: grote aankopen, krankzinnige kunstenaars. Maar hoe staat onze zaak ervoor? Is het slechte nieuws het toetje? Na een tweede glas wijn houd ik het niet meer uit. Desnoods bak ik thuis een ei. 'Hoe zit het nou tussen ons?' Mijn stem beeft. 'En tussen jou en Elise?' Ik bestudeer zijn gezicht. Is hij geërgerd? Boos?

Langzaam zegt hij: 'Ik heb je vanavond ook uitgenodigd om daarover te praten. Ik vind nog steeds dat jij niets met mijn relatie met Elise te maken hebt.'

'Omdat wij geen relatie hebben, ja, dat zei je de vorige keer ook al. Ik heb goddorie met mijn bakker al een relatie omdat ik daar drie keer per week kom, en jíj ligt in mijn bed! Dus dat vind ik een kulargument.'

Hij glimlacht. 'Ik eigenlijk ook. Ik ga niet op mijn knieën liggen, maar Floor, ik wil je graag blijven zien.'

Ik was klaar voor een veldslag, maar dit? 'En Elise?' vraag ik.

'Elise...' herhaalt hij. 'Ik ga je niet beloven dat ik haar nooit meer zal zien. Maar ik beschouw mijn verhouding met haar min of meer als beëindigd.'

Ik kan mijn oren niet geloven. 'Dus?'

'Dus laten we maar kijken hoe het verder tussen ons gaat.' Hij pakt mijn handen vast en kijkt me aan. Ik verdrink in zijn lichte ogen.

'Ik heb ineens geen honger meer,' zeg ik.

'Ik ook niet,' grijnst hij. 'Laten we naar huis gaan.'

Op dat moment komt de ober met het voorgerecht.

'Neem maar weer mee,' zegt Menno.

'We gaan een pizza eten,' giechel ik. 'In bed.'

DONDERDAG

Vanochtend werd ik om halfzeven wakker. Menno lag nog te slapen. Ik keek lang naar zijn profiel, de spuugbelletjes op zijn lippen en het haar op zijn borst. Daarna ging ik in zijn bad liggen met een flinke scheut peperduur badspul. In zijn keuken, voorzien van alle apparaten die je maar kunt bedenken, maakte ik cappuccino. Toen ik hem gedag kuste, zei hij: 'Zo wil ik elke ochtend wel wakker worden.'

Een cliché, maar ik werd er verdomd gelukkig van. Op weg naar mijn werk zag ik de jonge blaadjes aan de bomen en hoorde ik de vogels fluiten. Elk waterig zonnestraaltje leek op mij gericht.

Terwijl ik doodmoe ben, zit ik toch opgewekt achter mijn bureau. Af en toe is er wel een inwendig stemmetje dat sist: hoe lang gaat dit duren? Maar ik houd me doof.

ZONDAG

Menno heeft al vier keer gecontroleerd of zijn das goed zit, of er genoeg champagne en jus is en of er geen ladder in mijn panty zit, en de exposerende kunstenaar is begonnen aan zijn tweede fles witte wijn. Ik begrijp niet dat ze zo zenuwachtig zijn. Zelfs ik vind die schilderijen mooi, dus ik kan me niet voorstellen dat ze er geen zullen verkopen. Hoewel, de prijzen zijn exorbitant hoog.

Een halfuur later is Menno's galerie stampvol. De gemiddelde leeftijd is boven de veertig, het gemiddelde kledingstuk komt van De Bonnetterie. Menno is voortdurend in gesprek. Ik vraag me af waar hij het over heeft, ik heb hier niemand iets te zeggen. Daarom sleep ik maar hapjes en drankjes aan. Zodra ik in een stil hoekje sta, komt een vrouw met een krokodillenleren handtas naar me toe. 'Het is fabuleus,' zegt ze. 'Er komt zo'n energie vanaf.' Ik knik vaag.

'Jij doet zeker ook iets in de kunst?' Ze legt een gerimpelde hand op mijn arm.

'Niet echt,' mompel ik.

'Je lijkt me zo'n artistiek type.' Bij elke s-klank slist haar kunstgebit een beetje uit haar mond.

'Ik ben secretaresse en ik vind het allemaal onzin.' Ze staat nog een antwoord te verzinnen als ik wegloop.

Menno onderschept me. 'Waar had je het met haar over?' vraagt hij. 'Dat mens heeft ontzettend veel geld. Je was toch wel vriendelijk?'

'Ik ben altijd ongelooflijk vriendelijk,' zeg ik. En slik in: maar dit soort mensen maakt me pisnijdig. Op dat moment voel ik ogen in mijn rug prikken. Bij de deur staan Peter en Elise. 'Heb je háár uitgenodigd?' fluister ik ongelovig tegen Menno. 'Jezus, je had gezegd dat je niets meer met haar te maken had.'

'Ga nu geen scène trappen, Floor,' zegt Menno koud. 'Ze is een van mijn beste klanten.' Hij loopt op hen af.

Ik zie hoe hij haar jas van haar schouders neemt en champagne haalt. Elise lacht af en toe koket, haar hoofd in haar nek. Peter doet alsof hij de schilderijen bestudeert. Ik kan me niet voorstellen dat hij niets doorheeft. Ziet hij dan niet hoe zijn vrouw elke mogelijkheid aangrijpt om Menno even aan te raken? Ik bestudeer Menno. In zijn ogen zie ik niet de lichtjes die er wel zijn als hij mij aankijkt. Of weet hij zijn gevoelens te verbergen?

Nu niet paranoïde worden, zeg ik tegen mezelf. Menno heeft gezegd dat het tussen hem en Elise over is. Ik begin een praatje met een man met een bierbuik en probeer verstandige dingen over kunst te zeggen. Plotseling voel ik een tikje op mijn schouder. Ik draai me om en kijk in Elises gifgroene ogen.

'Ik weet niet wat Menno je allemaal heeft verteld,' zegt ze, 'maar hij is nog steeds van mij.'

'Elise zegt dat jullie nog steeds iets met elkaar hebben.'

Menno verstijft even, maar gaat dan rustig door met het uitruimen van zijn afwasmachine. 'Zegt ze dat?'

Ik doe mijn best om rustig te blijven. 'Ze zei letterlijk: "Ik weet niet wat Menno je allemaal heeft verteld, maar hij is nog steeds van mij."'

'Zo,' zegt hij, terwijl hij een glas tegen het licht houdt.

Ik schreeuw tegen zijn rug. 'Je kunt me wel aankijken als je tegen me praat!'

Hij zet het glas neer en pakt me vast. 'Ik ben het zat.' Zijn stem klinkt dreigend. 'Als je me niet gelooft, moet je maar weggaan. Zonder vertrouwen kun je geen relatie hebben. De keus is aan jou.'

Ik ruk me los. 'De keus is helemaal niet aan mij! Stel je voor dat een vriendje van mij naar jou toe zou komen en zou zeggen dat hij nog steeds wat met mij heeft?'

'Ik zou jou geloven.' Kalm zet hij de glazen in de kast. 'Ik vind dit een zinloze discussie. Ik kan niet bepalen wat Elise wel of niet zegt.'

Er branden inmiddels tranen in mijn ogen. 'Maar je begrijpt toch wel hoe ik me voel?' zeg ik met trillende stem.

Eindelijk heb ik zijn aandacht getrokken. Hij slaat z'n armen om me heen en sust: 'Wanneer zou ik Elise nou moeten zien? Bovendien weet je toch hoeveel ik om je geef?'

Ik leun tegen hem aan. Maar is het hiermee afgedaan?

Er woedt een koude oorlog op kantoor. Marie-Claire praat zo min mogelijk met Stephanie en weigert met haar te lunchen. Laatst vroeg ik haar weer eens wat haar nu zo ergerde aan Stephanie. 'Dat kapsel, die hakjes,' antwoordde ze. 'Het enige waarin ze geïnteresseerd is, is zijzelf in het algemeen en haar uiterlijk in het bijzonder.'

Frits is juist blij met Stephanie. Iedere ochtend verwelkomt ze hem met opmerkingen als: 'Wat een leuk jasje heb je aan, Frits!' Of: 'Goed geslapen? Je ziet er uitgerust uit.'

Ik weet niet goed wat ik van Stephanie moet denken. Irritant is dat ze zo weinig over zichzelf vertelt, maar wel steeds alles van ons wil weten. Maar ja, om haar daar nu om te haten? Bovendien vertel ik haar niks. Op kantoor voel ik me vaak de voormalige Berlijnse muur. Soms maak ik me extra groot achter mijn computer zodat Stephanie de dodelijke blikken niet ziet die Marie-Claire haar toewerpt.

Terwijl ik de lunch voorbereid voor Frits en de andere afdelingshoofden en een beetje mijmer over moeizame menselijke verhoudingen, komt Stephanie de keuken in met een grote boodschappentas. Ze haalt er jus d'orange uit, fruitsalade en kartonnetjes yoghurt.

'Wat doe jij nou?' vraag ik.

'Dit is voor de lunch van Frits.' Ze giet de jus in een kan. 'Hij zei laatst dat hij zo genoeg heeft van die eeuwige bolletjes kaas en salami. Dus ik dacht: kom, ik verras hem eens met wat anders.'

'En waar denk je dat ik mee bezig ben?'

'Met de broodjes.'

Het bloed klopt in mijn slapen. 'Ik weet niet goed wat jij gewend bent, maar op dit kantoor wordt overlegd.'

'Een beetje eigen initiatief kan nooit kwaad.' Ze knippert nog maar eens met haar mascarawimpers. Als ik even later de reactie van Frits zie, kan ik haar geen ongelijk geven. Hij is zo enthousiast dat ik elk moment verwacht dat hij haar salarisverhoging geeft.

WOENSDAG

Ik probeer de gebruiksaanwijzing op een doos Kip Tandoori te lezen en tegelijkertijd een gesprek met Josée te voeren. Dat lijkt ingewikkelder dan het is, want ze is nogal stil. Ze heeft wallen onder haar ogen en een grote puist op haar neus. 'Ongesteld?' vraag ik, terwijl ik haar een glas wijn inschenk.

'Stress,' zegt ze vermoeid. 'Ik zie Peter de laatste tijd bijna nooit meer. Elise zit voortdurend thuis en houdt hem in de gaten.'

'Die Elise is een serpent,' zeg ik ferm.

'Een klerewijf,' beaamt Josée.

'Een overspelige trut,' vul ik aan.

'Een monsterlijke... Wat zeg je? Overspel?'

Het bloed kruipt naar mijn wangen. 'Nou, eh, ik heb het je niet eerder verteld vanwege Menno.'

'Hoezo Menno?' Ze kijkt me gespannen aan.

Ach, wat maakt het uit. Menno is toch van mij. Ik vertel haar alles wat ik weet over zijn relatie met Elise. 'Het was een geheim van Menno,' huichel ik, 'daarom heb ik het je niet eerder verteld.'

Josée ziet eruit of ze met een hamer op haar hoofd is geslagen. 'Ik kan het niet geloven,' prevelt ze. 'Zou Peter dat al die tijd geweten hebben?' Dan barst ze los: 'De lul! Ik wed dat ze een afspraak hebben gemaakt. Zo van: ik ga lekker vreemd en prima als jij het ook doet. Gewoon een dealtje! En ik met m'n stomme kop maar al die zielige verhalen van Peter geloven!'

'Nou nou.' Iets beters weet ik niet te zeggen, want deze reactie had ik niet verwacht. Ik dacht dat ze juist blij zou zijn. Peter heeft nu toch een reden om te scheiden? Maar ja, als dat stel inderdaad een deal heeft... 'Het zal allemaal wel meevallen,' besluit ik.

'Bespaar me je clichés,' antwoordt Josée strijdlustig. 'Ik ga niet langer bij die kuttelefoon zitten. Morgen wacht ik hem op bij zijn werk. En hij gaat me precies vertellen hoe het zit!'

Mei

DONDERDAG

'Wil je koffie voor me halen?' vraagt Marie-Claire.

Ik trek mijn wenkbrauwen op. Ze vraagt me anders nooit iets. Als ik haar een kop geef, stel ik voor om samen te gaan lunchen. 'Dat is goed,' antwoordt ze. 'En ik zou het prettig vinden als je je tas niet meer voor mijn bureau neerzet. Ik val er elke keer over.'

'O, natuurlijk,' zeg ik, terwijl ik hem opraap. Ik wil vertellen dat mijn straat eindelijk weer dicht is, maar ze staat al bij Stephanie en gooit een stapel papieren op haar bureau. 'Ik heb dit rapport net doorgekeken,' zegt ze tegen haar. 'Het moet helemaal over.'

Even later loop ik snel de koffieshop voorbij waar Marie-Claire een paar maanden geleden is flauwgevallen. Ze pakt mijn mouw. 'Zo overgevoelig ben ik niet. Deze is veel gezelliger dan die andere.'

Ik bestel een omelet en koffie, Marie-Claire neemt een tosti. Tot mijn genoegen zet ze er enthousiast haar tanden in. En spuugt de hap dan uit in een servetje. Ze wenkt de serveerster: 'Ik had expliciet om een tosti kaas gevraagd en hier zit ham op. Neem dus maar weer mee.'

Bedremmeld loopt de serveerster weg.

'Wat heb jij toch?' vraag ik verbaasd. 'Zo doe je anders nooit.'

'Mijn psychiater heeft me naar een assertiviteitscursus gestuurd omdat hij vindt dat ik niet genoeg voor mezelf opkom. Nu zit ik in een groepje met allemaal verlegen mensen, en we zeggen heel hard "nee" tegen elkaar,' grijnst Marie-Claire. 'Nee?' vraag ik.

'Je weet wel: nee, ik wil niet dat er ham op mijn tosti zit. Nee, ik wil niet dat je op bezoek komt. Nee, ik accepteer dat rapport niet.'

'Het helpt wel,' zeg ik.

'Nou ja, mijn moeder komt nog steeds elk weekend logeren,' zucht ze. 'En tegen vreetbuien zeg ik ook geen nee.'

'Maar je gaat vooruit.'

'Nee!' Ze begint te giechelen. Als de serveerster vraagt of we nog koffie willen, brullen we allebei: 'Nee!'

ZATERDAG

'Je roert die saus toch niet met een vork?' zegt Menno. 'Dat is slecht voor de antiaanbaklaag, en voor de smaak van de saus.'

Ik snuif. 'Stop!' roept hij als ik zout bij het water voor de pasta doe. 'Het moet eerst koken, anders krijg je zoutafzetting op de bodem.'

'Ik heb er genoeg van,' zeg ik. 'Of je gaat nu een krant lezen, of je kookt zelf.'

Hij wrijft zijn neus langs de mijne. 'Maar ik wil helpen! Je hebt van die lieve rode wangen van inspanning. En dat schortje staat zo leuk.'

Ik heb er dan ook niets onder aan. We hebben de hele dag in mijn bed gelegen en zijn van plan de pasta ook daar op te eten.

We zitten met borden in bed als de telefoon gaat. Het is Josée. 'Het is helemaal goed,' gilt ze. 'Peter gaat van Elise scheiden, hij trekt bij mij in!' We babbelen nog even en hangen dan op.

'Wie was dat?' vraagt Menno. 'O, een vriendin,' antwoord ik.

's Nachts lig ik te woelen. Stel dat Elise Menno terug wil? En wil Menno mij nog als Elise beschikbaar is?

WOENSDAG

Josée zit al aan de bar als ik De Arena binnen kom. 'Laten we flink drinken,' zegt ze. 'Ik heb het nodig. Vanavond is Peter naar Elise om over de kinderen te praten. Hij wil dat ze elk weekend bij ons komen, maar ik denk niet dat zij dat toestaat. Gisteravond belde ze op. "Denk maar niet dat Peter de kinderen te zien krijgt zolang hij bij jou woont," zei ze. "Ik wil niet dat ze geconfronteerd worden met zo'n bimbo die met elke getrouwde man in bed duikt."'

'Heb je dat aan Peter verteld?'

'Hij krijgt het vanavond ongetwijfeld te horen,' zegt Josée somber. 'Ik ben ontzettend blij dat Peter en ik eindelijk bij elkaar zijn, maar ik had het me heel anders voorgesteld. In plaats van dat we extatisch gelukkig zijn, maakt hij zich zorgen over de kinderen en eigenlijk ook over Elise. Ik vraag me voortdurend af hoe lang dit nog gaat duren.'

'Hoezo?' vraag ik verbaasd.

'Ik ben zo bang dat hij de stress niet aankan en toch naar haar teruggaat. Of dat het sowieso tussen ons knapt. Of dat zijn kinderen mij een trut vinden.'

'Je hebt echt nog een borrel nodig,' zeg ik. 'Je maakt je druk over dingen die misschien gaan gebeuren. Geniet er nou van. Maar ik begrijp wel wat je bedoelt.' En ik vertel haar dat Menno nog steeds niet weet dat Elise en Peter gaan scheiden. 'Ik denk steeds dat hij mij onmiddellijk laat vallen als hij hoort dat Elise vrij is.'

'Je bent net zo paranoïde als ik,' vindt Josée.

'Weet je,' zeg ik, 'toen ik twaalf was, dacht ik: je ontmoet iemand, je gaat samenwonen, dan trouwen, je poept er drie kinderen uit en *that's it...*'

'Het is veel ingewikkelder hè?' zucht Josée. We bestellen er nog maar eentje, en om de stemming op te krikken nemen we onze vakantieplannen door. Over een paar weken gaan we!

VRIJDAG

Menno heeft geëist dat ik vandaag een atv-dag neem omdat hij me wil verrassen. Het enige wat hij losliet, was dat ik warme kleding en in ieder geval gympen en een windjack moest meenemen. Stipt om tien uur belt hij aan. We stappen in zijn auto en rijden de stad uit. Ik zie koeien, boerderijtjes en eindeloos veel weiland, maar Menno maakt geen aanstalten om te stoppen. Pas als we over een kilometers lange dijk rijden, vertelt hij dat we naar Marken gaan.

Op het parkeerterrein haalt hij de tassen uit de auto. Ik hoop dat we naar een hotel gaan, het ziet er hier zo schattig uit. Groene houten huisjes staan dicht tegen elkaar op heuvels ('terpen' noemt Menno ze) en er lopen zelfs bejaarden in klederdracht.

In de haven trekt hij me mee naar een groot zeiljacht. 'Dit is de verrassing,' zegt hij. 'Ik heb hem geleend van een vriend van me. We gaan zeilen op het IJsselmeer.'

Ik doe mijn best om verheugd te kijken (één zwemdiploma is mijn enige waterervaring). 'Je verwacht toch niet dat ik allerlei knopen ken of weet hoe ik moet sturen en zo?'

'Nee hoor,' lacht hij. 'Jij hoeft alleen maar mooi te zitten zijn op de voorplecht.' Ik volg hem de boot op. Er is een piepklein keukentje met een soort eettafel ('kombuis' zegt Menno) en een schattig slaaphok ('vooronder' volgens Menno). 'Het is geweldig,' zeg ik terwijl ik hem omhels. 'Kunnen we even een middagslaapje doen?'

MAANDAG

Ik zit te gapen op kantoor en hoop dat ik na een derde kop koffie de zwaartekracht minder heftig ervaar. Maar wat een geweldig weekend! Menno bleek een fantastische zeiler die allerlei leuke dorpjes aan het IJsselmeer wist. Met romantische haventjes waar we de boel flink aan het klotsen brachten.

'Van Leeuwen wil de notulen van de vergadering vanmiddag hebben,' komt Marie-Claire melden. Ik wil antwoorden dat dat onmogelijk is, maar de woorden blijven steken in mijn keel als ik opkijk. Marie-Claire heeft haar haar kort geknipt en het is bijna wit gebleekt. Ze heeft een soort fluorescerend roze trui aan en dezelfde kleur lippenstift op. 'Is er wat?' vraagt ze.

'Ik kan beter vragen wat er met jou is,' antwoord ik. 'Is dit in het kader van je assertiviteitscursus?'

'Nee hoor,' zegt ze op een luchtig toontje. 'Ik was toe aan wat nieuws. Vind je het leuk?'

Ik bekijk haar eens goed. 'Interessant.' Maar als ik haar teleurgestelde gezicht zie, zeg ik snel: 'Maar het staat je goed.'

'Ja hè,' zegt ze blij. 'Dit weekend heb ik besloten dat alles anders moet. Ik heb eerst mijn moeder gebeld en gezegd dat ik liever niet had dat ze kwam. Toen ben ik naar de kapper geweest, heb nieuwe kleren gekocht en 's avonds ben ik uit geweest.'

'Zo.' Het duizelt me een beetje. Marie-Claire die haar moeder afzegt, die spontaan uitgaat... 'Het gaat dus goed met je?'

'Heel goed,' zegt ze. Terwijl ze wegloopt, voegt ze er over haar schouder aan toe: 'Trouwens, ik heb liever niet meer dat je me Marie-Claire noemt. Dat vind ik een beetje tuttig. Noem me maar Claire.'

Stephanie komt net binnen en kijkt haar na. 'Wat is er met haar aan de hand?' vraagt ze dan aan mij. 'Heb je dat kapsel gezien?'

'Ik vind het hartstikke leuk,' zeg ik om van haar af te zijn. Is het mogelijk dat een mens in korte tijd zo verandert?

WOENSDAG

Bij Gina's huis hebben we nog steeds een beetje ruzie. 'Ik heb helemaal geen zin om jouw zus te ontmoeten,' moppert Menno. 'Je kunt toch best een relatie hebben zonder je schoonfamilie te kennen?'

'Ze is heel aardig,' zeg ik. 'En zo lang ze je niet gezien heeft, denkt ze dat ik verkering heb met de een of andere plurk.'

'Wat heb je dan over me verteld?'

'Weinig,' zeg ik. 'Ze heeft gewoon een woeste fantasie.'

Op dat moment doet Gina open. 'Wie heeft er een woeste fantasie?'

Menno geeft haar een zoen op haar wang en overhandigt een bos bloemen. Als Gina mij omhelst, fluistert ze in mijn oor dat ze Menno een stuk vindt.

Gelukkig lijkt Menno het goed te kunnen vinden met Gerard. Terwijl ik doe alsof ik Gina help met het eten, hoor ik dat ze het hebben over voetbal en kunst. Mijn zus doet intussen spectaculaire dingen in de keuken: Italiaanse stooflappen in basilicumsaus.

Als we aan tafel zitten, heft Gina het glas en zegt: 'Hierbij wil ik een dronk uitbrengen op Gerard. Maandag heeft hij gehoord dat zijn promotie doorgaat.'

'Het betekent een flinke salarisverhoging,' zegt Gerard trots.

'Misschien kunnen we nu eindelijk verhuizen,' verzucht Gina.

'Hoezo?' vraag ik. 'Jullie hebben het hier toch naar je zin?'

'Nou,' antwoordt Gina, 'het wordt een beetje krap.'

'Met drie kamers voor z'n tweetjes?'

'We hopen dat het drietjes wordt,' zegt Gerard.

DONDERDAG

Josée en ik hebben vanavond een vakantievoorpretdiner. Nou ja, diner, ik heb twee pizza's opgewarmd. Al een uur praten we over waar we naartoe gaan en wie wat meeneemt, maar Josée is er met haar hoofd niet erg bij. 'Je hebt toch wel zin?' vraag ik als ze weer begint over hoeveel theedoeken ik moet meenemen.

Josée steekt een sigaret op. 'Ik denk dat het goed is om te gaan,' zegt ze, 'maar ik sta niet te trappelen. Elise heeft gezegd dat Peter de kinderen niet mag zien als ik erbij ben. Dus als wij in Frankrijk zitten, neemt hij ze in huis. Toch heb ik het gevoel dat ik hem in de steek laat. Hij heeft het zo moeilijk met de situatie. En ik ben benieuwd wat voor kunstjes Elise bedenkt als ik er niet ben.'

'Tja, Elise,' zeg ik bedachtzaam.

'Heeft ze al contact gezocht met Menno?' vraagt Josée.

'Ik begin er niet over,' zeg ik. 'Het gaat zo goed tussen Menno en mij.' Ik heb geen zin om haar te vertellen dat Elise me helemaal niet lekker zit. Als Menno onder de douche staat, luister ik stiekem zijn antwoordapparaat af en zoek ik in zijn zakken naar compromitterende briefjes. Ik weet dat ik dit soort dingen niet moet doen, ik schaam me ervoor, maar hoe meer ik om Menno ga geven, hoe banger ik ben dat ik hem kwijtraak.

'We gaan er een te gekke vakantie van maken,' zeg ik. 'We moeten er echt even uit.'

ZATERDAG

Om halfnegen gaat de wekker en duw ik zacht Menno's arm van me af. Een paniekgevoel bekruipt me. Ik heb nog nauwelijks iets ingepakt, de auto van Gina moet ik ophalen, de buurvrouw de sleutel geven om voor Otje te zorgen, en heb ik nog wel zonnebrandcrème? Zodra ik een been uit bed steek, trekt Menno me terug.

'Ik wil met je vrijen,' zegt hij. 'Dadelijk ben ik acht dagen alleen.'

'Dat hoop ik, ja,' antwoord ik terwijl ik mijn kamerjas grijp. Ik zet koffie, doe intussen een greep in de bestekbak, pak wat theedoeken en handdoeken en prop alles in een tas. Menno ligt me uit te lachen. 'Ik dacht dat jij zo'n georganiseerd type was?' zegt hij als ik hem voor de derde keer vraag of hij mijn bikini heeft gezien.

'Help me dan,' bijt ik hem toe. 'Je ziet toch dat ik in alle staten ben?'

'Eerst koffie en douchen,' zegt hij kalmpjes. 'Dan haal ik de auto wel even op bij Gina.'

Om halftwaalf belt Josée op om te vragen waar ik blijf.

'Ik sta met mijn jas aan,' lieg ik. Gelukkig zie ik op dat moment Menno de straat in komen rijden. Een kwartier later zit al mijn bagage in de auto. 'Je gaat me heel erg missen hè?' vraag ik Menno. 'En veel aan me denken?'

'Ik ga nachten huilend in bed liggen terwijl ik je naam prevel,' belooft hij. 'Maar je belt toch wel?'

'Ik bel.' Ik zoen hem voor de allerlaatste keer. Dan stap ik in, zet een bandje van Julien Clerc op en rijd de straat uit. In mijn achteruitkijkspiegel zie ik Menno zwaaien.

Juni

WOENSDAG

De opening van de tent hebben we richting zee gezet. Het is nog vrij vroeg in het seizoen, dus er zijn veel militante kampeerders die het laf vinden dat we elke avond uit eten gaan. Liggend voor de tent begin ik een beetje tot rust te komen, maar het gedoe blijft door mijn hoofd spoken. Hoe zal het verder gaan tussen Menno en mij? Wat gebeurt er als Elise contact zoekt? Ik vind het verontrustend dat ik hem steeds niet te pakken krijg. Josée heeft al drie keer met Peter gesproken.

Ik pieker ook een beetje over Gina. Mijn zus, van wie ik altijd dacht dat ze kinderen haatte, wil verhuizen om genoeg ruimte te creëren voor eigen kweek. En hoe zal het met Marie-Claire, eh, Claire gaan? Ik kan me toch niet voorstellen dat je gelukkig wordt van een waterstofperoxide-hoofd en een assertiviteitscursus.

'Even zwemmen?' Josée staat op in haar gebloemde bikini. Ze gaat er steeds beter uitzien. Haar huid is niet meer zo grauw en de wallen onder haar ogen zijn verdwenen.

'Ga jij maar, ik blijf nog even liggen,' antwoord ik. Ik vind dat ik er zelf ook steeds lekkerder uit ga zien. Jammer dat Menno er niet is om ervan mee te genieten. Door mijn donkere zonnebril bekijk ik hoe Josée in bejaardentempo te water gaat. Een man met zwemvliezen in zijn hand volgt het proces ook. Ik heb me net omgedraaid als ik gegil hoor. De zwemvliesman heeft Josée opgetild, haar verder de zee in gedragen en haar weer laten vallen. Verontwaardigd sta ik op om haar te helpen, maar Josée heeft zijn bermuda al vast en rukt hem in één beweging tot op zijn knieën. Hij staat het ding nog beteuterd omhoog te sjorren als Josée met ferme pas terug komt lopen naar de tent.

'Belachelijk,' foetert ze. 'Als hij me leuk vindt, kan hij toch gewoon om een vuurtje vragen of zo?'

'Wil je dat ik hem op zijn bek sla?' Een bruingebrande man met blond haar is op zijn hurken bij ons komen zitten.

'We kunnen dat type wel aan,' zegt Josée stoer.

'Ik heet Paul,' zegt hij. 'Jullie zijn hier zeker ook op vakantie?' Hij vertelt dat hij uit het zuiden van het land komt, manager is in de IT en hier een week of twee blijft. Even later stelt hij voor een ijsje te halen.

'Lekker ding,' zeg ik terwijl ik hem nakijk.

'Mooie billen,' keurt Josée.

'Is ie voor jou of voor mij?'

Josée giechelt. 'Voor geen van beiden, toch?'

'Nee, natuurlijk,' antwoord ik. Maar als het me vanavond weer niet lukt om Menno te bereiken, weet ik niet hoe zedelijk ik blijf.

VRIJDAG

Weer Menno's verdomde antwoordapparaat. Wie heeft er tegenwoordig überhaupt nog zo'n ding. Wedden dat die afgrijselijke Elise nu op de thee is, of dat ze samen in bad zitten terwijl hij... Mijn nek verkrampt.

'Hebben jullie vanavond wat te doen?' Paul heeft een grijs T-shirt aangetrokken waardoor hij nog bruiner lijkt.

'Helemaal niets,' antwoord ik, 'of het moet met jou zijn.'

We gaan wat drinken op de boulevard. Hordes toeristen lopen voorbij en Josée en ik leveren op iedereen commentaar. Paul probeert een goed gesprek met ons te voeren, over werk en hoe je in het leven staat of zo, maar hij komt er niet tussen.

Na de zoveelste rosé staat Josée op. 'Ik ga eens op tent aan.' Ze kust Paul, zegt tegen mij: 'Geen stomme dingen doen,' en wankelt weg.

Het personeel is al bezig met stoelen binnen zetten.

'Ga je mee wat drinken op mijn hotelkamer?' vraagt Paul.

De hele avond heeft hij onze drankjes betaald en gedaan alsof alles wat ik zei Bijzonder Belangwekkend was, dus ik denk dat hij nu een soort beloning verwacht. 'Ik wil nog wel even naar het strand,' zeg ik.

Hij slaat zijn arm om mijn schouders en ik vind het wel best. Niemand te zien op het strand. Ik trek langzaam al mijn kleren uit.

'Wat doe je nou?'

'We gaan zwemmen,' zeg ik. Ik ben benieuwd of hij gek genoeg is om mijn voorbeeld te volgen. Maar als ik tot mijn dijen in het water sta, vraag ik me af of dit nu wel zo'n slim idee is. Het is zo koud dat mijn tenen bijna gevoelloos zijn. Paul heeft zich inmiddels ook uitgekleed en rent de zee in. 'Whaaaa!' brult hij voor hij kopje-onder gaat.

Ik wil me niet laten kennen, haal diep adem en doe hetzelfde. Het bloed bonst in mijn oren als ik weer boven kom. Al mijn zintuigen zijn verdoofd. Of toch niet, want plotseling voel ik een hand op mijn borst. Paul probeert zijn tong in mijn mond te duwen. Hij smaakt naar zout en wijn. Het is eigenlijk wel lekker, maar wil ik dit? Wat zei Oprah ook alweer over overspel? Lag de grens bij tongzoenen of bij penetratie? En is het overspel te noemen als mijn vriend het waarschijnlijk op dit moment ook met een ander doet?

'Wat is er?' vraagt Paul. 'Vind je het niet lekker?'

'Beetje koud,' zeg ik laf.

'Mijn hotel is vlakbij,' zegt hij. 'Met een warme douche en zachte handdoeken.' Ik sputter nog wat tegen, maar die douche klinkt verleidelijk. De nachtportier kijkt niet eens vreemd op als we in onze kletsnatte kloffies binnenkomen.

Op zijn kamer draait Paul onmiddellijk de kraan open. 'Ga er maar vast onder,' zegt hij. 'Ik kom er zo aan.'

Ik heb me ingezeept met de hotel-douchegel als hij naast me komt staan. Zie ik het goed? 'Je hebt een condoom om,' zeg ik verschrikt.

'Handig toch?' doet hij stoer. 'Anders moet ik er zo een gaan pakken.'

'Dit was niet helemaal mijn bedoeling,' zeg ik. Ik duw hem opzij en stap uit de douche. Terwijl het schuim nog tussen mijn borsten glijdt, hijs ik me in mijn kletsnatte spijkerbroek.

Paul slaat een handdoek om zijn middel. 'Ik heb nog nooit meegemaakt dat een vrouw hysterisch reageert op een condoom.'

'Misschien moet je voortaan vragen of er wel geneukt gaat worden.'

'Ja maar...'

'Ja maar, ik ga nu weg.' Ik loop de kamer uit, zwaai naar de nachtportier en zak buiten giechelend ineen tegen het hek van het hotel.

ZONDAG

Na een paar uur ben ik een beetje misselijk van het kaartlezen in de auto. Josée rijdt, want ik ben zo verkouden dat ik alleen nog lucht krijg als ik met mijn hoofd achterover op de hoofdsteun lig.

'Ik begrijp jou niet,' zegt ze. 'Heb je een leuk vriendje, ga je met de eerste de beste figuur mee. Je hebt nog mazzel dat je niet bent aangerand.'

'Misschien heb ik dat leuke vriendje wel niet meer,' zeg ik.

Aan het eind van de reis worden we melig. Vanaf Breda zingen we: 'We zijn er bijna...' En dan moeten we nog ruim een uur.

Zodra ik de sleutel in het slot steek, hoor ik Otje miauwen. Ik laat mijn tas vallen en til haar op – in ieder geval iemand die me heeft gemist. Ik zet Otje weer neer om mijn voicemail af te luisteren. Vijf keer een beller die onmiddellijk heeft opgehangen, Gina en Menno: 'Dag Floor, lieverd, heb je het leuk gehad? Hier is het hectisch, druk, druk, druk. Maar zodra ik een gaatje in mijn agenda heb, ben je de eerste. Ik bel je nog wel.'

Woedend smijt ik de hoorn op de haak. Dit telefoontje was

vast ook een gaatje in zijn agenda.

Ik ga onder de douche staan om het klamme autozweet van me af te wassen. En de tranen van teleurstelling.

Iedereen op kantoor is bruiner dan ik.

'Het is hier prachtig weer geweest,' zegt Claire. Ze geeft me een beker koffie. 'Heb je wel een leuke vakantie gehad? Je ziet er doodmoe uit.'

'Beetje verkouden,' mompel ik. 'Maar het was heerlijk.'

'En Menno? Blij zeker dat...'

'Ik zie hem waarschijnlijk vanavond,' onderbreek ik haar. 'Hoe is het met jou?'

'Mijn moeder is dit weekend weer geweest,' zegt ze terwijl ze omkijkt of Stephanie niet meeluistert. 'Ze wilde mij en mijn broer per se mee uit eten nemen. "Om te vieren dat het weer goed met je gaat," zei ze. We gingen naar een Argentijns restaurant, met van die grote lappen vlees. Ze zat elke hap mijn mond in te kijken, ik werd er doodzenuwachtig van.'

'Dus echt gezellig was het niet?'

'Nee. Het gaat wel beter met eten, maar nog niet echt goed. En dan voel ik me zo schuldig alsof ik haar teleurstel.'

'Ik vind dat ze trots op je moet zijn,' zeg ik ferm. 'In vergelijking met een paar maanden geleden gaat het zó goed met je.'

'Ja hè?' Pas als ze wegloopt, zie ik dat ze een panty met tijgerprint aan heeft.

Zodra ik de grootste stapel werk af heb, probeer ik Menno nog maar eens te bellen. In de galerie neemt niemand op. Thuis krijg ik weer zijn antwoordapparaat en ik heb al drie boodschappen ingesproken. Waar hangt hij toch uit?

Bij Elise, dreint een rotstemmetje in mijn hoofd.

Menno heeft een gaatje in zijn agenda kunnen vinden. Gister-avond belde hij – natuurlijk net toen ik even zonder telefoon naar de snackbar was om sigaretten te halen – of ik vanavond naar hem toe wilde komen. 'Ik kan niet wachten tot ik je zie,' hoorde ik op mijn voicemail.

Uit mijn kast pak ik de doorkijkbloes met inkijk, het kortste minirokje en natuurlijk het stoutste ondergoed: mijn zwarte push-upbeha met bijpassende slip. Of misschien helemaal geen slip? Mijn ogen maak ik op à la BB en in m'n haar knijp ik krullen. Ik ga Menno flink inwrijven wat hij heeft gemist.

Nadat ik twee keer heb aangebeld, opent de zoemer de deur. Met bonzend hart loop ik naar boven, klem een roos tussen mijn tanden en gooi met een woeste zwaai de deur open. 'Daar ben ik weer, lieverd. Ben ik niet bruin...'

Op de bank zit een geriatrisch echtpaar aan een glaasje sherry te nippen. Ze kijken me verbaasd aan, tot de man zich zijn ma-nieren herinnert. 'Mag ik mij voorstellen? Diederik van Greve-lingen, en dit is mijn vrouw Marga.' Hij kijkt me vragend aan.

Dan besef ik dat ik nog steeds met die roos in mijn mond sta. 'Floor, eh, Faber,' schutter ik. 'Is Menno er niet?'

'Hij is in de keuken hapjes aan het klaarmaken,' zegt de vrouw.

Menno zit aan tafel hardgekookte eieren te pellen. 'Ik ben even bezig,' zegt hij zonder op te kijken.

'Ik ben het, Floor,' zeg ik. 'Weet je nog wel, je vriendin die je zo verschrikkelijk hebt gemist? Ik dacht trouwens dat wíj iets afgesproken hadden. Wie zijn die demente knarren?'

Hij draait zich naar me om. 'Dat zijn belangrijke klanten van me, ze overwegen om...' Hij staart naar mijn doorkijkbloes en blote benen. 'Hebben ze je zo gezien?'

'Ik had ook nog een roos in mijn mond.'

'Verdomme, die verkoop kan ik dus wel vergeten. Ze zullen...'

'Ze zullen snel doorhebben wat voor ei jij bent,' zeg ik terwijl ik een blikje zwart spul over zijn beige broek uitstort. Ik ren de keuken uit en been langs het verbouwereerde echtpaar. Als ik bijna bij de deur ben, roep ik naar Menno: 'Ik laat het hier niet bij zitten. Ik weet zeker dat het bureau u heeft verteld dat ik geen trio's doe!'

MAANDAG

Wanneer Frits me die middag voor de derde keer afsnauwt, barst ik in snikken uit. 'Maar Floor toch,' zegt hij terwijl hij harkerig een arm om me heen slaat. 'Het was echt niet zo bedoeld. Weet je wat, ik tik die offerte zelf wel. Zal ik dit ook maar weer meenemen?' vraagt hij, wijzend op een dringende brief.

'Nee,' piep ik, 'het ligt niet aan jou. Het is iets met mijn vriend.'

'Wat dan?'

'Het is uit!' hijg ik.

Stephanie en Claire hebben het gesprek met grote ogen gevolgd. Claire komt achter haar bureau vandaan met een grote doos tissues. 'Snuit je neus,' gebiedt ze. 'Vertel me, heb je hem met die andere vrouw betrapt? Ik wist het wel, die Menno is gewoon een ploert. Alle mannen zijn overspelige ploerten.'

Nu begint Frits zich echt ongemakkelijk te voelen. Hij mompelt iets over vrouwenzaken en glaasjes water en beent weg.

'Jij laat over je heen lopen, Floor,' vervolgt Claire. 'Vrouwen doen dat. Mijn vader walste over m'n moeder heen. En ik liet me helemáál door iedereen alles zeggen!'

'Ik geloof niet dat...' mompel ik.

Maar Claire is niet te stoppen. 'Je moet een assertiviteitscursus doen. Net als ik. Je ziet hoe ik ervan opgeknapt ben.'

'Ja,' antwoord ik beduusd.

'Gewoon flink van je af leren bijten.'

'Ik denk dat ik even naar het toilet ga,' onderbreek ik haar. Pas als ik tegen mijn spiegelbeeld heb gezegd dat het allemaal wel goed komt, voel ik me iets beter.

VRIJDAG

Josée en ik zitten op een terras de vakantiefoto's te bekijken. 'We waren toch best bruin,' zegt Josée.

'En we leken best gelukkig,' vul ik aan.

'Dat waren we ook,' antwoordt ze.

Jaloers kijk ik opzij. Peter had haar ver-schrik-ke-lijk gemist. Bij thuiskomst waren er bloemen, wijn en seks. Veel seks, als ik Josée mag geloven. Nee, dan mijn ontvangst...

Alsof ze mijn gedachten leest, vraagt Josée: 'Heb je nog wat van Menno gehoord?'

'Nee. Weet jij of hij weer wat met Elise heeft?'

'Geen idee,' zegt ze. 'Peter en Elise praten alleen nog maar over de kinderen.'

Ik kijk haar ongelovig aan.

'Ik weet echt niks.' Ze begint een verhaal over wat zij, Peter en de kinderen dit weekend gaan doen.

Op gepaste momenten zeg ik wat terug, maar echt luisteren lukt niet. Mijn gedachten blijven maar om Menno heen draaien. Is die stomme ruzie echt het einde van onze relatie? Ligt hij weer met Elise in bed? Zal ik hem bellen en vragen of hij mij ook mist?

'Ik ga maar naar huis,' zegt Josée na een poosje. 'Peter ligt op me te wachten.'

'Ja,' zeg ik. 'Het begint kil te worden.'

3
Zou hij nog wel eens
aan mij denken?

Juli

Ik zit met mijn hoofd onder een enorme varen en Gina staat klem tussen Gerard en de bar. Het is stampvol in dit Italiaanse restaurant. 'Waarom zeg je niks?' vraagt Gina. 'Je zit toch niet de hele tijd aan die Menno te denken?'

'Nee hoor,' antwoord ik, en ik pers er een glimlachje uit. Maar ik ben een liegbeest. Menno is de afgelopen weken geen seconde uit m'n hoofd geweest. 'Zet je eroverheen,' zegt iedereen, en: 'Hij is je niet waard.' Alsof iedereen een prijskaartje op z'n voorhoofd heeft.

'Floor heeft een borrel nodig,' zegt Gerard, 'ze kijkt weer zo gekweld.' Ik giet er nog een glas witte wijn in. Dan zit ik morgen maar met een kater op kantoor. Zo voel ik me toch al voortdurend.

Na nog een kwartier is er eindelijk een tafeltje vrij. Gerard bestelt terwijl Gina vertederd naar hem kijkt. Ze zijn wel extra klef vanavond. Of zie ik liefdesgeluk bij anderen beter omdat ik zelf ongelukkig ben? Als de ober weg is, grijpt Gerard Gina's hand. 'We willen je wat vragen, Floor,' zegt hij.

'Natuurlijk pas ik op het huis als jullie met vakantie zijn,' antwoord ik. Gina en Gerard lachen. 'Dat willen we je óók vragen, maar wat we nú willen vragen, is of je getuige wilt zijn op ons huwelijk.'

'Jullie gaan trouwen? Wat geweldig.' Wankelend sta ik op en omhels eerst Gina en daarna Gerard. 'Ik ben zo blij voor jullie,' stamel ik. De tranen springen in mijn ogen.

Gerard geeft me zijn servet. 'Dat zien we.'

'Begrijp dat dan,' sist Gina, 'ze heeft het gewoon een beetje moeilijk door die Menno.' Ik droog mijn ogen en sta op. 'Op de liefde,' proost ik. 'Dat de betovering voor eeuwig moge duren.'

VRIJDAG

Claire heeft mijn haar in de krul gezet, me een hippe jurk geleend en me zwaar opgemaakt. 'We gaan op dat feest helemaal loos,' beloofde ze. Zodra we er waren, nam ze twee pilletjes en sindsdien is ze de dansvloer niet meer af geweest.

Ik vind pilletjes eng, dus houd ik het heel saai op bier. Veel bier. Maar misschien kan ik wat high energy bij het manvolk vinden. Achter de bar staat iets waar ik wel een beschuitje mee wil eten, en de man die aan komt lopen ziet er ook veelbelovend uit... Het zweet breekt me uit, mijn hart klopt zo snel dat ik een hartaanval denk te krijgen.

Het is Menno.

Waar is Claire? We moeten de jassen gaan halen. Hoe zie ik eruit? Kan ik nog naar het toilet vluchten en via een raam ontsnappen?

Te laat, hij heeft me al gezien en komt op me af.

Het enige wat ik weet uit te brengen als Menno voor mijn neus staat, is de lulligste openingszin aller tijden: 'Goh, kom je hier vaker?'

'Ik had je hier niet verwacht,' zegt hij terwijl hij me een natte zoen geeft. Hij ruikt naar zweet en iets duurs wat ik niet ken.

Op slag ben ik meer pissig dan zenuwachtig. 'Anders was je wel ergens anders naartoe gegaan hè?' bijt ik hem toe.

'Ik ben juist blij dat ik je tegenkom,' zegt hij. 'Ik durfde niet te bellen.'

Ik trek mijn wenkbrauwen tot mijn haargrens op. 'Moet ik dat geloven?' Woest draai ik me om en loop weg, Menno hopelijk verbouwereerd achterlatend. Wat denkt ie wel, dat ik elk kut-smoesje slik? Ik wil onmiddellijk naar huis, of naar een café om me vol te laten lopen.

Claire staat nog steeds op de dansvloer. Ze denkt dat mijn ge-baar 'jassen halen' een nieuw danspasje is. Vrolijk doet ze me na.

Dan stort ik me maar in de hossende menigte. 'Menno is hier!' brul ik in haar oor. 'Ik wil weg!'

'Doe mij ook nog maar een cola!' antwoordt ze.

'Menno is hier!' wil ik opnieuw gillen, maar dat is niet nodig want hij heeft zich tussen Claire en mij geperst. Ik liplees dat hij met me wil praten. 'Ik niet met jou,' brul ik zo hard mogelijk. Ik pak Claires hand en trek haar mee naar de garderobe. Gelukkig staat er geen rij.

'Wat wilde hij nou?' vraagt Claire terwijl we de fietsen losma-ken. 'Je laat je toch niet weer door hem inpakken?'

'Hij wilde met me praten, maar Menno komt er bij mij niet meer in.'

'Goed zo,' zegt ze. 'Mannen denken maar dat ze alles kunnen flikken.' Op de fiets begint ze weer aan een litanie tegen de man in het algemeen.

Ik luister niet omdat ik keihard moet trappen om haar bij te houden. De pilletjes die ze heeft genomen, werken waarschijn-lijk nog steeds. Wat wilde Menno me eigenlijk vertellen? Mis-schien had hij wel een heel plausibele verklaring. Had hij me na mijn vakantie niet meteen opgezocht omdat hij het echt heel druk had. Durfde hij echt niet te bellen na die ruzie. Woedend besef ik dat ik alles aan het vergoelijken ben. Tot mijn voordeur dreunt op de maat van de pedalen in mijn hoofd: Menno is een zak, Menno is een zak.

WOENSDAG

Het laat me niet los. Of liever: Menno laat me niet los. Ik sluip al drie dagen om de telefoon heen, heb al twee keer zijn nummer gedraaid en snel opgehangen als ik 'm hoorde overgaan. Daarom bel ik Josée. Na het gebruikelijke gebabbel over Peter en haar werk, stel ik mijn brandende vraag: 'Zegt Peter wel eens iets over Menno?'

Josée zucht. 'Floor, ik weet niets, maar hou toch op met die vent.'

Uitgebreid beschrijf ik mijn laatste confrontatie met Menno.

Ze luistert aandachtig. 'Blijkbaar heb je geen rust voor je hem gesproken hebt, dus bel hem nou maar gewoon.'

We hangen op. Ik ga naar de wc, schenk nog een kop koffie in, steek een sigaret op en draai Menno's nummer.

ZATERDAG

Het is tijd om in actie te komen. Ik heb Menno zo'n drie keer, nou ja, negentien keer geprobeerd te bellen en de enige met wie ik contact heb gekregen, is zijn antwoordapparaat. Dus heb ik mijn sexyste zomerjurk aangetrokken, mijn benen puntgaaf geschoren en de schoenen aangetrokken waardoor mijn benen zo'n tien centimeter langer lijken. Daarna ben ik naar de galerie gefietst, want op zaterdag is Menno daar meestal wel.

Hoe dichter ik bij mijn bestemming kom, hoe meer de temperatuur lijkt te stijgen. De deur van de galerie staat open. Ik recht mijn schouders en loop naar binnen. Niemand te zien. Ik doe m'n best om zwierig langs de kunst te flaneren – jammer dat deze schoentjes mijn middelste tenen wat afknellen.

Na vijf minuten is er nog niemand verschenen. Wat nu? 'Joehoe' gillen? Ik luister aan de deur van zijn kantoortje. Ik hoor niets, of toch? Een soort gekreun, lijkt wel. Met een woeste zwaai gooi ik de deur open. Het eerste wat ik zie, zijn Menno's gespierde billen.

Hij hangt met zijn broek op z'n knieën over Elise heen. Ze doen het op zijn bureau.

Elise is degene die me het eerst ziet staan. 'Ga weg!' krijst ze.

'Hé Floor,' zegt Menno zwakjes.

'Ja, ik dacht, ik was in de buurt,' antwoord ik.

ZONDAG

De hele nacht heb ik die rotscène op mijn netvlies. Tegen de ochtend word ik woedend op Josée, zij móét hebben geweten dat Elise en Menno weer een relatie hebben. En zij heeft me nota bene aangemoedigd om hem te bellen! Waarom heeft ze het niet gezegd? Ik ren de deur uit, spring op mijn motor en rijd naar haar huis.

Het duurt lang voordat ze opendoet. Veel te lang. Ik houd mijn vinger net zo lang op de bel tot ik gemorrel hoor.

'Wie is daar?' roept Josée naar beneden.

'Ik,' roep ik terug en storm de trap op. 'Wat ben jij een ongelooflijke trut!'

'Ben je wel helemaal lekker?' Ze wrijft slaperig in haar ogen. 'Het is pas halfacht!'

'Kan me niet schelen, je bent me een verklaring schuldig.'

Inmiddels is Peter ook uit bed gekomen. 'Wat is hier aan de hand?'

'Die ex van je doet het met mijn vriend!' En dan stort ik in. Met hoge uithalen jank ik het verhaal eruit.

Josée klopt moederlijk op mijn rug. 'Ik wist het echt niet,' zegt ze. 'Peter praat helemaal niet meer met Elise. O Floor, ik vind het zo ellendig.'

ZATERDAG

Ik zit naast Gina in de auto. Ze gaat me verrassen, heeft ze beloofd. Het is een uur of tien en we rijden langzaam de stad uit. Het is bloedheet en we staan in een strandgangersfile.

'Gaat het een beetje, zusje?' vraagt Gina over haar zonnebril heen.

Ik grom wat terug en tel uit verveling de rode auto's die voorbij komen. Na auto 24 zie ik de afslag naar het strand. Even later rijden we 'm voorbij. 'Shit,' zeg ik, 'nou moet je keren.'

Verbaasd kijkt Gina opzij. 'Nee hoor.' Ze neemt de volgende afslag, en even later rijden we door de weilanden. Bij een bouwvallige boerderij parkeert ze de auto. 'Wat vind je ervan?' vraagt ze gespannen.

Ik kijk om me heen. 'Nou gewoon, koeien.'

'Nee gek, ik bedoel het huis.' Ze stapt uit en maakt een weids gebaar. 'Dit optrekje is sinds kort van mij en Gerard. Is het niet fantastisch?' Ze loopt voor me uit naar de boerderij en wijst naar een strook gras. 'Hier komt mijn moestuin, en daar een schommel.'

'Voor een eigen koter?'

'Misschien,' antwoordt ze luchtig. Na enig wrikken krijgt ze de voordeur open. Het is binnen zo donker dat ik in eerste instantie niets zie. 'Kun je geen licht aandoen?'

'De elektriciteit is nog niet aangesloten,' zegt Gina. Na een poosje begin ik het interieur te ontwaren. We staan te midden van een onbeschrijfelijke puinhoop: afbladderend behang, scheuren in de muur, in de keuken lijkt het aanrechtblok weggehakt, de trap mist wat treden... 'Jullie moeten er nog wel wat aan doen,' zeg ik voorzichtig.

'Gelukkig wel. Nu kunnen we het huis precies naar onze wensen inrichten.'

'Verbouwen, bedoel je.'

'Nou ja, Gerard is erg handig.'

Ik denk aan de boekenplanken die Gerard voor me heeft gemaakt. Precies een week hebben ze gehangen.

DINSDAG

Josée komt net aangefietst als ik bij haar aanbel. Twee boodschappentassen hangen aan haar stuur. 'De hel,' hijgt ze. 'Ik ga nooit meer om zes uur naar de supermarkt. De rij stond tot bij de zuivel, en ze hebben weer een reorganisatie gehad waardoor ik niets kon vinden.' Ik pak een tas aan en zie zalmmoten. 'Wat ben jij van plan?'

'Jij bent mijn proefkonijn,' antwoordt ze. 'Zaterdag komt een zakenrelatie van Peter eten en ik moet iets geweldigs op tafel zetten. Elise kon fantastisch koken.'

Leuk, ik ben er nog geen vijf minuten en de naam Elise is al gevallen. We slepen de tassen naar boven en ik ontkurk de wijn.

Josée bestudeert een kookboek. 'Ik hoop dat ik maïzena heb. Of denk je dat ik dat sausje ook gewoon met bloem kan aanmaken?'

'Ik heb geen idee,' antwoord ik, 'maar wel honger.'

'Je zult toch even moeten wachten,' zegt ze. 'Het moet ook nog een uur de oven in.' Ik schenk wijn in. Als het gerecht eindelijk de oven in kan, zijn we al aangeschoten. We zakken vermoeid op de bank.

'Hoe gaat het nu?' vraagt ze lodderig. 'Denk je nog veel aan Menno?'

'Het gaat wel,' zeg ik. 'Je hoort zeker niets over hem en Elise?'

'Ik denk niet dat je dat wilt weten.'

'Jawel.' Mijn hart bonst.

'Nou, vorig weekend is hij met Elise en de kinderen op stap geweest.' Als ze ziet hoe mijn gezicht betrekt, voegt ze er snel aan toe: 'Maar meer weet ik er niet van.'

Mijn avond is verpest en ik ben op slag nuchter. Menno, eeuwige flierefluiter en familiehater, gaat een weekend met de kids weg! Ik heb zelfs ruzie moeten maken voordat hij aan mijn zus voorgesteld wilde worden. Het doet pijn om te beseffen dat hij blijkbaar nooit echt verliefd op me is geweest. Maar erger is dat hij me nog steeds raakt.

VRIJDAG

Claire doet de hele week al geheimzinnig. Ze heeft vage binnenpretjes, ze zingt en ze heeft ook weer zo'n interessante gedaantewisseling ondergaan. Op het moment draagt ze een legerbroek met een strak T-shirt en haar haar heeft ze achterover gekamd. Een soort strijdbare feministe. Als ik onze kamer in loop, hoor ik haar nog net zeggen: 'Ik spreek je vanavond,' voordat ze snel de telefoon ophangt.

'Wie was dat?' vraag ik.

'O, zomaar iemand,' zegt ze nonchalant.

'Kom op,' zeg ik. 'Je wilt het dolgraag vertellen.'

'Iemand die ik een paar weken geleden heb ontmoet.'

'Wie dan?'

Met een blik op Stephanie snauwt ze: 'Je hoeft toch niet alles van me te weten?' En ze begint driftig te typen.

Augustus

MAANDAG

Na een saaie dag op kantoor zit ik in de tram een beetje voor me uit te staren. Vanavond ga ik mezelf eens lekker verwennen. Er is een spannende film op televisie, ik heb nog sla en een biefstuk thuis en ik ga uitgebreid douchen. We stoppen bij een halte waar een hoop mensen staan te wachten: een roze gepermanente oma, een yup en een moeder plus kinderwagen stappen in. Pas als de tram weer begint te rijden, zie ik bij de halte ook een bekende regenjas. Menno. Hij zwaait zwakjes naar me, en automatisch glimlach ik terug.

Pas als we de straat uit zijn, merk ik dat ik zit te trillen op mijn bankje. Hij leek magerder geworden en zag er moe uit. Zou hij nog wel eens aan mij denken? Is hij gelukkig met die Elise?

Mijn leuke avond is ineens een zwart gat. De biefstuk smaakt naar leer en onder de douche zie ik dat de shampoo op is. Ik voel me zielig en net zo alleen op de wereld als Remi. Ik wil net in bed stappen om mezelf in slaap te huilen, als de telefoon gaat. 'Met Floor,' piep ik.

'Gelukkig, je bent huis. Ik ben zo ontzettend kwaad. Ik had je toch verteld van dat zakendiner?'

'Ha Josée,' snif ik.

'Nou, het ging volgens plan. Mijn zalmschotel was geslaagd, de salade was heerlijk en zelfs m'n koffieparfait was perfect. En weet je wat Peter vanavond tegen me zei? "Volgende keer kun je misschien ook wat hapjes maken voor bij de borrel. Elise was daar heel goed in."'

'Je meent het,' zeg ik.

'Ja, ik was zo verbaasd dat ik niets kon zeggen. Hoe durft ie! Nou, de volgende keer sloof ik me niet meer uit. Hij gaat zelf maar een hele dag in de keuken staan. Of...'

Ik houd de hoorn een eindje van mijn oor, zo hard schreeuwt ze.

'Wat vind jij er nou van?' eindigt ze haar tirade.

'Waar is Peter?' vraag ik.

'Naar de sportschool. Wacht, hij komt net binnen. Ik bel je nog wel.' Ze hangt op.

Tegen het tuut-tuut-tuut zeg ik: 'Het gaat ook niet zo goed met mij.'

VRIJDAG

Claire zit al in het café als ik binnenkom. Ze is druk in gesprek met de bonkige vrouw naast haar. Ik hoop dat die zo weggaat, want ik heb ontzettend de behoefte om tegen Claire over mezelf te zeuren.

'Dit is Frida,' stelt Claire voor.

'Zeg maar Frid,' zegt de vrouw terwijl ze mijn hand bijna in tweeën knijpt. 'Ik ben de vriendin van Claire.'

'Ik ook,' antwoord ik.

Frida begint zo hard te lachen dat ik haar achterste vullingen kan zien. Als ze op adem is gekomen, zegt ze: 'Wat wil je drinken? Claire neemt nog een Berenburger.'

'Doe maar een biertje,' antwoord ik. Terwijl Frida naar de bar loopt, zeg ik tegen Claire: 'Jij dronk toch nooit sterkedrank?'

'Frid heeft het me leren drinken.'

'En wat bedoelde ze met: "Ik ben de vriendin van Claire"?'

'Doe niet zo naïef, Floor,' antwoordt Claire en ze wordt knalrood.

ZATERDAG

Omdat mijn motor in de garage is voor een reparatie, kost het me vijf strippen, twee keer overstappen en een boel ergernis om het nieuwe huis van mijn zus te bereiken. Op het tuinpad hoor ik al 100% NL en breekgeluiden. Gina staat met een boerenzakdoek voor haar neus naar werkende mannen te kijken.

'Moet jij niks doen?' vraag ik.

'Ik delegeer,' zegt ze. 'Nou ja, ik zet koffie.'

'Het schiet al lekker op,' zeg ik. Het lijkt wel of ze alles hebben gesloopt behalve de vier muren van de boerderij. Zou dit ooit nog goed komen? Alsof ze mijn gedachten gehoord heeft, zegt Gina: 'Over een maand herken je het niet meer terug. Het wordt een droomhuis.' Ze trekt me mee naar de keuken, dat wil zeggen: de ruimte waar eerst de keuken was, en schenkt koffie voor me in in een stoffige mok. Ik móét even roddelen over Claire.

'Zo,' zegt mijn zus peinzend, 'dus Claire heeft een vriendin.'

'Ja, vreemd idee hè? Niet dat ze het vaak over vriendjes had. Maar ik heb er moeite mee dat ze het afgelopen jaar zo veranderd is. Eerst die zelfmoordpoging, toen die assertiviteitscursus en nu die Frida.'

'Wat is het voor type?'

'Stoer maar wel aardig, geloof ik. Hoewel ik vond dat ze nogal bazig tegen Claire deed. Zo van: wij drinken Berenburger, wij vinden dat een rotfilm, wij gaan nu weer want we zijn moe. Claire had niks in te brengen. En wat ik helemaal raar vond, was dat Frida zei dat Claire uit therapie gaat.'

'Dat lijkt me niet verstandig,' zegt Gina.

'Mij ook niet. Maar Frida vindt therapie een hoop onzin.'

'Ik zou die vrouw wel eens willen zien.'

'Dat kan,' zeg ik, 'volgende week geef ik een feestje.'

DONDERDAG

Bij de deur twijfel ik nog even: zal ik nou wel of niet. Maar ik ben toe aan een nieuw gezicht, een nieuwe uitstraling, een nieuwe Floor. Dus haal ik diep adem en stap naar binnen. Na een kwartier bladeren ben ik helemaal op de hoogte van de laatste liefdesbaby's en echtscheidingen in showbizzland.

'Hoe had u het gehad willen hebben?'

De kapster heeft zelf erg kort haar.

'Iets anders,' zeg ik. 'Misschien een beetje bijpunten?'

De kapster tilt een lok op. 'Het is nogal dood.' Na het wassen knoopt ze me een lichtroze slab voor. Ze zet klemmen in mijn haar en babbelt over het weer. Rond mijn voeten groeit een bergje haar.

'Het wordt misschien wat erg fris in mijn nek,' zeg ik voorzichtig.

'Je bedoelt kort?' vraagt de kapster. 'Daar had je eerder mee moeten komen, ik kan het niet langer knippen.' Ze lacht hard.

Ik durf niet meer in de spiegel te kijken. Ten slotte masseert mijn kapster gel in mijn haar en grijpt de föhn. Tien minuten later kijkt ze me verwachtingsvol aan. 'Wat vind je ervan?'

'Leuk wel,' zeg ik weifelend.

Maar als ik mijn fiets van het slot haal, hoor ik bewonderend gefluit.

VRIJDAG

Elk jaar weer denk ik: dit is de laatste keer dat ik mijn verjaardag vier. Bezorgd sla ik mijn bezoek gade. Het gesprek tussen mijn moeder en Gerard lijkt stil te vallen, misschien moet ik daar zo even tussen gaan zitten. Gina verveelt mijn vader met verbouwingsverhalen en Peter speelt deejay met de dertig cd's die ik rijk ben. In de keuken helpt Claire met toastjes smeren, Frida komt later omdat ze eerst een cursus moet geven. Net als ik telefonisch word gefeliciteerd door een tante van wie ik dacht dat ze al dood was, belt er weer iemand aan. Ferdinand, de broer van Claire, komt binnen met zijn vriendin Celine en een grote kamerlinde. Gelukkig komen ze nooit op bezoek, want zo'n plant overleeft geen maand Floor.

De stemming begint er toch in te komen. Ik schenk nog meer drank in en trek wat zakken chips open. Peter heeft Robbie Williams keihard opgezet; mijn zus, die genoeg te drinken heeft gehad, zingt mee.

Ik laat net mijn ouders uit als Frida voor de deur staat. 'Gefeliciteerd,' zegt ze en geeft me een berenomhelzing. Mijn moeder zal morgen wel bellen om uitleg te vragen.

Frida kust Claire in de keuken en gaat dan naast Ferdinand zitten. Iedereen lijkt zich te vermaken, dus ik kan wel even naar de wc. Met m'n broek op mijn knieën luister ik naar het getater en geroezemoes. Ineens hoor ik alleen nog muziek, de gesprekken zijn stilgevallen.

'Sla 'm op z'n bek, Frid!' hoor ik Claire roepen.

Geef ik eens een feestje, wordt het een vechtpartij. Dadelijk gaan ze met glazen gooien, of nog erger. Ik weet niet hoe snel ik mijn broek moet dichtritsen. Als ik de kamer in storm, zie ik dat Ferdinand Frida in een wurggreep houdt. 'Laat los!' gil ik. 'Waarom doet niemand iets?'

Ze kijken me verbouwereerd aan tot Frida begint te lachen. Al snel doet iedereen mee. Ferdinand valt zelfs op de vloer van de pret.

'Het is een demonstratie, Floor,' giechelt Claire. 'Frid geeft les in zelfverdediging en ze liet net zien hoe je een aanvaller afpoeiert.'

'Leuk.' Ik loop naar de keuken om een slokje water te drinken. Pas na een minuut of vijf kan ik de grap ervan inzien.

Om halfvijf gaan als laatsten Ferdinand en Celine weg. Ik ben zo moe dat ik meteen in bed wil kruipen, maar dan zit ik morgen in de rotzooi. Overal staan lege glazen, zelfs in de boekenkast. De bakjes waar chips in zaten, zijn als asbak gebruikt. En tot mijn schrik ontdek ik dat iemand in de vuilnisbak op het balkon heeft gekotst.

ZATERDAG

Ik heb een liter water gedronken en een paracetamol genomen voordat ik naar bed ging, dus de kater is te hanteren. Mijn huis is ook al bijna in oude staat als ik de post ga halen. Twee kaarten van verre familie, een van een oude klasgenoot, en een envelop met een bekend mannelijk handschrift. Dat van Erik. Er zit een kaart in met een olifantje. Achterop heeft hij geschreven: *Lieve Floor, gefeliciteerd met je verjaardag. Misschien kunnen we weer eens uit eten? Ik woon nog op hetzelfde adres. Bel je me een keer?*

Wat moet ik daar nou mee? En wat bezielt hem om na zoveel maanden weer contact met me op te nemen? Maar ik ben wel benieuwd hoe het met hem is. We hebben bijna vier jaar een relatie gehad, dan is het eigenlijk idioot dat je elkaar voorgoed uit het oog verliest.

Tijdens de lunch in een café met Claire leg ik haar het probleem voor.

'Verbaast me niks,' zegt ze terwijl ze haar kroket fijnprakt op een boterham. 'Gewoon zo'n typisch geval van man. Hij had na jou toch een nieuwe vriendin? Dat is natuurlijk uit. Nu voelt hij zich eenzaam en stuurt hij jou een kaart. Ik zou er maar niet op ingaan.'

'Maar ik ben nieuwsgierig,' sputter ik tegen.

'Je moet het zelf weten, maar ik heb je gewaarschuwd.' Ze spuit mosterd over de kroketpap, het mengsel lijkt op diarree.

'Ga je dat eten?' vraag ik. 'Het is net kindervoeding.'

'Heerlijk,' zegt ze, en neemt een grote hap. 'Frida vond je feestje trouwens erg leuk. Ik ben ook blij dat mijn broer Frid een keer heeft ontmoet. Ik zie er alleen zo tegen op om haar aan mijn moeder voor te stellen. Voor mij hoeft het nog niet zo, maar Frid vindt dat ik uit de kast moet komen.'

Je moeder mept je er zo weer in, wil ik zeggen, maar ik hou mijn mond.

Zijn nummer ken ik nog steeds uit m'n hoofd. Terwijl de telefoon overgaat, stel ik me voor hoe hij opstaat uit die bruine stoel en naar het lage tafeltje loopt. Of zou hij alles veranderd hebben? 'Met Erik.'

Er gaat een rilling van herkenning over mijn rug. 'Met Floor, ik heb je kaartje gekregen. Gaat het goed met je?'

'Heel goed,' zegt hij. 'En met jou?'

'Ook.'

We zwijgen allebei.

'Eh, misschien kunnen we een keer wat afspreken?' vraagt hij dan.

'Misschien,' antwoord ik.

'Of vindt je vriend dat vervelend?'

'Die heb ik niet,' zeg ik. Vergis ik me nou of mompelt hij: 'Mooi?'

We maken een afspraak voor volgende week. Bedachtzaam leg ik de hoorn op de haak. Wat verwacht ik eigenlijk van dit etentje? Zo leuk was het op het laatst niet tussen ons. Geharrewar, ruzies, verveling. Maar we hebben het ook leuk gehad. En ik voelde me bij hem altijd op mijn gemak. Zelfs zo dat ik de spanning buiten de deur ging zoeken. Nou ja, ik zal wel zien.

MAANDAG

Claire zit met een bedrukt gezicht achter haar computer en werkt het ene koekje na het andere naar binnen.

'Leuk weekend gehad?' vraag ik.

'Ging wel.'

'Kon je moeder het goed vinden met Frida?'

'Prima.'

'Krijg ik er nog meer over te horen?'

'Misschien.' Claire loopt met ferme pas naar het toilet. Als ze na vijf minuten nog niet op haar plaats zit, ga ik poolshoogte nemen. Ik hoor kermende geluiden achter de dichte deur. 'Kom er nou uit, Claire.'

Geen reactie.

'Als je er niet snel uit komt, trap ik de deur open!' Nog steeds niets.

'Ik vertel Stephanie dat je door het toilet bent gezakt en laat Frits komen met een schroevendraaier,' dreig ik.

Aarzelend doet Claire de deur open. 'Jij hebt geen respect voor privacy,' zegt ze met rode ogen. Ze loopt naar de handdoekrol en probeert erin te snuiten. 'Het weekend was afschuwelijk,' snottert ze. 'Ik dacht dat mijn broer m'n moeder voorbereid had. Nou, ze was er inderdaad klaar voor. De hele avond heeft ze rottige opmerkingen gemaakt over 'vrouwen die het met vrouwen doen'. Maar het ergste was dat ze deed alsof ik gek was. 'Claire heeft een moeilijke periode achter de rug,' zei ze, 'en het doet me pijn dat sommige mensen daar misbruik van maken.' Waarop Frid woedend van tafel liep. Ik wist niet wat ik moest doen, mijn moeder kalmeren of Frid achterna, dus barstte ik in tranen uit. Ik heb nog een tijdje met mijn moeder zitten praten. 'Ik ben je moeder en ik ken je het beste,' zei ze. 'Jij bent niet zó.' Ik probeerde het uit te leggen, maar ze luisterde gewoon niet. Daarna ben ik naar Frid gegaan, en die was zo kwaad dat ze niet meer met me wilde praten.' Met schokkende schouders piept ze: 'Ik weet niet meer wat ik moet doen.'

'Het komt vast allemaal goed,' sus ik. Ik hoop maar dat dat zo is.

Zodra ik thuis ben van mijn werk, was ik als een speer mijn haar, onthaar ik m'n benen en kleed ik me om. Precies een kwartier te laat storm ik het Italiaanse restaurant binnen.

Erik staat glimlachend op. 'Ik zit hier ook net,' zegt hij, 'want op tijd komen was niet je sterkste kant. Je wilt zeker rode wijn?'

'Lekker,' zeg ik buiten adem. Ik bestudeer hem terwijl hij de bestelling doet. Zijn haar is kort, verder is hij niets veranderd. Al snel zitten we te kletsen over familie, vrienden en werk. Het is alsof ik hem vorige week nog heb gezien.

Na het eten zakken we onderuit met een cognacje. 'Ik ben echt blij dat ik je weer zie, Floor,' zegt hij terwijl hij mijn hand pakt. 'De laatste paar maanden ging ik steeds meer aan je denken. Eigenlijk miste ik je gewoon.'

'Je hebt die leegte anders leuk weten te vullen met Bep – zo heet ze toch?' Ik probeer mijn hand los te maken uit zijn greep.

'Achteraf gezien was ik niet eens verliefd op haar. We pasten ook niet zo goed bij elkaar als jij en ik.' Hij buigt zich over de tafel heen om me te zoenen. Zijn tong tussen mijn lippen voelt zo vertrouwd.

'Laten we naar huis gaan,' zeg ik.

Hij betaalt de rekening en we lopen hand in hand naar de taxistandplaats. 'Naar jouw huis?' vraagt hij.

'Goed,' zeg ik.

Terwijl ik de sleutel in het slot van de voordeur steek, pakt hij van achteren mijn borsten. 'O Floor, wat heb ik dit gemist.'

We trekken onze kleren onderweg naar de slaapkamer uit. We weten precies wat we moeten doen om elkaar op te winden, kennen elk plekje van elkaars lichaam nog.

'We zijn voor elkaar bestemd,' zegt Erik terwijl hij me overal zoent. 'We kunnen gewoon niet zonder elkaar.'

Even voel ik me schuldig, want ik heb maanden niet aan hem gedacht. Ik was zelfs hartstochtelijk verliefd op Menno, nou ja, dat dacht ik. Moet ik dat aan hem vertellen? Maar dan zoent Erik me tussen mijn benen en vergeet ik alles.

September

ZONDAG

Om vier uur bellen Frid en Claire aan. Ze zien allebei bleek.

'Wil je een borrel?' vraag ik.

'Ik wel,' zegt Frid. 'Noodzaak. Gisteren zijn we naar Claires moeder geweest om het uit te praten. Nou, het was weer gezellig.'

'Hoe ging het?'

'Ze heeft gezegd dat Claire niet thuis hoeft te komen voordat ze met mij gebroken heeft.'

'Dat zei ze niet,' zegt Claire. 'Ze heeft gevraagd of ik eens goed over onze relatie wil nadenken. En over mezelf. En gezegd dat ik weer met therapie moet beginnen.'

'Het komt op hetzelfde neer,' vindt Frid. 'Denk maar niet dat ze mij ooit zal accepteren. Of jou, als je met mij om blijft gaan.'

'Ze moet gewoon aan het idee wennen,' houdt Claire vol.

'Dat mens went nergens aan. Ik heb nog nooit zo'n koude, burgerlijke kip ontmoet.'

'Je hebt het wel over mijn moeder!'

Er valt een dreigende stilte. 'Iemand chips?' vraag ik zenuwachtig.

'En heb ik al verteld dat Erik en ik weer bij elkaar zijn?'
Gretig begint Claire me uit te horen.

De stemming lijkt iets te verbeteren, helemaal als ik wat rampverhalen vertel over de verbouwing van het nieuwe huis van Gina. Tegen een uur of zes vertrekken Claire en Frid. Ik neem een aspirine want ik heb knallende hoofdpijn. Arme Claire.

DINSDAG

Er is weinig veranderd in het huis van Erik. De bank staat nog steeds recht voor de tv, dezelfde posters aan de muur, dezelfde planten in de vensterbank. Alleen staat Erik nu te koken met een belachelijk schortje om. 'Wat heb jij nou aan?'

'O dat,' zegt hij verlegen. 'Het was een cadeautje van een vriendin.'

'Die Bep had echt geen smaak,' plaag ik hem.

'Ze was wel verliefd op mij.'

Als antwoord geef ik hem een zoen. 'Zal ik de tafel dekken?'

'We kunnen toch bij de tv eten?' zegt Erik. 'Er komt een goede film.'

'Ik vind alles best,' antwoord ik.

Even later zitten we met een bord op schoot en Erik zapt rond totdat de film begint. Er is echt helemaal niks veranderd.

ZATERDAG

Gina en ik zitten op onze knieën plinten te schuren, veel plinten. Mijn vader en Gerard doen iets met een plafond. Ik voel een verlammende vermoeidheid in al mijn ledematen, veroorzaakt door liefde. En seks.

'Hou eens op met zingen,' zegt Gina. 'Ik heb al hoofdpijn en als ik dan ook nog dat gejengel van jou moet aanhoren...'

Nieuwsgierig kijk ik opzij. Ze ziet er inderdaad slecht uit: haar huid is dof en ze heeft ontstoken ogen van het stof.

'Ik word knettergek van die verbouwing,' moppert ze. 'Gerard dacht dat we hier binnen een maand konden wonen, maar het wordt eerder volgend jaar. En alles gaat mis. De nieuwe keuken komt weken later dan afgesproken, leidingen blijken verrot te zijn, werkmannen komen niet opdagen, en een geld dat het allemaal kost!'

'Je moet proberen erom te lachen,' zeg ik.

'Dat jij nou zo hysterisch vrolijk bent... Waarom is dat trouwens?'

'Erik,' zeg ik.

'Ken ik hem?' vraagt Gina.

'Je weet wel, ex-Erik.'

'O nee,' zegt Gina, 'ben je met hém weer wat begonnen? Je moet wel erg wanhopig zijn als je dat figuur van stal haalt.'

'Wat ben jij een ongelooflijke trut!' gil ik woedend. 'Je bekijkt het maar met je ruïne. Denk maar niet dat ik nog een poot voor je uitsteek.' Ik gooi mijn schuurpapier op de grond en stamp het huis uit. Maar natuurlijk start mijn motor in noodgevallen niet onmiddellijk.

Gina is achter me aan gelopen en trekt aan mijn arm. 'Wacht nou even, Floor,' zegt ze, 'zo heb ik het niet bedoeld.' Tranen staan in haar ogen. 'Het is alleen... Ik word gek van die verbouwing. En Gerard... Ik wil het je allemaal wel uitleggen, maar dat is nu een beetje moeilijk. Van de week kom ik langs, goed?' En dan: 'Zijn we nog vriendjes?'

'In ieder geval zusjes,' zeg ik nors. 'Bel me maar.' En ik stuif weg. Maar Gina heeft me aan het denken gezet. Waarom heb ik weer wat met Erik? Ik ben helemaal niet meer vrolijk.

Er staat een verzopen kat voor de deur. 'Plu vergeten,' zegt Gina terwijl ze zich uitschudt. 'Heb je een handdoek? Wat is het hier schoon,' zegt ze, om zich heen kijkend.

'Dat is de eerste keer dat jij zoiets over mijn huis zegt.'

'Het contrast met mijn huis is zo groot,' zegt ze. 'Als ik snuit, komt er zwarte rommel uit mijn neus. En gel hoef ik niet meer te gebruiken, want mijn haar staat stijf van het stof.'

'Handig.'

Woedend neemt ze een slok. 'Die rotverbouwing zit me tot hier. We hebben het alleen nog maar over deurklinken, keuken-kastjes en kleurschema's. En geld natuurlijk.'

Sussend zeg ik: 'Het schiet toch al lekker op?'

'We liggen weken achter op schema! En als het huis klaar is, is het waarschijnlijk ook klaar tussen mij en Gerard.'

'Je overdrijft,' zeg ik. Ik schenk nog eens bij.

'Was het maar zo. Laatst had ik heel leuk ondergoed gekocht: perzikkleurig, een beetje uitdagend. Dus ik lig op bed, in mijn sexy setje, komt Gerard binnen. Wat denk je dat hij zegt? "Dat lijkt me nou een goede kleur voor de badkamer."' Vervolgens gaat hij naar beneden om een stalenkaart te halen!'

'Dat meen je niet,' lach ik.

'Echt gebeurd,' zegt ze. 'Daarom kon ik al die blijheid van jou niet aan van de week. Maar je bent dus weer helemaal gelukkig met Erik?'

'Helemaal,' zeg ik, en begin snel over Claire, haar moeder en Frid. Ik heb nog steeds geen zin om met Gina over Erik te praten.

In bed lig ik te luisteren naar de ochtendgeluiden van Erik. Hij heeft naar het nieuws gekeken, koffiegezet en staat nu onder de douche. Ik draai me nog eens om, want ik heb een atv-dag genomen. Net als ik bijna weer slaap, voel ik een nat lichaam tegen me aan.

'Schatje,' fluistert Erik in mijn oor. 'Ik wil bij jou blijven.'

'Ik bel wel naar kantoor en dan zeg ik: "Met de moeder van Erik, hij is vandaag niet zo lekker dus ik houd hem een dagje thuis." Doen?'

'Ja,' zegt hij. Zijn hand kruipt langs mijn buik naar beneden.

'Je bent 's ochtends zo mooi,' zegt hij met zijn mond in mijn nek.

Ik trek hem op me en grijp zijn billen.

'Ik moet weg,' hijgt hij in mijn oor, 'belangrijke verga...'

Even later zeg ik: 'Wat was er nou zo belangrijk?'

'Shit!' Hij schiet overeind. 'Ik kom te laat.'

'Je bent toch al gekomen?' plaag ik. Vanuit bed kijk ik toe terwijl hij razendsnel in zijn boxer stapt, zijn overhemd dichtknoopt en een broek aantrekt. Een paar minuten later hoor ik hem de trap af denderen. Zijn tas met Noodzakelijke Papieren staat nog bij de deur.

WOENSDAG

Op het toilet van café De Arena zie ik dat de wind mijn kapsel heeft veranderd in iets wat een Muppet leuk zou staan. Na wat restauratie bestel ik een port en ga bij het raam zitten. Waar blijft Josée?

'Goh, wat heb ik jou lang niet gezien,' begroet ze me. 'Ik was al bang dat je me vergeten was. Ik heb wel veertig keer je voicemail ingesproken. Alles goed met jou en Erik?'

'Prima,' zeg ik. 'En met jou en Peter?'

'Tussen ons wel goed,' zegt ze, 'maar van zijn ex word ik gek. Vorig weekend zouden Peter en ik een weekend naar Brussel gaan, belt Elise vrijdagavond op: "Ik kom de kinderen morgen brengen, want Menno en ik moeten naar een veiling." Geen overleg, niks. En Peter stemt toe, die is allang blij dat hij de kinderen weer eens kan zien.'

'Dus Menno en Elise zijn nog steeds samen?'

'Ik geloof dat Menno zelfs bij haar is ingetrokken. Hij heeft zich helemaal op de vaderrol gestort en daar ergert Peter zich wild aan.'

'Ik haal wat te drinken,' zeg ik. Als ik opsta, merk ik dat ik duizelig ben. Vreemd, van één glas port.

DONDERDAG

Erik en ik staan op het station. 'Kom nou, Floor, anders missen we de trein.' Hij pakt mijn hand en trekt me mee. 'Wacht even,' zeg ik, want iets verderop zie ik een clown met rode en groene ballonnen. 'Zo'n rode moet ik hebben!' Ik ruk me los en ren naar de clown.

De clown heeft een goedgevormde Griekse neus. Aan wie doet die neus me nou denken? Hij houdt me een ballon voor. Begerig strek ik mijn hand uit, maar de clown zegt: 'Dat feest gaat niet door, eerst betalen.' Ik pak mijn portemonnee en de clown geeft me de ballon.

Er zit te veel gas in. Ik zet me schrap, met één voet raak ik nog de grond, maar dan word ik meegesleurd. Steeds hoger. Ik laat de ballon los en val keihard op de grond. Huilend kijk ik de ballon na. Dan krabbel ik overeind en ren naar de trein, maar de deuren gaan al dicht. Erik kijkt vanachter het raampje naar me en wendt dan zijn hoofd af.

Zwetend word ik wakker. Op mijn wekkerradio zie ik dat het halfvier is. Ik klim over Erik heen om een glas water te halen.

'Wat is er, lieverd?' vraagt hij.

'Niks,' zeg ik.

'Dan is het goed.' Hij draait zich om.

Op de bank in de woonkamer steek ik een sigaret op. Wat een rare nachtmerrie was dat. Ik ben niet zo geïnteresseerd in het circus en ik heb ook niets met clowns. Maar die neus...

Menno. Gaat het dan nooit over?

MAANDAG

Claire en ik staan in de spiegel van de lift de schade van het weekend te bekijken. Ik tel twee pukkels, zij knijpt in haar bleke wangen.

'Het ligt aan de spiegel,' zeg ik. 'Hierin ziet iedereen eruit als een terminale patiënt.'

'Zo voel ik me ook. Gisteren zat ik met Frid op de bank toen m'n moeder belde. Het gebruikelijke gezeur: ben je alweer in therapie, is die vreselijke Frida nog in je leven? Ik had haar net adequaat afgebekt toen Frid begon: "Je zou toch met je moeder breken? Ik vind het een rotstreek dat je nog contact met haar hebt."'

We halen koffie en lopen naar onze kamer. 'Ik werd woedend,' vervolgt Claire. 'Frida kan toch niet van me verwachten dat ik breek met mijn moeder. Dus zei ik: "Als ik mijn moeder wil spreken, doe ik dat." Waarop ze koeltjes antwoordde: "Dan hebben wij elkaar niets meer te zeggen." Dus nu is het uit met Frida. En mijn moeder haat me ook.'

Stephanie komt binnen en vraagt: 'Leuk weekend gehad?'

'Énig,' zeggen Claire en ik tegelijk.

DONDERDAG

Erik en ik doen alsof we naar het nieuws kijken, maar zijn hand kruipt steeds meer richting mijn borsten en ik aai zachtjes over zijn dij en verder. Tijdens het weerbericht (nog meer regen) hijgt hij: 'Onder de douche of op de bank?' De knoopjes van zijn overhemd zijn al los en ik begin aan zijn riem te prutsen. Het wordt de bank. Hij trekt in een beweging zijn broek en boxer uit.

De deurbel gaat. 'Niet opendoen,' kreunt hij, 'het is vast iemand van de Nierstichting.' Daar moet ik zo om lachen dat mijn lust verdwijnt. Ik maak me van hem los, pak mijn kamerjas en doe open.

Voor de deur staat Claire met in haar hand een boodschappentas. 'Ik heb net bij Frida mijn spullen opgehaald,' snikt ze, terwijl ze me opzij duwt. 'Het was afschuwelijk. O, dag,' zegt ze als ze Erik ziet zitten.

Hij heeft snel zijn boxer weer aangetrokken, zijn gezicht is vuurrood. Hij kan nog net mijn beha wegtrekken voordat Claire erop gaat zitten. 'Ik moet een borrel,' zegt ze.

'Ik ook,' zegt Erik.

4
Gezellig zo

Oktober

Als ik nú mijn huisleutels vind, ben ik misschien nog op tijd bij de bioscoop. In paniek smeer ik lippenstift op mijn lippen terwijl ik alle mogelijke plekken naga: niet op de schoorsteenmantel, niet op het lage kastje en niet in mijn tas. Waar zijn die rotdingen toch? Erik heeft er een bloedhekel aan als ik te laat kom.

De deurbel gaat. Hopelijk is het Erik, hij heeft mijn sleutels ook en dan kunnen we de reclames nog zien.

Het is Claire. 'Sorry dat ik zomaar langskom,' zegt ze, 'maar ik voel me zo ellendig.' Zo ziet ze er ook uit. Vandaag op kantoor vond ik het al niet veel, maar nu heeft ze een soort joggingbroek aan en met haar haar is ook iets vreselijks gebeurd. In slow motion laat ze zich op de bank vallen.

'Ik heb eigenlijk een beetje haast,' zeg ik. 'Erik en ik gaan naar de film. Je mag wel mee.'

'Geen geld bij me,' zegt Claire.

'Geeft niet. Ik trakteer.' Ik ga verder met zoeken naar mijn sleutels. Pas als ik vijf dingenbakjes heb omgekeerd en mijn hoofd in de koelkast heb gestoken, vraagt ze: 'Zoek je iets?'

'Mijn huissleutels,' antwoord ik. 'Over een kwartier begint de film. Ben je op de fiets?'

'Nee.'

'Je kan bij mij achterop.' Terwijl ik Erik op zijn mobiel probeer te bereiken om te zeggen dat ik wat later kom, kijk ik naar Claire. Haar hele houding drukt stil lijden uit. Erik neemt niet op. 'Ik trek de deur maar gewoon achter me dicht,' zeg ik. 'Ga je mee?'

Moeizaam komt ze overeind en kijkt achterom. 'Ik dacht al, ik zit ergens op. Kijk eens wat ik hier heb?' Ze houdt mijn sleutels omhoog.

'Goddank.' Ik storm de trap af.

Claire komt treuzelend achter me aan. 'Zal ik fietsen?' vraagt ze.

'Nee, laat mij maar.' Met doodsverachting trap ik door het drukke stadsverkeer.

Erik loopt te ijsberen voor de bioscoop. 'We hebben alleen het eerste kwartier van de film gemist,' zegt hij boos, 'maar dat geeft niet, want bij thrillers is het toch niet belangrijk dat je het verhaal kunt volgen. Hallo Claire.'

Ze mompelt wat onverstaanbaars terug. Hij koopt de kaartjes en we lopen de zaal in. Alleen vooraan is nog plaats. Claire gaat tussen Erik en mij in zitten, dus ik kan hem niet uitleggen waarom ze mee is.

Ik probeer me dan maar op de film te concentreren, maar het doek is zo groot dat je je hoofd van links naar rechts moet bewegen om de ondertiteling te kunnen lezen. Na een kwartier ben ik duizelig, en na een uur moet ik plassen. Aan pauzes doen ze niet in deze bioscoop. Als de zaallichten aangaan, is mijn onderlijf totaal verkrampt.

'Er rijden geen trams meer,' stelt Claire vast als we buiten staan.

'Ik breng je wel naar huis,' zeg ik, zonder naar het zure gezicht van Erik te kijken. Hij geeft me een kille kus en sist: 'Dit is de tweede keer dat je overspannen vriendin mijn avond verziekt.'

'Ik bel je nog wel,' zeg ik kwaad. Alsof ik zo'n leuke avond heb gehad, en alsof je een vriendin in nood in de kou laat staan. De asociale lul.

ZATERDAG

Erik wilde vanavond iets leuks met me gaan doen, maar ik heb gezegd dat ik me niet leuk voel, en dat ik hem op het moment ook niet erg leuk vind. Dus loop ik in mijn pyjama en op sloffen te piekeren terwijl ik een zak chips leeg eet. Dat botte gedrag van gisteren! Als hij zijn zin niet krijgt, wordt hij meteen een dreinend kind van drie.

Claire belde net om te vragen wat er gisteren met hem was. 'Niets hoor,' zei ik opgewekt, 'hij was chagrijnig omdat hij veel gedoe heeft op zijn werk.' Maar ik voel me moordlustig. Ik dacht dat hij was veranderd. Halsoverkop heb ik me weer in die relatie gestort, geen moment gedacht aan de redenen waarom het vorig jaar tussen ons uitging: de verveling, zijn asociale gedrag, dat we niets konden uitpraten. Waarom heb ik het weer zo ver laten komen?

Gedeprimeerd staar ik in de koelkast. Qua verstandig knabbelwerk heb ik nog wortels, maar ik smacht naar veel en vet. Ik trek een spijkerbroek en regenlaarzen aan (hopelijk kom ik geen bekenden tegen) en loop naar de snackbar. 'Een hotdog en een patatje,' bestel ik.

'Alles op je hotdog?' vraagt de friteur.

'Alles.'

'Mayo op je friet?'

'Doe maar een patatje oorlog.' Even later zit ik voor de tv met mijn papieren zakjes. Na de derde hap hotdog ben ik misselijk.

Het motregent op het strand. Erik en ik zijn dan ook de enigen die een wandeling maken. Het is meer een trimtocht, want ik kan hem nauwelijks bijhouden. 'Langzamer,' hijg ik na een poosje.

'Doe niet zo slap,' antwoordt hij.

Ik ruk m'n hand los. 'Je bekijkt het maar, ik ga naar huis. Ik ben het zat om altijd maar te doen wat jij wilt.'

'Wat jíj wilt, bedoel je! Je lijkt verdomme wel een maatschappelijk werkster. Of je verveelt me met verhalen over die achterlijke vriendinnen van je, óf ze verpesten persoonlijk mijn avond! Die Claire slaat echt alles. Hoe ze er vrijdag uitzag! Dat mens moet niet naar de film, die moet naar een psychiatrische inrichting.'

'Asociale hond! Het enige wat telt, is dat jij het leuk hebt. Ongeacht hoe andere mensen zich voelen.'

'Houd jij ooit rekening met mijn gevoelens? Maak je ooit tijd voor mij?' Hij draait zich om en loopt met gebogen schouders weg. Iets langzamer loop ik achter hem aan. Zijn rug ziet er verdrietig uit. Honderd meter verder heb ik spijt, en op dat moment staat hij stil. Zodra ik hem heb ingehaald, zegt hij: 'Misschien moeten we er maar mee ophouden. Als we over dit soort dingen al ruzie krijgen.'

'Wat?' Het voelt of hij een emmer koud water over me heen stort. 'Doe niet zo belachelijk, we kunnen toch wel eens ruzie hebben?'

'Dus je wilt me nog?' vraagt hij schuchter.

'Ik wil je.' Ik sla mijn armen om hem heen.

Het gaat echt niet goed met Claire. Ze heeft de hele week als een dweil achter haar bureau gehangen. Daarom heb ik in het kader van het Claire-opknapplan kaartjes voor ons gekocht voor de musical *Ciske de Rat*. Nou ja, eigenlijk wilde Erik niet mee. 'Musicals zijn stom,' zei hij toen ik enthousiast met de kaartjes wapperde. 'Net als het verhaal leuk begint te worden, gaan ze een dansje doen.'

Ik verheug me er in ieder geval enorm op. 'Had ik maar iemand om van te houden,' zing ik als ik bij Claire aanbel.

'Ben je daar al?' zegt ze verschrikt.

'Halfzeven hadden we toch afgesproken? We moeten met de trein en ik wil daar nog koffie drinken.'

'Ik ben klaar hoor,' mompelt ze.

Ik neem haar van top tot teen op. Weer die joggingbroek met... 'Die sloffen houd je toch niet aan?'

'Neuh.'

'En moet je niet wat op je gezicht smeren?'

'Oké.' Zuchtend verdwijnt ze in haar slaapkamer. Een kwartier later is mijn vrolijkheid veranderd in ergernis. Wat is dat mens traag!

Pas als ik de eerste tonen van de musical hoor, word ik weer vrolijk. Het wervelt, het swingt, het kost me gewoon moeite om op mijn stoel te blijven zitten. In de pauze ga ik bij het buffet in de rij staan, Claire moet plassen. Als ik eindelijk drinken heb, is ze nog niet terug. Ik kijk rond. Geen Claire, maar wel een bekend colbert. Het is van Menno, en naast hem staat Elise, die er geweldig uitziet. Hij buigt zich naar haar toe om iets in haar oor te fluisteren. Vanaf hier kan ik haar gelach horen: een parelend geluid natuurlijk, geen Floor-gebulder.

Ik verberg me achter een pilaar. Nog geen halfjaar geleden hing ík aan zijn arm, was ík degene die lachte om zijn grapjes. Ik zie Claire lopen, maar ik kan haar niet roepen zonder de aandacht op me te vestigen. Pas als Menno en Elise teruggaan naar de zaal, kom ik achter mijn paal vandaan.

'Waar was je nou?' vraagt Claire.

'Wat spoken gezien.' We lopen terug naar de zaal. Een rij of vijftien voor ons zie ik Menno en Elise, natuurlijk hebben ze de beste plaatsen. Het kost me moeite om me nog op de show te concentreren.

Na afloop breng ik Claire meteen naar huis (we zijn allebei te chagrijnig om nog leuk iets te gaan drinken) en fiets ik door naar Erik. Hij ligt in bed te lezen, dus kleed ik me uit en kruip ik tegen hem aan.

'Was het leuk?'

'Niet zo.'

'Deed Claire weer moeilijk?'

'Ook.' Dan begin ik tot mijn schrik te huilen en gooi ik het hele verhaal over die ellendige verhouding met Menno eruit. Als ik alleen nog maar snik, loopt hij naar de badkamer. Hij komt terug met een stuk toiletpapier, geeft het aan me, blijft naast het bed staan en vraagt: 'Waarom heb je dit niet eerder verteld?'

'Jij hebt er toch niets mee te maken?' snotter ik.

'Als ik dit gejank zie, heb ik er alles mee te maken. Ik krijg steeds meer het gevoel dat ik een soort poedelprijs ben. Wat voel je eigenlijk voor mij?'

'Met jou is het anders,' zeg ik.

'Hoe anders?'

'Niet minder, maar gewoon anders. Met Menno was het...' Heftig, gepassioneerd, waanzinnig, schiet door mijn hoofd. Maar dat klinkt vast onaardig. 'Van jou houd ik,' zeg ik dus maar.

'Je houdt ook van je kat en van patat,' snauwt Erik. 'Dus dat vind ik geen antwoord. Ik wil nu wel eens weten waar ik sta.'

Ik stap uit bed en omhels hem. 'Jij bent degene bij wie ik me prettig voel, met wie ik oud wil worden. Menno was meer... alsof ik in een achtbaan zat.'

'En zo opwindend ben ik niet?' Hij maakt zich van me los.

'Je moet me vertrouwen, ik wil niet in een achtbaan wonen, ik wil jou.'

'De betrouwbare Ford Diesel. Ik weet niet hoe dit verder moet, Floor. Echt niet.' Hij gaat weer in bed liggen, zijn rug naar me toe.

'Wil je dat ik wegga?'

'Onzin,' zegt hij. Maar als ik tegen zijn rug kruip, mompelt hij: 'Niet doen, dat wordt zo plakkerig.'

VRIJDAG

Gina staat in de voordeur om de verhuizers naar de juiste kamers te dirigeren. Ze maakt een opgewonden indruk. Nadat ze Erik en mij heeft begroet, stuurt ze hem naar boven en mij naar de keuken.

Daar staat mijn moeder op een trapje kastjes uit te soppen. Ik moet glazen omspoelen, afdrogen en in de kast zetten. Ondertussen neemt ze het wel en wee van de buren, familie en bridgekennissen door.

Als ze even moet stoppen om adem te halen, zeg ik: 'Het gaat niet goed tussen Erik en mij.'

Ze gaat op het trapje zitten en luistert. 'Dat was niet zo handig,' zegt ze. 'Hoe zou jij het vinden als Erik in tranen uitbarst om een ex?'

'Ik heb wel tachtig keer gezegd dat ik van hem houd, maar hij hoort het gewoon niet.'

Gina komt binnen om te zeggen dat we koffie moeten zetten.

Even later zitten we allemaal op een doos in de kamer die na wat ingrijpende veranderingen de woonkamer zal worden.

'Wat leuk dat je bent meegekomen, Erik,' zegt mijn moeder. 'We vonden het jammer dat we je een tijd niet hebben gezien.'

Ik kijk mijn moeder vernietigend aan, maar ze is niet te stoppen.

'Die Menno hebben we nooit mogen ontmoeten,' gaat ze door. 'Die nam 't niet zo serieus met onze Floor. Nee, onze meid beseft maar al te goed hoe ze het met jou heeft getroffen.' Ze glimlacht mijn kant op. Ik overweeg haar te wurgen.

'Dat vraag ik me wel eens af,' antwoordt Erik.

Iedereen schuift ongemakkelijk op zijn doos, tot Gina vraagt: 'Iemand nog koffie?'

November

ZONDAG

Erik kijkt naar een stomme quiz en ik blader in de *Kampioen*. 'Gezellig zo,' zeg ik. Hij antwoordt niet, dus ga ik door: 'Daar droomde ik als klein meisje al van: met mijn vriend op de bank en dat ik dan in het ANWB-blad blader.'

'Stil nou,' zegt hij. 'Ik wil dit zien. Ga maar douchen of thee zetten of zoiets.'

'En dat hij me opdrachtjes geeft, dat leek me helemaal het einde.'

'Floor, houd je kop!'

'Of me afsnauwt, daar kick ik gewoon op.'

'Misschien kun je beter naar huis gaan,' zegt hij zonder me aan te kijken. Ik pak de afstandsbediening en zet de tv uit. 'Ik word gek van jou! Sinds ik over Menno heb verteld, lijkt het wel alsof je niets meer met me te maken wilt hebben. Je hebt vanavond nog geen vijf zinnen tegen me gezegd.'

'Daar heb ik ook niet zo'n zin in als jij meteen naar je moeder rent om onze relatie met haar te bespreken.'

'Doe niet zo overdreven.'

'Vind je? Mijn vriendin komt bij mij uithuilen over haar ex en haar moeder legt dat aan mij uit.' Hij zet de tv weer aan.

Tranen prikken in mijn ogen. Ik pak mijn jas en tas en loop naar de deur. 'Ik bel je nog wel,' zeg ik zo stoer mogelijk.

'Bel eerst je moeder maar!' brult hij me achterna.

DINSDAG

Volgens de damesbladen is uiterlijke verzorging in tijden van crisis balsem voor de ziel. Daarom heb ik een kleimasker gekocht dat 'reinigt, ontspant en de doorbloeding bevordert'. In de badkamer breng ik de smurrie aan. Ik lees de gebruiksaanwijzing nog eens na, maar dit is echt de bedoeling: in de spiegel kijkt een grijs spook me aan.

Ik ga op de bank liggen, doe mijn ogen dicht en probeer me te ontspannen. Niet aan Erik denken, hoe gemeen hij deed. Ik had ook niet moeten weglopen maar het moeten uitpraten. Want wat is er nu helemaal aan de hand? Erik is boos omdat ik om een andere man huilde. Hij is gewoon jaloers. Als ik geen masker ophad dat kan barsten, zou een tevreden lachje mijn mondhoeken krullen.

Aan de andere kant... Als hij zijn best niet wil doen om me te begrijpen, heeft onze relatie dan wel toekomst? En waarom heeft hij nog niet gebeld? Dat ontspannen kan ik wel vergeten. Ik blader in de gids en heb net de tv aangezet als de deurbel gaat. Vast Erik met excuses. Maar voor een romantische hereniging is het niet bevorderlijk als ik in deze staat opendoe. Ik spoel het masker af terwijl de bel voor de tweede keer gaat. Ik droog mijn gezicht af, kijk in de spiegel en stel vast dat ik eruitzie alsof ik in de brandnetels ben gevallen. Nou ja, het is niet anders. Ik ren naar de deur en doe open. Niemand. 'Erik!' gil ik in het donker. Aan het eind van de straat draait iemand zich om.

DONDERDAG

Gelukkig is het weer goed tussen Erik en mij. Gisteren belde hij en hebben we afgesproken in een café. Nadat we elkaar een tijdje ongemakkelijk hadden aangestaard, zei hij: 'Het spijt me, die dingen over je moeder had ik niet mogen zeggen.'

'Ik deed ook rottig,' zei ik. 'En je moet geloven dat Menno niks meer voor me betekent.' Toen wisten we weer even niks te zeggen, tot hij mijn hand greep en me zo indringend aankeek dat ik er de slappe lach van kreeg. 'Zullen we weggaan?' vroeg hij.

'Hoezo? We zijn er net.'

'Ik weet iets veel leukers.' Bij zijn fiets zoende hij me zo intens dat ik me zorgen ging maken over mijn vullingen. Daarna sprong ik bij hem achterop de fiets, propte mijn handen in zijn zakken en wriemelde net zo lang tot hij niet alleen van het fietsen buiten adem raakte.

Toen ik de trap naar zijn etage opliep, greep hij mijn enkels. 'De allermooiste benen van de wereld, Floor,' hijgde hij.

Ik probeerde door te lopen, maar hij hield me tegen en zei: 'Ik wil je hier en nu.'

'En de buren dan?' vroeg ik.

'Zijn op vakantie.'

Nu kan ik dus niet meer normaal op mijn kantoorstoel zitten, want mijn rug is op meerdere plekken ontveld.

December

ZATERDAG

'Het moet,' zeg ik tegen Erik, 'en het is zo gebeurd.' Ik sleur hem het warenhuis in. Op de parfumafdeling doet hij alsof hij moet overgeven, dus die nieuwe mascara moet nog maar even wachten. Op de huishoudafdeling koop ik een keukenschort voor mijn moeder en een design-eiersnijder voor mijn zus. Voor mijn vader een cd en voor de vader van Erik meteen maar dezelfde cd.

Dan nemen we de roltrap naar de boekenafdeling. 'Moet je dat stel zien,' zeg ik, 'die vrouw laat haar man alles dragen.' Erik bromt iets wat ik niet versta, want ik moet kiezen tussen de nieuwe Nicci French en Isabel Allende. Als ik heb afgerekend, pik ik Erik op bij de tijdschriften. 'We zijn klaar,' zeg ik, 'alleen nog even naar de damesmode.'

'Nee,' zegt hij, 'ik ga weg.'

Ik trek aan zijn arm. 'Doe nou niet zo vervelend, ik moet er toch een beetje leuk uitzien met de kerst?' Zweet parelt op zijn voorhoofd. 'Ik ga nu. En je pakjes draag je ook zelf maar.'

Verbluft pak ik vier tasjes aan en kijk hoe hij met grote stappen via de roltrap naar beneden rent.

Wanneer ik de lift uit kom, zegt Stephanie stralend: 'Goedemorgen.' Ook Claire bromt wat. Ik trek mijn jas uit en ontdek dat de kerstman vannacht een pakje op mijn bureau heeft achtergelaten. Nieuwsgierig maak ik het open. Er zit een vies ruikend zeepje in. Nou ja, toch leuk dat Frits de kerstgedachte wil uitdragen. 'Wat heb jij?' vraag ik aan Claire. Ze toont twee marsepeinen kroketten.

'En jij, Stephanie?'

'Niks.'

'Je krijgt vast nog wel wat,' stel ik haar gerust. 'Het is niets voor Frits om iemand te vergeten.' Ik begin snel te werken want ik wil mijn bureau leeg hebben voor de feestdagen.

Even later staat Frits op de afdeling. 'Wat ontzettend lief dat jullie aan me gedacht hebben,' zegt hij en hij laat een zijden stropdas zien. 'Ik ga hem veel dragen en als iemand er naar vraagt, zal ik zeggen: "Cadeautje van mijn kantoormeisjes."'

Er valt een ongemakkelijke stilte.

'Ik dacht dat we van jou...' zeg ik. 'Ik weet er niks van.'

'Ik ook niet,' zegt Claire. Iedereen kijkt naar Stephanie. Met een rood hoofd zegt ze: 'Ach, het is kerst. En ik heb het hier zo naar mijn zin.'

'Je bent het zonnetje van de afdeling,' zegt Frits, en hij zoent haar op haar wangen.

'Ja, leuk zeepje,' bedank ik.

'Heel vriendelijk,' zegt Claire. Maar zodra Stephanie even de kamer uit is om iets te kopiëren, fluistert ze: 'Ik word kotsmisselijk van die griet. Het liefst propte ik die kroketten door haar strot.'

'Ze is gewoon een slijmerd,' zeg ik.

'Ze moet wel. Gisteren ontdekte ik dat ze van het archief een zootje heeft gemaakt. Volgens mij kent ze het alfabet niet eens.'

'Ze is misschien niet de slimste,' geef ik toe.

'Maar wel de uitgekooktste,' antwoordt Claire.

DONDERDAG

Gina doet open in haar ski-jack. 'Houden jullie je jas ook maar aan,' zegt ze, 'we hebben een probleempje met de cv-ketel. Door de kerstdagen hebben we mazzel als er morgen iemand komt om de boel te repareren.' In de gang staat een muurtje van dozen, maar de huiskamer ziet er bewoonbaar uit als je over de emmers stuc heen kijkt. Mijn ouders en Gerard zitten in een kring bij de open haard. Mijn vader heeft zijn pet op en mijn moeder heeft onder haar rok een joggingbroek van Gina aan.

'Het is wat behelpen,' zegt Gerard, en geeft ons een glas wijn.

'Het is al een halfjaar behelpen,' zegt Gina, 'en niet alleen met het huis.'

'Moeten we daar nu over praten?' zegt Gerard.

'Heb ik al verteld dat we zulke grote plassen in de tuin hebben?' zegt mijn moeder. 'Misschien weet jij een oplossing, Gerard. Jij bent altijd zo handig.'

'Zo heeft hij vanmiddag, heel handig, de cv-ketel laten ontploffen,' zegt Gina, en beent de kamer uit.

Ik vind haar in de keuken, huilend boven de kalkoen. 'Wat is er toch?' vraag ik, en sla een arm om haar heen.

'Ik word gek van dit huis,' snikt ze. 'Maar vooral van Gerard.'

Ik heb al een paar dagen het basisschoolkerstvakantiegevoel. Vandaag teken ik nieuwjaarskaarten met engeltjes, ballen en bomen. Of ik ze verstuur weet ik nog niet, want Erik vroeg net of ik op elke kaart een ander verkeersongeluk had getekend.

Gisteren heb ik met mijn moeder door het bos gewandeld. Ze maakt zich zorgen om Gina.

'Ze is de laatste tijd zo somber,' zei ze. 'Zit het wel goed tussen haar en Gerard?'

'Ze moeten nog veel aan hun huis doen,' deed ik vaag. Het leek me niet verstandig haar te vertellen wat Gina me in de keuken toevertrouwde, dat Gerard alleen maar aandacht heeft voor die eindeloze verbouwing, en zijn werk en de kinderen uit zijn vorige huwelijk. 'Over ons seksleven kan ik kort zijn,' zei Gina, 'dat bestaat niet meer.' Toen greep ze naar een theedoek om haar tranen weg te vegen.

'Als het af is, zouden ze gaan trouwen,' vervolgde mijn moeder. 'Hebben ze nou al een datum geprikt?'

'Niet dat ik weet.'

Mijn moeder gaf me een arm en zei: 'Ik weet dat ouders hun kinderen moeten loslaten, maar het kost me verschrikkelijk veel moeite. Ik zie toch dat Gina ongelukkig is. Vroeger regelde ik het wel even: een gesprekje met de juf, een kus op een kapotte knie, een draai om de oren van dat rottige buurjongetje. Denk je dat ik eens met ze moet gaan praten?'

'Bemoei je er maar niet mee, mam,' zei ik. 'Dit kunnen ze alleen zelf oplossen.'

5
Kan striptease een relatie nieuw leven inblazen?

Januari

'Gelukkig nieuwjaar!' tettert Claire boven de keiharde muziek uit. 'Wat zijn jullie laat, ik ben er al uren. Mijn broer is er ook, Josée en Peter heb ik net gezien en Gerard en Gina staan ergens achterin. Zal ik wat te drinken halen?' Even later is ze terug met een fles champagne, glazen en haar broer. We toasten op het nieuwe jaar en schreeuwen onze goede voornemens naar elkaar.

In de verte zie ik Josée op de dansvloer, innig verstrengeld met Peter. 'Ik loop even naar haar toe,' zeg ik tegen Erik. Het kost me een kwartier en mijn glas champagne om ze te bereiken.

Josée omhelst me. 'Ik wist niet dat jij ook kaartjes voor dit feest had,' zegt ze.

'We zien elkaar ook veel te weinig! Hoe gaat het?'

'Goed! De scheiding van Peter en Elise is er bijna doorheen, en goddank hebben we een goede bezoekregeling voor de kinderen. Wij hebben ze elk weekend, Elise en Menno door de week.'

'Zijn die nog steeds samen?' vraag ik.

'Ja, Menno en Elise…' Ik wil het niet horen. Ik wil nooit meer iets over Menno horen. 'Even naar de wc,' zeg ik dus, en ik loop weg. Als ik terugkom, zie ik niemand meer die ik ken, alleen een massa feestende mensen. Ik voel me hopeloos alleen en het zweet loopt in straaltjes onder mijn zilveren paillettenjurk. Ik baan me een weg naar de bar, waar ik tot mijn opluchting mijn zus zie staan. Maar niet alleen. Ze staat te zoenen met een vreemde vent.

ZATERDAG

Ik wil net de lege flessen naar de glasbak brengen als er wordt aangebeld. Gina komt naar boven, in haar hand heeft ze een grote reistas.

'Ga je een weekend weg?' vraag ik.

'Nou, ik hoopte eigenlijk dat ik hier terecht kon.' Ze ploft op mijn bank neer en begint hartverscheurend te huilen. Pas na een glas water en drie papieren zakdoeken is ze in staat om te vertellen wat er is. 'Gerard en ik hebben ruzie,' snikt ze.

'Hij heeft je zien zoenen met een ander,' begrijp ik.

'Heb jij het ook gezien? Ik kende die man niet eens, het was een uit de hand gelopen nieuwjaarswens. Te veel gedronken en zo.'

'Niet echt handig met Gerard in de buurt.'

'Nee.' Ze snuit haar neus. 'Hij werd ontzettend kwaad, dreigde die man op z'n bek te slaan, sleurde me in een taxi en heeft me de hele rit naar huis uitgescholden. Ik was zo dronken dat ik niets meer kon zeggen. Meer weet ik eigenlijk niet meer van die avond. Toen ik de volgende dag wakker werd, was zijn kant van het bed onbeslapen. Ik zat net met mijn katerkop aan de koffie toen ie aankwam met Kim en Wesley, die zouden een paar dagen komen. Ze zetten hun spullen neer en vertrokken meteen naar een pretpark. Hij vroeg niet eens of ik mee wilde! De rest van het weekend was ook afschuwelijk. Tegen zijn kinderen deed hij alsof er niets aan de hand was, maar als we alleen waren, zei hij geen woord meer. Dus vanochtend heb ik mijn tas ingepakt. Ik kan hier toch wel een tijdje blijven?'

'Natuurlijk,' zeg ik. 'Je kunt slapen op de bedbank. Die ligt niet echt lekker, maar de nachten dat ik bij Erik slaap, kun je in mijn bed.'

'Maakt niet uit,' zegt ze. 'Het is maar voor een paar dagen.'

ZONDAG

Gina heeft iets geweldigs gedaan met aardappelen en het gehakt dat ik nog had. Erik heeft een fles wijn meegebracht en nu zitten we met z'n drieën uit te buiken bij *Grey's Anatomy*. Dan gaat de telefoon.

'Met Gerard, is Gina bij jou?'

Met mijn hand op de hoorn zeg ik: 'Het is Gerard, ben je er?'

Ze schudt van nee.

'Ze is er niet,' zeg ik. 'Moet ik wat doorgeven?'

'Of ze me wil terugbellen.' Hij hangt op.

Gina staat inmiddels in de keuken af te wassen. Erik zet de tv wat harder. 'Fijn, zo'n zus met relatiestress,' zegt hij. 'Hoe lang blijft ze?'

'Doe niet zo moeilijk,' fluister ik. 'Het is maar voor een paar dagen. En wat maakt het jou uit? Dit is nog steeds míjn huis.'

'Je zult zien dat er moeilijkheden van komen.'

MAANDAG

Ik zit nog niet achter mijn bureau of Stephanie staat al naast me. 'Leuke vakantie gehad?' vraagt ze.

'Best wel.'

'Ik ook,' antwoordt ze, en ze begint een lang verhaal over Kerstmis bij haar ouders, lachen met haar kleine neefje, geweldige cadeautjes.

Achter haar zie ik Claire steeds dieper in haar bureaustoel zakken en met haar ogen draaien. Wanneer ze doet alsof ze stuipen krijgt, kan ik mijn lachen niet meer inhouden.

Verbaasd kijkt Stephanie me aan. 'Zo grappig was het anders niet dat de oven kapotging, mijn moeder had uren in die kalkoen gestoken.'

'Sorry,' zeg ik, 'ik luisterde even niet.'

'Ik vertel het nog wel een keer als je het wel kunt opbrengen om te luisteren.'

In de pauze gaan Claire en ik naar onze favoriete broodjeszaak. 'Ik ben zo blij dat je er weer bent,' zegt ze, 'want aan Stephanie erger ik me wezenloos. Dat eindeloze gewauwel, ze doet haar werk niet goed, maar het irritantst vind ik nog haar geflikflooi met Frits. Binnenkort wurg ik die lieve Stephanie. Maar goed, hoe was jouw vakantie?'

Ik vertel dat Gina bij me is ingetrokken. 'Mijn ouders weten het nog niet, maar ik denk toch dat het binnenkort wel weer goed komt tussen Gina en Gerard.'

Claire roert in haar koffie. 'Mijn moeder belde gisteravond. Ze had me gemist met kerst, zei ze, en daarom wil ze binnenkort langskomen. Ik ben als de dood dat het gezeur weer begint: "Je moet weer in therapie, Claire, je was niet verliefd op Frid. Ik ben toch je moeder? Ik weet hoe jij bent."' Ze zucht. 'En ik zat net weer een beetje lekker in mijn vel.'

'Misschien beseft ze wel dat jij je eigen weg moet kiezen. Laat haar maar komen. Wat heb je te verliezen?'

'Nou, dat ik een beetje gelukkig ben, bijvoorbeeld.'

Sinds Gina bij me woont, hoef ik geen extra vitamines meer te slikken want er staat elke avond een volledige maaltijd op tafel. Maar het is wel lastig dat Erik niet kan blijven slapen, dat we 's ochtends tegelijkertijd willen douchen en dat Gerard zo'n drie keer per dag opbelt. We staan net af te wassen als weer eens de telefoon gaat. 'Neem jij maar op,' zeg ik, 'het is vast Gerard weer.' Hoewel ik mijn best doe om niet te luisteren, hoor ik even later de verwijten over en weer vliegen. Gina is in tranen wanneer ze ophangt. 'Hij eist dat ik deze maand nog terugkom,' zegt ze. 'Anders hoeft het voor hem niet meer.'

'Wat ga je doen?' vraag ik.

'Ik weet het niet. Ik weet niet eens of ik nog van hem houd.'

DINSDAG

Het geluid van de boor doet pijn aan mijn oren. Naast me zit een meisje een papieren zakdoek te versnipperen. Ik blader in een stokoude Libelle. Net als ik weer wil gaan plassen, steekt de tandarts zijn hoofd om de deur.

'Floor Faber?'

Op rubberen benen loop ik de praktijkruimte binnen.

'Ga daar maar even zitten,' zegt hij, wijzend op de stoel voor zijn bureau. 'Dan maak ik je kaart.' Hij vraagt naar mijn vorige tandarts, enge ziektes, mijn leeftijd en adres.

Terwijl hij alles opschrijft, bestudeer ik hem. Een jaar of vijftig, klein, borstelige wenkbrauwen. Eigenlijk is hij helemaal wat borstelig, want uit de witte mouwen van zijn doktersjas steken armen met een soort vacht erop. Hij heeft toch wel schone nagels?

'Je kunt in de stoel plaatsnemen.' Hij trekt een paar plastic handschoenen aan en pakt een griezelig haakje. 'Mond open.'

Ik grijp de leuningen van de stoel. Is het door mijn zweet dat ze zo glibberig aanvoelen?

'Tsss,' zegt de tandarts.

'As ut ag?' vraag ik.

'Jajaja,' mompelt hij. 'Daar komt een b-drietje aan, en hier zit ook iets.' Hij doet iets met het scherpe haakje.

De tranen schieten in mijn ogen.

'Inderdaad een gevoelig plekje. Ben je zo'n gevoelig meisje?' lispelt hij in mijn oor.

'Aat al.'

Hij prikt in mijn tandvlees en buigt zich nog dieper over me heen. 'Je hebt een zweem groen in je ogen,' hijgt hij in mijn oor.

'Wa?' Ik voel mijn rug nat worden.

Zijn hand streelt mijn dij. 'Ik ben dol op vrouwen met groene ogen.'

Ik duw de haak uit mijn mond en kom met een ruk overeind. 'Verscheur die patiëntenkaart maar, want ik kom hier niet meer terug. Ik vind u onbeschoft!'

Met grote ogen luistert Erik 's avonds naar mijn verhaal over de tandarts. 'Ik kan het niet geloven,' zegt hij. 'Mijn hele familie is al jaren patiënt bij Verdaasdonk. Weet je zeker dat ie aan je dij zat? Ik vind het een raar verhaal.'

Ik schep pasta op onze borden. 'Ik ben me rot geschrokken. Stel nou dat hij echt wat wilde, ik was volkomen weerloos op die stoel.'

'Tuurlijk,' lacht Erik. 'In feite was je in een sm-act beland. Je handen en voeten waren vastgebonden, zodat Verdaasdonk je langzaam kon doodmartelen met zijn haakjes.'

'Doe niet zo flauw.' Ik wil zeggen dat hij me nooit serieus

neemt, dat hij mijn verhalen altijd ongeloofwaardig vindt en dat hij me voortdurend belachelijk maakt. Kortom: ik wil een fikse ruzie starten. Maar dan gaat de telefoon.

Erik neemt op. 'Voor jou.' Hij rolt met zijn ogen. 'Je zus.'

Gina huilt zo hard dat ik niet alles kan verstaan, maar er is iets met Gerard en spullen.

'Wil je dat ik naar huis kom?' vraag ik.

Het is even stil, maar dan snikt ze: 'Ja, graag.'

VRIJDAG

Mijn huis is bezaaid met natte tissues en ik kan mijn kont niet keren omdat overal wel een doos van Gina staat. Ze is niet meer aanspreekbaar sinds Gerard haar spullen voor mijn deur heeft afgeleverd. Op haar werk heeft ze zich ziek gemeld en ze ligt de hele dag televisie te kijken of te huilen in bed. Dat wil zeggen: op mijn bedbank, zodat de hele woonkamer in het teken staat van haar verdriet. Eerlijk gezegd krijg ik er zo langzamerhand genoeg van. Ik weet inmiddels alles van hun non-existente seksleven, de ruzies over overspel en het gevecht om de kleur van het behang in de gang.

Waarschijnlijk heeft Gina mijn ergernis aangevoeld, want als ik thuiskom van mijn werk is ze aangekleed. 'Heb je een afspraak?' vraag ik.

'Papa komt zo langs,' zegt ze, 'om te praten over hoe het nu moet met de hypotheek op ons huis en zo. Ineens zijn er duizend dingen om te regelen. Vanochtend heb ik de gemeente gebeld om te vragen hoe het zit met woonruimte. Die ambtenaar begon te lachen. Hij zei dat er honderden mensen in mijn situatie zitten. Ik ben geen lid van een woningbouwvereniging en heb geen urgentiebewijs. Gerard zal me moeten uitkopen zodat ik zelf iets kan kopen. Godzijdank hebben we een samenlevingscontract, anders stond ik nu helemaal met lege handen.'

'En waar woon je tot die tijd?' Ik probeer niet angstig te klinken.

'Weet ik nog niet,' zegt ze. 'Het is hier natuurlijk te klein voor twee. En papa en mama wonen te ver van mijn werk. Misschien iets onderhuren of zo?' Ze roert zielig in haar koffie.

'Misschien weet ik wel wat,' zeg ik.

ZATERDAG

Dit restaurant is helemaal hip en hot. Erik en ik liggen zo'n beetje aan tafel. De serveerster, een meisje met roze haar en een piercing door haar lip, lijkt onze bestelling te zijn vergeten. Of misschien is het trendy om drie kwartier op je voorgerecht te moeten wachten?

Dat we liggen, biedt wel nieuwe perspectieven. Ik friemel een beetje aan zijn gulp tot hij een rood hoofd heeft en mijn hand wegduwt.

Dan schenk ik nog wat rosé in. 'Zeg, mijn zus zit toch zonder woonruimte?'

'Zullen we naar huis gaan?'

'Echt niet,' zeg ik, 'ik heb ontzettende honger gekregen van dat lange wachten. Maar goed, nu had ik bedacht...' Zal ik het vragen? Eigenlijk hebben we het er nog nooit echt over gehad. 'Misschien kan ik wel bij jou komen wonen?'

Wat een rare verhuizing. Erik en ik proppen lachend troep in dozen terwijl Gina af en toe jankend een mixer of een schuimspaan omhoog houdt en vraagt: 'Neem je die ook mee of kan ie hier blijven? Gerard heeft die van ons.'

Het busje dat Erik heeft gehuurd, krijgen we lang niet vol. Mijn bank, boekenkast, geluidsapparatuur en nog duizend dingen laat ik achter omdat Erik alles heeft en Gina bijna niks. Ze staat ons een beetje beteuterd na te kijken als we de straat uit rijden, terug naar Eriks huis. Ons huis.

Binnen een kwartier staat mijn rotzooi boven. We steken een sigaret op om de chaos in ons op te nemen. 'Dat rare tafeltje moet eruit,' zeg ik. 'Anders kan mijn stoel er niet bij.'

'We kunnen jouw stoel toch ook op zolder zetten tot we wat meer ruimte hebben?'

'Wat is dat voor onzin? Er komt toch niet meer ruimte? Vind je 'm lelijk of zo?'

'Ik heb wel eens mooiere stoelen gezien.'

'Die stoel blijft,' zeg ik.

Hij haalt zijn schouders op.

Nieuwe irritaties ontstaan bij het omkeren van mijn vuilniszakken kleding.

'Ik wist niet dat je zoveel bloesjes had,' zegt hij, 'en truien, rokjes, broeken en jasjes. Dat past allemaal niet in mijn kast.' Hij heeft om precies te zijn een la, drie planken en veertien hangertjes voor me vrijgemaakt.

Ik grijp een rijtje van zijn keurig gestreken overhemden. 'Die kun je toch over elkaar hangen?' zeg ik. 'Kijk, zo.'

Erik loopt rood aan. 'Ze zijn gestreken, zo maak je er vouwen in.'

'Wat wil je dan!' barst ik los. 'Dat ik mijn kleren in een prop op een stoel bewaar? Ik kom hier wonen, weet je nog?'

'Dat weet ik heel goed,' zegt hij, en hij zoent me in mijn nek.

'Vind je het nog steeds een goed idee?' vraag ik.

'Ik vind het geweldig,' zegt hij, 'en morgen kopen we nog een kast.'

Februari

WOENSDAG

Hoewel ik Erik al een paar jaar ken – oké, het is een jaar uit geweest – moet ik toch aan hem wennen. Ik wist niet dat hij overhemden strijkt tijdens *Studio Sport*, dat hij tandpasta in voorraad heeft en dat hij herhalingen van het nieuws gaat kijken als hij niet kan slapen. Ik moet ook wennen aan zijn huis, van: hoe werkt de dvd-speler, tot: waar zit de stomerij?

Maar elke nacht liggen we tegen elkaar aan en ik vind het fijn dat er iemand is als ik thuiskom. En dan in het bijzonder iemand die gewoon blij is en niet onmiddellijk verslag doet van de laatste paar uren hartzeer.

Bovendien kan Erik goed koken, bijna net zo lekker als Gina. Ook ik probeer culinair te presteren. Als ik dan sta te koken terwijl Erik de krant leest, is het net alsof we vadertje en moedertje spelen.

Na het verven zet ik tegen het lekken een plastic Hema-tas op mijn hoofd. Juist dan wordt er aangebeld. Ik bid dat het een jehova's getuige is, maar het is mijn moeder.

Na een blik op mijn plastic muts zegt ze: 'Toch niet weer dat hele blonde hè? Dat vind ik zo ordinair. Ik was in de stad voor koopavond,' vervolgt ze, 'en ik dacht: ik ga eens kijken hoe het met mijn dochter en haar vriend is.'

'Leuk,' zeg ik, 'alleen is Erik met een paar vrienden naar een café. We kunnen natuurlijk wat afspreken...'

Maar ze heeft al wat kranten opzij gelegd om te gaan zitten. 'Ik lust best een kopje koffie. Een mens wordt doodmoe van winkelen.'

'Dat komt doordat je niet kunt kiezen,' antwoord ik.

'Besluiteloosheid bedoel je,' zegt mijn moeder. 'Daar heb ik geen last van.'

Ik schenk koffie in en ga tegenover haar zitten. Terwijl ze geanimeerd verslag doet van Gina's laatste lief en leed, dat van haarzelf en dat van de buren, kijk ik met een schuin oog naar de klok. Die verf mag er niet langer dan een halfuur in zitten.

'Eigenlijk ben ik blij dat ik je alleen tref,' zegt mijn moeder plotseling op vertrouwde toon, 'want om eerlijk te zijn maak ik me een beetje ongerust over Erik en jou. Vorig jaar was het definitief uit en nu wonen jullie samen. En nog niet eens omdat jullie het dolgraag willen, maar omdat Gina geen huis heeft. Ik vind het allemaal zo,' ze roert driftig in haar kopje koffie, 'zo modern, zo: we zien wel waar het schip strandt.'

Ik kijk haar sprakeloos aan.

'Waarom heb je niet nog even gewacht?' vraagt ze serieus. 'Ik wil niet nog een dochter in puin.'

'Misschien is dit meer iets tussen Erik en mij,' zeg ik. 'En nu moet ik die verf eruit spoelen.'

Verschrikt kijkt ze op. 'Je bent toch niet boos of zo?'

'Nee hoor,' zeg ik. 'Maar ik ga nu douchen.'

VRIJDAG

In de lunchpauze zit Claire een kwartier lang begrijpend te knik-ken als ik foeter over de bemoeizucht van mijn moeder. 'De mij-ne komt dit weekend,' zegt ze. 'Ik heb het nog een maand uit we-ten te stellen, maar ze was niet meer te houden. Ze is van alles van plan: eerst uit eten, dan naar de film, en tussendoor natuur-lijk een goed gesprek.'

'Het is toch van de dolle,' zeg ik. 'We zijn volwassen en zelf-standig en toch laten we ons door onze moeders van alles zeg-gen.'

'Niet alleen door onze moeders,' sombert Claire. 'Wat dacht je van je baas, je broer, de buren...'

'Niemand laat zich door Frits iets zeggen,' giechel ik. 'Verder heb ik geen broer en mijn buren ken ik nog niet.'

'Je snapt wel wat ik bedoel,' zucht ze. 'Soms denk ik: ik laat de boel de boel, ik ga naar Australië of naar een ander eiland waar je in een hoela-hoela-rokje kunt rondlopen.'

'En dan met dolfijnen zwemmen,' mijmer ik.

'Volgens prinses Irene moet je het als een antwoord zien als ze over je heen plassen.'

'Maar het zijn toch intelligente dieren?'

'Daarom doen ze dat natuurlijk,' lacht Claire.

Als de dringendste werkdingen zijn afgehandeld, ga ik even bij Claire zitten. 'Hoe was het uitje met je moeder?'

'Het ging wel,' zegt ze met een peinzend gezicht. 'Ze kwam me zaterdagavond ophalen om uit eten te gaan. Ik heb alsmaar zitten wachten of ze over therapie of Frid zou beginnen, maar nee. Zelfs na een fles wijn begon ze niet te zeuren. Toen dacht ik: na de film zal ze wel een prettig gesprek willen. Maar ze stapte zo in een taxi naar het station. Eigenlijk was ze best lief. Het enige wat ze heeft gevraagd, is of ik gelukkig ben.'

'Ik ben zaterdag ook naar de film geweest,' zegt Stephanie, die ongemerkt bij ons is komen staan. 'Johnny Depp is zo'n geweldige acteur. Het was die gangsterfilm die speelt in de jaren dertig en...'

'Ik vind Johnny Depp een lul,' onderbreekt Claire haar.

'Nou, deze film was echt hartstikke spannend, ik ging er bijna van nagelbijten.'

'Goddank is dat niet gebeurd,' zegt Claire, 'want we weten allemaal hoe belangrijk je nagels voor je zijn.'

Stephanie druipt af.

'Was dat nou nodig?' vraag ik.

'Zeker,' zegt Claire, 'anders waren er klappen gevallen.'

DONDERDAG

Halfdrie 's nachts en ik lig naar het plafond te staren. Ik ga plassen en als ik weer in bed stap, is Erik ook wakker.

'Kun je niet slapen?' vraagt hij. 'Je ligt zo te woelen.'

'Nee,' antwoord ik. 'Zullen we even een slaappauze houden?'

Erik doet het licht aan en we steken een sigaret op. 'Ik blijf maar over Gina tobben,' zeg ik. 'Vandaag belde ze weer huilend op, Gerard heeft de papieren getekend waardoor hun boerderij op zijn naam komt te staan. Het is nu dus definitief over tussen hen. Ik kan het gewoon niet geloven. Ze leken het ideale stel, ik was altijd hartstikke jaloers op ze. Vorig jaar hadden ze nog trouwplannen!'

'Die dingen gebeuren.'

'Is dan niets meer voor altijd?' vraag ik.

'Je ouders zijn toch nog bij elkaar?'

'Een wonder, als je de statistieken gelooft.'

'Het kan dus wel,' zegt Erik terwijl hij zijn sigaret uitdrukt. 'Zullen we het licht uitdoen?'

Ik kruip tegen hem aan en sla mijn arm om zijn middel.

Hij pakt mijn hand. 'Je moet je niet zo'n zorgen maken,' zegt hij slaperig.

Ik staar in het donker. 'Is het tussen ons voor altijd, denk je?'

'Moeten we daar nu over praten?' zucht hij.

'Nou?' dring ik aan.

Hij gaat op z'n rug liggen. 'Ik weet het niet.'

'Ik weet het wel,' zeg ik, en schiet overeind. 'Ik ben met je gaan samenwonen omdat ik denk dat het voor altijd is.'

'Én omdat Gina geen huis heeft, én om het uit te proberen.'

'Dus ik ben hier op proef!'

'Zo moet je het niet zien,' sust hij.

'Hoe dan wel?'

'Ik kan toch niet in de toekomst kijken?' Hij trekt me tegen zich aan. 'Maar nu houd ik van je.'

Dat woordje 'nu' zorgt ervoor dat het nog zeker een uur duurt voor ik in slaap val.

Giechelend hijsen Claire en ik ons op de wc in feestkleren. Zo meteen vertrekt de bus naar de geheime locatie van het personeelsuitje.

Ik bewerk mijn wimpers met mascara en denk: als Erik niet op tijd is, vermoord ik hem.

Helemaal prachtig lopen we naar de hal van ons bedrijf. Stephanie staat er al, samen met Frits. Ze heeft haar rok verwisseld voor een nog korter exemplaar en haar haar hangt los op haar schouders. Eigenlijk ziet ze er geweldig uit.

'Het wordt een interessante avond voor Frits,' fluistert Claire.

'Zijn vrouw komt toch ook?'

'Denk je dat dat lieve Stephanie iets uitmaakt?'

Dan zie ik Erik staan. Ik loop naar hem toe en omhels hem.

'We gaan toch niet de hele avond kleffen?' vraagt hij, half serieus.

In de bus hangt een opgewonden stemming. Collega's van een andere afdeling zingen 'Ik heb een potje met vet'. Na het vijfenveertigste couplet stappen we uit op een industrieterrein. Gemor van alle kanten: 'De chauffeur heeft zich zeker vergist.' 'Misschien is het een dropping.' 'Dat bowlen van vorig jaar vond ik veel leuker.'

Een gastvrouw leidt ons naar een grote loods. Flarden fluitmuziek en heerlijke geuren komen ons tegemoet. Een minstreel zwaait de deur open en heet ons welkom op deze middeleeuwse avond.

Naast een enorme open haard waarin een varken aan het spit wordt gebraden, gaan we zitten aan een lange tafel op schragen. Meisjes in breugheliaanse jurken gaan met karaffen wijn en eten rond, een jongleur doet kunstjes met ballen en in de hoek zit een middeleeuws orkestje te spelen.

'Leuk hè?' zeg ik tegen Erik.

'Wie is dat?' fluistert hij.

'Dat is nou Stephanie, de schrik van onze afdeling,' giechel ik. 'Kijk maar uit dat ze je niet behekst, dat heeft ze bij Frits ook al gedaan.'

'Ze lijkt me heel aardig.'

'Tja, jij bent een man...'

Na het eten krijgen we les in middeleeuws dansen. Omdat Erik zich 'niet wil aanstellen op iele fluitmuziek' betreed ik met Claire de dansvloer. Het is veel moeilijker dan het lijkt, we staan regelmatig op elkaars tenen of botsen tegen elkaar op.

Als we twintig minuten later naar onze tafel teruglopen, zie ik dat Erik in gesprek is met Stephanie. 'Moet ik je redden?' fluister ik in zijn oor.

'Nee hoor,' zegt hij, 'ik heb het prima naar m'n zin.' En hij vervolgt zijn gesprek met Stephanie.

'Krijg nou wat,' mompel ik tegen Claire, 'ik geloof dat Stephanie een nieuw slachtoffer heeft gemaakt.'

'Welnee,' zegt ze, 'hij is gewoon beleefd.'

Maar ik houd ze nauwlettend in het oog.

Als Frits een babbeltje met Stephanie komt maken, loopt Erik naar ons toe. 'We kenden een heleboel dezelfde mensen,' zegt hij. 'Vlak nadat ik bij Data Elektron wegging, is zij daar gaan werken.'

'Niet langer dan een paar maanden, denk ik,' snauwt Claire. 'Onze Stephanie houdt het nergens lang uit.'

'Ze vertelde anders dat ze bij jullie waarschijnlijk een vast contract krijgt.'

'Niet als ik het kan verhinderen,' zegt Claire bits.

'Ik vond haar heel sympathiek.' Hij ziet hoe ik kijk. 'Daarom hoef je me nog niet zo wantrouwig aan te kijken.'

Over tien minuten komen de ouders van Erik en het is een pest-zooi in huis. In paniek prop ik vuile sokken in de wasmand (sok-ken van Erik), hang overhemden in de kast (overhemden van Erik) en probeer tegelijkertijd te stofzuigen. Als ik de sleutel in het slot hoor, ben ik witheet. 'Heb je slagroom meegenomen?'

Erik doet de deur achter zich dicht en haalt zijn schouders op. 'Nee, hoezo?'

'Voor het toetje!' gil ik. 'Vanochtend heb ik het nog gevraagd. Het zijn verdomme jouw ouders voor wie ik me zo uitsloof en jij doet helemaal niks. Je doet sowieso niks aan het huishouden. Nog nooit heb je spontaan afgewassen. Ik moet drie dagen zeu-ren voor jij een keer de wasmachine aanzet. En je weet niet eens hoe een stofdoek eruitziet!'

'Je stelt je aan,' schreeuwt Erik. 'Sinds je bij mij woont doe je alsof je een soort huishoudster bent, terwijl je in je oude huis vaak niet kon lopen door de troep.'

'Dat was míjn troep! En nu ben ik alleen maar bezig met jóúw troep! Denk je dat ik het opwindend vind om jouw gore sokken en boxers op te ruimen?'

'Nou,' zegt hij smalend, 'ik word helemaal warm van binnen als ik zie dat je mijn scheermes hebt gebruikt om je benen te ont-haren, of als er een natte panty langs mijn gezicht strijkt als ik onder de douche stap!'

Er wordt aangebeld. 'Doe jij open,' sis ik, 'ik heb nog geen tijd gehad om iets aan mijn haar te doen.'

'Ik ook niet,' antwoordt Erik, 'ik had het te druk met luisteren naar mijn schreeuwende vriendin.'

In de badkamer druk ik een koude washand tegen mijn klop-pende slapen terwijl ik luister naar het goh-wat-gezellig van

Eriks moeder. Ik neem een aspirine, plak een glimlach op mijn gezicht en loop de gang in.

'Wat enig dat jullie er zijn,' zeg ik.

Ik parkeer mijn motor op z'n oude plekje. Ik ben hier pas een paar weken weg, maar nu al voelt mijn straat niet meer als mijn straat. En als Gina me heeft binnengelaten, zie ik dat m'n huis ook niet langer mijn huis is. Ze heeft haar schilderijen opgehangen, een kleed over de bank gelegd en een andere stoel neergezet. 'Staat leuk,' zeg ik.

'Ik vind het nog steeds niet leuk,' zucht Gina.

Na het eten (weer zo'n fantastische Gina-maaltijd) trekken we nog maar een fles wijn open. 'Het gaat niet goed,' zegt ze. 'Ik sleep me naar mijn werk, sleep me weer naar huis, met moeite kook ik iets voor mezelf en 's nachts droom ik van ruzies met Gerard. Bovendien word ik dik en krijg ik rimpels.'

'Dat valt wel mee,' zeg ik lachend.

Ze staat op en trekt haar trui omhoog. 'Zie je dit?' Ze neemt een stuk vel tussen haar vingers. 'Rubber.'

'Dat hoort zo,' stel ik haar gerust. 'Maar we kunnen wel een keer naar een kuuroord gaan. Een heel weekend op slippers!'

'Laatst zat bij een tijdschrift zo'n folder,' zegt Gina enthousiast. 'Die zal ik even pakken.'

We buigen ons over de folder met fantastische kuuroorden waar ze fantastische therapieën aanbieden. Uiteindelijk kiezen we een arrangement met een melk- en honingbad en een hydrojet-behandeling omdat we wel eens willen weten wat dat is.

Bij de voordeur omhelst Gina me. 'Voor het eerst sinds tijden heb ik weer een leuke avond gehad.'

Maart

Die rot plastic tassen! Van supermarkt tot huis heb ik me afgevraagd of de hengels het zouden houden, en net voor de voordeur scheurt de bodem open. Daar gaat de we-wonen-42-dagen-samen-feestmaaltijd voor Erik en mij. Beteuterd staar ik naar het verdronken bamipakket, de zwemmende augurken en de gedeukte bierblikjes. Ik red wat er te redden valt, loop naar boven en ruim de boodschappen op. Dan luister ik mijn voicemail af: 'Met mams, gaat het goed met je? Je vergeet toch niet dat papa aanstaande zaterdag jarig is?' Piep-piep. 'Hoi Floor, Erik hier, ik moet vanavond overwerken. Tegen een uur of elf ben ik thuis. Kus.' Piep-piep.

Gefrustreerd schop ik tegen het tafeltje waar de telefoon op staat. De vaas met bloemen valt om en er schieten enge flitsjes uit het toestel. Hoe zat het ook alweer met elektriciteit en water? Ik trek alle snoeren los en schud het water uit de telefoon. Dan wikkel ik hem in een handdoek en leg hem op de verwarming.

Als Erik thuiskomt, lig ik in bed een tijdschrift te lezen. Hij steekt zijn hoofd om de deur van de slaapkamer. 'Dag lieverd, ik kom zo bij je, maar...'

'Er is iets vervelends gebeurd,' onderbreek ik hem. 'Het ging een beetje mis met de telefoon.' Ik vertel over de schop, de vaas en het water. 'Hij ligt nu te drogen,' besluit ik. 'Ik durfde er niet meer aan te komen.'

'Hij bijt niet, Floor,' zucht Erik. 'Ik ga wel even kijken.' Even later staat hij boos voor het bed. 'Leuk dat je een bedje voor de telefoon hebt gemaakt, maar hij is nu wel stuk. Kun je niet wat voorzichtiger met mijn spullen omgaan?'

'Het spijt me,' zeg ik vanonder de dekens.

Erik gaat douchen en stapt sterk ruikend naar douchegel bij me in bed. Ik schuif dicht tegen hem aan, streel z'n rug en vlinder zo'n beetje richting buik.

'Vanavond niet, Floor,' mompelt hij. 'Ik ben echt bekaf.'

ZATERDAG

Als oom Theo en tante Agaath vertrekken, fluistert Gina in mijn oor: 'Leuk dat jullie er waren, fijn dat jullie weer weggaan.' Het is kwart over tien, en als het tegenzit moeten we nog minstens twee uur ons blije verjaardagsgezicht ophouden.

'Zullen we afwassen?' stel ik voor.

Na een discussie over wie wast en wie droogt (mijn zus vindt haar lange nagels een doorslaggevend argument), zetten we ons aan de enorme vaat.

'Waarom is Erik er niet?' vraagt Gina.

'Geen zin,' zucht ik. 'Hij wilde met vrienden uit. Natuurlijk heb ik er ruzie over gemaakt, zoals we tegenwoordig over alles ruziemaken.'

'Toen ik net met Gerard samenwoonde, hadden we ook vaak ruzie,' zegt ze. 'Volgens mij doe je dat als je net samenwoont.'

'Dus het is normaal, denk je?'

'Gerard en ik maakten het daarna altijd goed in bed. Zo gaat het bij jullie toch ook?'

'Ja hoor.' Om het gesprek een andere wending te geven, zeg ik: 'Heb je gezien dat oom Theo zelfs met dit weer sandalen aan heeft?' Ik wil niet aan Gina vertellen dat het juist lijkt alsof Erik steeds minder zin heeft.

Stephanie komt het kantoor binnengezeild in weer een nieuwe lente-outfit – iets limegroens met zilveren accenten. Waar haalt dat mens toch de tijd en energie vandaan om zich elke dag zo op te doffen? Beteuterd bekijk ik wat ik zelf op dit moment draag: weer een spijkerbroek, weer een zwarte coltrui. Met mijn kop koffie ga ik op de rand van Claires bureau zitten. 'Dit weekend gaan Gina en ik in de revisie,' zeg ik.

'Kuuroord?' vraagt Claire.

'En een overnachting in een hotel, en shoppen de volgende dag. Ik word een nieuwe Floor.'

'Dus je blijft daar slapen?' vraagt Stephanie, die weer bij ons is komen staan.

'Dat zei ik toch?' Moet ze zich nu echt in elk gesprek mengen?

Gelukkig draait ze zich om en loopt naar haar eigen bureau. 'We praten wel verder tijdens de lunch,' zeg ik op gedempte toon tegen Claire. 'Bedenken we meteen wat martelmethodes voor die lieve Stephanie.'

'Ik heet Cynthia,' zegt de zonnebankbruine gastvrouw van het kuuroord. 'Kleden jullie je maar snel om, want de eerste behandeling is over een kwartier. Ik zie jullie zo in de rustruimte.'

Vlug hijsen we ons in een witte badjas. 'Zou je je onderbroek aan mogen houden?' vraagt Gina.

'Natuurlijk niet,' zeg ik, 'bloot moet. En die rare badslippers moeten ook aan.'

We bekijken elkaar in de spiegel. 'Dit komt helemaal goed,' verklaart Gina.

'Ik hoop het,' giechel ik.

In de rustruimte liggen mannen en vrouwen in badjas in lederen stoelen. Ertussendoor huppelt personeel in een soort verpleeguniform. De gemiddelde kuurder is vijftig-plus en het gemiddelde lichaam ziet eruit alsof er hier nog heel wat tijd doorgebracht moet worden.

'Ik hoop niet dat die badjassen openvallen,' fluistert Gina.

We bestellen koffie, maar hebben nog geen slok genomen als Cynthia alweer voor ons staat.

'Hier heb ik jullie agenda,' zegt ze. 'Eerst doen jullie de hydro-light-brain-jet, om één uur de gezichtsbehandeling, daarna het Cleopatra-bad, vervolgens de voetreflexmassage en dan de hoofdhuidmassage. Om zes uur kunnen jullie de sauna in en daarna serveren we het diner. Zouden jullie zelf op de tijd willen letten? Anders raakt het schema in de war.'

We badslipperen achter Cynthia aan. 'Ik dacht dat we hier kwamen om te ontspannen,' brom ik tegen Gina.

In het kamertje staan twee bedden. 'Het is een soort waterbed en massagetafel ineen,' legt Cynthia uit. 'Als je ook nog dit brilletje opzet, kom je helemaal tot rust.'

Voorzichtig laat ik me op het golvende matras zakken en zet het brilletje op. Ik zie niets, alleen rode flitsjes.

'Dan zet ik nu de apparaten aan. En houden jullie van new-agemuziek?'

Het bed begint angstaanjagend te brommen en een waterstraal beukt in mijn rug. Is dit wel de bedoeling?

'Lekker hè?' zegt Gina.

Ik probeer niet te denken aan wat er gebeurt als de machine op hol slaat of als het matras gaat lekken, en concentreer me op het vogelgetjilp uit de luidsprekers.

Tegen het eind van de middag bladeren Gina en ik verlept in

wat roddelbladen terwijl we yoghurt met vruchtensap naar binnen lepelen. 'Dit programma is vermoeiender dan het notuleren van drie saaie vergaderingen,' zeg ik. 'Waar moeten we zo naartoe?'

'Hoofdhuidmassage,' zucht Gina. 'Schijnt de doorbloeding te stimuleren.'

Twee kittige masseuses ontvangen ons. Ze beginnen met olie in ons haar te masseren. Zodra er geen sprake meer is van kapsel, beginnen ze op mijn hoofd te duwen, te wrijven en te aaien. Eigenlijk word ik er een beetje ongemakkelijk van – alleen Erik en, heel soms, mijn moeder raken me op die manier aan.

'Heb je het al gehoord van Marieke?' zegt de ene masseuse tegen de andere. 'Gerben is bij haar weg.'

'Ik dacht dat het zo goed ging tussen die twee!'

'Nou, het schijnt dat hij al een tijdje een ander had. Marieke zei dat ze het eigenlijk wel wist. Volgens haar heeft ze maanden lopen slaapwandelen. Als zij de telefoon opnam, werd er vaak onmiddellijk opgehangen, Gerben werkte steeds vaker over, de seks werd minder...'

'Afschuwelijk,' zucht haar collega.

Ze babbelen verder, maar ik zit verstijfd op mijn stoel. Dit verhaal doet me ergens aan denken. Heb ik deze week niet een keer of drie naar het tuut-tuut-tuut van een verbroken verbinding geluisterd? Erik moet de laatste tijd heel vaak 's avonds trainen of overwerken. En seks? Ik denk dat het al twee weken geleden is dat we het voor het laatst hebben gedaan.

'Je nek zit ineens weer helemaal vast,' zegt de masseuse. 'Doe je ogen nou maar dicht en ontspan je.'

Gina zet me voor de deur af en geeft me een dikke zoen. 'Bedankt voor het geweldige weekend, Floor. Ik ben er enorm van opgeknapt.'

'Niet fysiek,' grijns ik, want we hebben allebei rode vlekken op onze wangen van het mee-eters uitknijpen door de schoonheidsspecialiste. 'Geestelijk in ieder geval wel,' zegt ze.

Van mezelf weet ik dat nog zo net niet. Sinds dat gesprek tussen die masseuses maak ik me zorgen over mijn relatie met Erik. Met Gina heb ik het er niet over gehad, want waarschijnlijk is er niets aan de hand. Maar ik ben vastbesloten om onze verhouding op te frissen.

Ik pak mijn spullen uit de auto, zwaai naar Gina en storm de trap op. Nog voordat ik de sleutel in het slot heb omgedraaid, gooit Erik de deur open. 'Heb je het leuk gehad?' vraagt hij en hij slaat zijn armen om me heen.

'Ik heb je zo gemist,' piep ik.

'Nou overdrijf je een beetje.' Hij trekt me mee naar de woonkamer. Er staat een gigantische bos witte lelies op de eettafel.

'Voor mij?' vraag ik. 'Wat ontzettend lief!'

Erik staat een beetje verlegen te grijnzen. Ik draai me om zodat ik hem kan knuffelen, maar hij zegt: 'Ik schenk een glas wijn voor je in, dan kun je me alles vertellen.'

'Ik zal je alles laten zien.' In de slaapkamer trek ik snel de kleren aan die Gina en ik vanmiddag hebben gekocht: een nieuwe broek, T-shirt en jasje, plus pikante opduwbeha en een kanten string. De rode vlekken op mijn gezicht werk ik ook een beetje weg. Dan paradeer ik de kamer binnen terwijl ik zo sensueel mogelijk zing: 'Voulez-vous coucher avec moi?'

Erik kijkt me vanaf de bank verbouwereerd aan.

'Misschien kan ik beter de cd opzetten,' zeg ik. Het duurt even voordat ik het juiste nummer heb gevonden, maar dan geef ik me over aan de muziek. Het jasje gooi ik sierlijk van me af, ook het T-shirt gaat verleidelijk uit, maar bij de broek gaat het verschrikkelijk mis. Ik val. Zittend probeer ik er nog iets erotisch van te maken, tot ik Erik verstikt hoor lachen. 'Ik zal er maar mee ophouden, hè?' zeg ik.

'Je bent echt hartstikke gek, Floor.'

'Maar toch wel leuk gek?'

'Wel leuk gek.'

Ik kruip in zijn armen. Waar maakte ik me nou zo druk over?

MAANDAG

'Zien jullie iets aan me?' vraag ik zodra ik op kantoor ben.

'Nieuw kapsel,' zegt Frits.

'Andere oogschaduw?' vraagt Claire.

'Je bent naar een kuuroord geweest,' zegt Stephanie.

Verrast antwoord ik: 'Inderdaad.'

'O ja, natuurlijk,' zegt Claire. 'Vertel eens, hoe was het?'

Ik ga op haar bureau zitten en doe uitgebreid verslag. 'Maar echt mooier ben ik er niet van geworden,' besluit ik.

'Het hangt er natuurlijk vanaf naar welk kuuroord je gaat,' zegt Stephanie, en ze begint een eindeloos Stephanie-verhaal over de resultaten van een mooier en duurder kuuroord.

Tegelijkertijd zeggen Claire en ik: 'Ik geloof dat ik aan het werk moet.'

Mijn relatie-opfrisplannen slagen niet erg. Weer zit ik alleen aan de broccoli. Vanavond is Erik naar training, eergisteren moest hij overwerken en gisteren was ik zelf met Claire naar de film. Voor steun bel ik mijn zus.

'Met Gina,' klinkt het snotterig.

'Floor hier,' zeg ik geschrokken. 'Gaat het wel goed met je?'

'Ik ben uien aan het snijden,' antwoordt ze. 'Een collega krijgt morgen haar schoonouders te eten en ze heeft me gevraagd of ik wat gerechten wil maken. Zelf kan ze nog geen water koken.'

'Dus je bent aan het cateren?'

'Zoiets.'

'Ik voel me helemaal niet goed,' klaag ik. 'Erik heb ik deze week nog maar één avond gezien. We doen nooit meer wat samen. Hij is altijd aan het werk of moet trainen, en als hij thuis is, is hij chagrijnig.'

'Word je ongesteld of zo?' zegt Gina.

'Wat is dat nou weer voor idiote vraag? Ik probeer mijn problemen met je te bespreken.'

'Dat kun je beter met Erik doen,' antwoordt ze. 'Bel je zo even terug? Ik moet nu iets in de oven zetten.'

Woedend hang ik op. Nadat ik heel lang en heel heet heb gedoucht, kom ik een beetje bij zinnen. In een badjas op de bank wacht ik op Erik. Pas na een volle pot thee en een aflevering van Oprah hoor ik de voordeur.

'Ben je nog wakker?' vraagt hij verbaasd.

'Ik heb op je gewacht, de laatste tijd zie ik je zo weinig.'

'Ik denk dat we eens moeten praten,' zegt hij.

Als iemand dat tegen je zegt, volgt er altijd slecht nieuws.

Zenuwachtig grijp ik naar een sigaret.

Erik komt naast me zitten en steekt er ook een op. 'Misschien is het allemaal te snel gegaan,' zegt hij dan.

'Wat?' vraag ik, maar ik weet wat hij bedoelt. Mijn nekhaar staat overeind en mijn hart bonst alsof ik net vier trappen op ben gerend.

'Dat je hier zo snel bent komen wonen.'

'Maar we kenden elkaar al jaren,' protesteer ik.

'Ik denk dat ik weer alleen wil wonen,' zegt Erik.

'Je woont praktisch alleen!' val ik uit. 'Bijna elke avond ben je weg. Of ik ben weg. We zien elkaar nooit.'

Hij antwoordt niet.

Op de televisie probeert de weduwe van Elvis Presley ons een haarstuk te verkopen. Ik voel tranen over mijn wangen lopen. 'Dus ik moet verhuizen,' zeg ik beverig. 'En is het dan ook uit?'

'We kunnen vrienden blijven,' zegt Erik sussend.

'Maar waarom?' snik ik. 'Houd je niet meer van me? Ben je verliefd op iemand anders?'

Erik staat op en loopt door de kamer. Hij kijkt me niet aan als hij zegt: 'Natuurlijk niet. Ik weet niet wat het is. Ik ben gewoon... niet gelukkig zo.'

'Nu ben ik ook ongelukkig,' zeg ik. Ik wil gillen, hem op z'n gezicht slaan of in zijn kruis trappen, maar ik doe niks, blijf gewoon huilend zitten.

Erik knielt voor me, pakt mijn handen en zegt: 'Het spijt me.'

Ik trek mijn handen los. 'Wil je dat ik nú wegga?'

'Doe niet zo idioot,' antwoordt hij, 'je hebt je pyjama al aan.'

Ik word boos. 'Maar wel zo snel mogelijk, bij voorkeur nog dit weekend? Langer kun je me waarschijnlijk niet om je heen verdragen!'

'Je stelt je aan, Floor,' zucht Erik. 'We kunnen dit toch als twee volwassen mensen oplossen?'

Dan haal ik uit. Erik valt achterover, zijn hoofd schampt het bijzettafeltje en er is ineens overal bloed. Ik heb hem vermoord, schiet door mijn hoofd, hij is dood. Verlamd blijf ik zitten, tot hij kreunend z'n handen naar zijn neus brengt.

'Klotewijf! Hij kan wel gebroken zijn!'

Ik ren naar de keuken en doe wat ijsblokjes in een theedoek. Erik zit inmiddels tegen de bank aan, bloed sijpelt langs zijn vingers. 'Laat eens zien?' zeg ik.

'Ga weg! Raak me niet aan!' Hij staat op, strompelt naar de badkamer en slaat de deur achter zich dicht.

Klappertandend van alle emoties kijk ik naar Priscilla, die vertelt hoe je met de haarstukken een weelderige bos krullen kunt creëren.

Even later komt Erik de kamer weer in met een dot watten onder zijn neus. 'Is het erg?' vraag ik voorzichtig.

'Niets gebroken,' klinkt het nasaal. 'Ik ga naar bed.'

'Sorry,' zeg ik nog, maar hij hoort het niet meer. Ik zet de televisie uit en probeer op de bank in slaap te vallen.

VRIJDAG

Erik is naar zijn werk gegaan zonder me gedag te zeggen. Zijn neus was erg gezwollen. Ik heb naar kantoor gebeld dat ik buikgriep heb. Sindsdien heb ik afwisselend huilend en vloekend mijn spullen bij elkaar gezocht. Ik kan gewoon niet geloven dat het over is. Ik dacht echt dat Erik de vader van mijn kinderen zou worden, de man wiens rolstoel ik zou voortduwen in het bejaardenhuis. Wat is er misgegaan? Het ging toch goed? Tot een maand geleden. Daarna hadden we ineens ruzie over alles, als hij er al was. Ik begrijp het niet. Hoe kan hij ineens niet meer van me houden?

Gina en ik proberen orde te scheppen in mijn bomvolle appartementje. Er zijn een stoel, een bank en vijf vuilniszakken kleding te veel in deze ruimte. En een mens.

'Ik doe mijn best, Floor,' zucht Gina. 'Van de week ben ik weer naar een makelaar geweest, maar ik ben niet de enige die op zoek is naar een huis.'

'We redden ons wel tot die tijd,' snik ik.

Twee uur later is de meeste troep uit zicht, en als we voorzichtig manoeuvreren kunnen we door de kamer lopen.

Gina zet thee. 'Ik heb die Erik altijd al een gluiperig type gevonden,' zegt ze terwijl ze twee kopjes pakt.

Ik begin weer te huilen.

'Je moet maar denken: geen hand vol, maar een land vol.'

'Als ik dat soort dingen wil horen, bel ik mama wel.'

'Sorry,' zegt Gina. 'Ik vind het zo rot voor je, ik weet gewoon niet wat ik moet zeggen.'

'Zeg maar niks.'

6

George Clooney in de zandbak

April

Ik houd het droog tot Claire vraagt hoe mijn weekend was.

'Afschuwelijk.' Ze kijkt me geschrokken aan. 'Ik ben weg bij Erik,' snik ik.

Ze komt op mijn bureau zitten en slaat haar arm om me heen. Ik vertel over het gesprek, de bloedneus en de gehaaste verhuizing, terwijl ze troostende klopjes op mijn rug geeft. 'Ik begrijp er niets van,' besluit ik. 'Ineens zegt hij dat hij niet gelukkig is. Ik zag het helemaal niet aankomen. Hij was de laatste tijd wel vaak weg. Overwerk, zei hij, of training. Ik dacht zelfs even dat hij een ander had.'

'Misschien heeft ie dat ook,' zegt Claire. ''t Blijft natuurlijk een man.'

'Hij zei van niet,' snik ik.

'Hadden jullie nog seks?' vraagt Stephanie, die er ongemerkt bij is komen staan.

'Bijna elke avond,' lieg ik. Kan dat mens niet even een brief gaan tikken of zoiets? 'En Gina heeft nog steeds geen huis gevonden,' vervolg ik, 'dus slaapt zij weer op de bedbank en staat mijn huis propvol met meubels.' Claire geeft nog meer bemoedigende klopjes. 'Ik zie wel eens advertenties voor onderhuur,' zegt ze. 'Misschien is dat wat?'

Ik snuit mijn neus en haal diep adem. Dat is het proberen

waard. Als Gina weer een huis heeft, is het gat van de toekomst een beetje minder zwart.

DINSDAG

Gina en ik hangen op de bank in joggingpak. Niet dat we gaan sporten, de bedoeling is om de hele avond elk tv-programma over ons heen te laten komen. We staren naar *Goede tijden, slechte tijden* als de telefoon gaat.

'Erik zei al dat je hier zat,' begint mijn moeder. 'Je kunt toch wel even terugbellen? Gisteren en eergisteren heb ik jullie voicemail ingesproken, en je weet dat ik daar een hekel aan heb. Terwijl ik zulk leuk nieuws heb. Zoals je weet, zijn je vader en ik in juni 35 jaar getrouwd. Nu hadden we bedacht om dit keer geen feest te geven, maar om met de familie een paar dagen weg te gaan. Naar een bungalowpark of een hotel.' Iets zachter vervolgt ze: 'Het leek ons vooral goed voor Gina, dat ze er eens uit is na die nare tijd met Gerard. Erik gaat natuurlijk sowieso mee.'

'Dat denk ik niet,' zeg ik.

'Hoezo?' vraagt mijn moeder. 'Hij is toch ook deel van het gezin? En begin nou niet met dat hij het te druk heeft, want het is pas over twee maanden. Tijd genoeg om vrij te vragen.'

'Het is uit tussen Erik en mij.'

'Wat? Waarom heb je dat niet eerder gezegd!' zegt mijn moeder.

'Het is pas sinds dit weekend.' Weer vertel ik hoe het gegaan is, alleen dat van die bloedneus laat ik weg. 'Hij zei gewoon dat hij met mij niet gelukkig was,' snotter ik.

'Ik vond het al zo raar dat een andere vrouw bij Erik de telefoon opnam,' antwoordt mijn moeder peinzend.

152

Ik kan geen woord meer uitbrengen. 'Floor, ben je daar nog?' roept ze. 'Het was vast een collegaatje, of zijn zus.'

'Hij heeft geen zus,' snik ik.

'Wat kan jou het schelen,' zegt mijn moeder. 'Het belangrijkste is dat jij weer een beetje op je poten komt.' En ze somt op hoe: meer sla, broccoli en vis eten, meer beweging, meer slaap en voorlopig geen patat of veel drank. 'Maar nu mag je nog even verdrietig zijn,' troost ze. 'Weet je wat, we gaan binnenkort gezellig samen winkelen.'

'Oké,' antwoord ik tot mijn eigen verbazing.

VRIJDAG

Ik doe geen oog meer dicht, elke nacht lig ik te piekeren over die griet. Ze is vast mooier dan ik, blond van zichzelf, slankere benen. Als ze bestaat, tenminste. Elke gebeurtenis die een aanwijzing zou kunnen zijn, heb ik veertien keer doorgenomen. Knettergek word ik ervan. Ik móét het weten.

Tegen een uur of tien 's avonds rijd ik op mijn motor naar Eriks huis. Er brandt geen licht. Mooi, Erik is vast uit. Kan ik zonder nare confrontaties naar bewijzen zoeken. Gelukkig heb ik zijn sleutels nog niet teruggegeven.

Op de trap krijg ik een gevoel alsof ik moet plassen. 'Stel je niet aan,' sis ik tegen mezelf, 'als je betrapt wordt, zeg je gewoon dat je je föhn, aardappelstamper of brillenkoker komt ophalen.'

Ik haal diep adem, duw de deur open en loer naar binnen. Het is aardedonker. Net als ik mijn hand wil uitsteken naar het lichtknopje, hoor ik geritsel. Ik ben niet alleen.

Het geluid komt uit de slaapkamer. Wie is er in huis? Een inbreker? Ik kijk op mijn horloge, het is net halfelf geweest, niet echt het tijdstip voor een inbraak. Het is natuurlijk die ander, bedenk ik woedend. Die ligt lekker in het bed dat vorige week nog van mij was. Wat denkt ze wel niet? Er dansen rode vlekken voor mijn ogen.

Op de tast loop ik naar de keuken. Onderweg stoot ik mijn heup tegen de hoek van de tafel, maar ik bedwing een kreet van pijn. Zo stil mogelijk zoek ik in een la naar een mes. Het moet op z'n minst een broodmes zijn, wil m'n actie een beetje lijken op een scène uit *Friday the 13th*. Ik sluip naar de slaapkamer en leg mijn oor tegen de deur. Geritsel en af en toe een bonk. Wat is ze in godsnaam aan het doen? Ik zwaai de deur open, doe het licht aan en gil: 'Eruit, vuile teef!'

Een man in trainingspak kijkt me verbouwereerd aan.

'O,' stamel ik, 'ik dacht dat u iemand anders was.'

'Dan ga ik maar,' zegt hij, en loopt naar de deur. Hij draagt een grote doos.

'Laat die spullen hier maar staan,' zeg ik.

'Daarom hoef je nog niet zo agressief met dat mes te zwaaien.' Hij zet de doos neer en wandelt de kamer uit.

Pas als hij de voordeur achter zich dichttrekt, merk ik dat m'n knieën knikken. Ik ga op bed zitten en begin keihard te huilen.

Zo vindt Erik me een uurtje later. 'Wat doe jij hier?'

'Ik was hier voor mijn föhn,' snik ik.

'Maar de dvd-speler is van mij,' zegt Erik terwijl hij in de doos kijkt. 'En de wekkerradio ook.'

'Toen hoorde ik een geluid,' vervolg ik, 'en er was een inbreker. Maar ik had een mes.'

'Heb je een inbreker weggejaagd?' vraagt Erik. 'Echt waar?'

'Ik ben zo geschrokken,' piep ik.

'Heeft hij nog iets meegenomen? We moeten de politie bellen. En je moet nergens aankomen, want misschien zijn er nog ergens vingerafdrukken. Had hij handschoenen aan? Heb je goed onthouden hoe hij eruitzag?'

'Weet niet,' zeg ik. 'Doe niet zo Derrick.'

Erik begint zenuwachtig door zijn huis te rennen, trekt laden open en kijkt in kasten. Daarna belt hij de politie. 'Ze komen meteen,' zegt hij.

Een kwartier later komen twee agenten de trap op. Een hippe blondine en een man met een snor. 'Dus er is hier ingebroken?' zegt de snor. 'Wat is er allemaal weg?'

Erik vertelt globaal wat er is gebeurd, en dat zijn pasjes, cheques en het horloge van zijn opa verdwenen zijn. 'Dus u heeft de inbreker op heterdaad betrapt?' vraagt de agent. Ik knik.

'Je zult wel geschrokken zijn,' zegt zijn collega.

'Vertel maar rustig hoe het is gegaan,' zegt de snor. Hij komt tegenover me zitten en haalt wat formulieren tevoorschijn. 'U kwam binnen, en toen?'

'Toen hoorde ik geritsel,' zeg ik zacht. 'Ik dacht dat het een inbreker was. Daarom pakte ik een mes uit de keukenla.'

'Heel onverstandig.' De agent schudt zijn hoofd. 'U had beter rechtsomkeert kunnen maken, voor hetzelfde geld...'

'Nou, ik dacht eigenlijk...' Ik houd mijn mond. Ik kan toch moeilijk zeggen dat ik de nieuwe vriendin van mijn ex met een broodmes uit huis wilde jagen?

'Wat dacht je?' vraagt de vrouw.

'Dat het muizen waren, of zo.' De snor vuurt allerlei vragen op me af. Ten slotte zegt hij: 'Morgen moet u naar het bureau komen, dan kunt u een kijkje nemen in ons Grote Daderboek.'

Als ze weg zijn, storten Erik en ik uitgeput neer op de bank. 'Wat een geluk dat jij er was,' zegt hij.

'Daar dacht je vorige week nog heel anders over.'

'Nou ja, je weet wel wat ik bedoel.'

'Het spijt me van die bloedneus,' zeg ik.

'Het spijt me dat het tussen ons zo is gegaan.'

Ik schuif dichter naar hem toe.

'Ik mis je,' zeg ik, 'vooral dat zingen van je, 's ochtends onder de douche. Wil je me even vasthouden? Ik ben zo geschrokken.'

Hij slaat zijn armen om me heen en ik leg mijn hoofd op z'n borst. Aan het bonken van zijn hart te horen, laat het hem ook niet koud.

ZATERDAG

Gina is woedend en ik ben in een pesthumeur. Omdat ik één nacht niet thuis ben gekomen, heeft ze mijn vriendinnen, de politie en alle ziekenhuizen in de regio afgebeld. En toen ik het verhaal van het broodmes vertelde, zei ze: 'Ben je helemaal gek geworden? Stel nou dat die meid wel in Eriks bed had gelegen? Er had iets rampzaligs kunnen gebeuren.'

'Er is geen nieuwe vriendin,' zei ik, 'want vannacht heb ik bij Erik geslapen.'

'Doe niet zo naïef!' riep Gina. 'Dat heeft toch niets te betekenen?'

'Natuurlijk wel!'

'Droom maar lekker verder.' Daarna trok ze haar jas aan en zei dat ze met een vriendin naar de film ging.

Ze is nog steeds niet thuis. Erik trouwens ook niet. Ik heb hem al acht keer gebeld, maar er wordt niet opgenomen.

Claire en Stephanie hangen aan mijn lippen als ik het inbraak-
verhaal vertel (dat ik eigenlijk de nieuwe vriendin van Erik wilde
wegjagen, laat ik maar weg). 'Maar het beste is nog dat het tussen Erik en mij weer goed is,' besluit ik.

'Ben je met hem naar bed geweest?' vraagt Stephanie.

'Wilde, gepassioneerde seks,' grijns ik.

'Ongelooflijk,' zegt Stephanie.

'Fijn,' zegt Claire, 'ik maakte me vorige week echt een beetje
zorgen over je.'

In de pauze gaan Claire en ik lunchen in onze favoriete koffieshop. Ik ben zo gelukkig dat ik haar een arm geef en we ernaartoe
huppelen. We bestellen alles wat we lekker vinden, ongeacht het
aantal calorieën, en ik betaal de rekening. 'Het leven is verrukke-
lijk,' zeg ik als we het kantoor weer binnenlopen.

'Soms wel,' zucht Claire. Ze gaat naar het toilet.

Op onze afdeling is Stephanie verwikkeld in een heftig tele-
foongesprek. 'Je moet maar eens goed nadenken over wat je nu
eigenlijk wilt. Ik pik het niet...' Ze luistert met samengeknepen
lippen, en gilt dan: 'O, het was omdat ze zo geschrokken was?
Dus elke keer als ze schrikt, ga jij met haar naar bed?'

Ik luister ademloos.

'Ik heb geen zin om nog langer met je te praten. Trouwens, ze
kan elk moment terugkomen met die vetzak. Bel me vanavond
maar.' Ze zwijgt even en zegt dan. 'Ik niet van jou, op dit moment.' Nadat ze de hoorn op de haak heeft gegooid, rekt ze zich
uit. Pas dan merkt ze me op. 'O, hallo. Gezellig geluncht?'

'Dat was Erik aan de telefoon.'

'Nee hoor.'

'Wel waar,' zeg ik. 'Je had het over mij en over Claire – je noemde haar die vetzak.'

'Wie noemt mij een vetzak?' vraagt Claire vanuit de deurope-ning.

'Ze heeft wat met mijn Erik!' schreeuw ik.

'Stephanie?' zegt Claire verbaasd.

'Of het jouw Erik is, valt nog te bezien,' zegt Stephanie. Ze pakt de vijl uit haar tas en begint haar nagels te bewerken.

'Dus je geeft het toe!' schreeuw ik. 'Trut!' Ik stap op haar af om die vijl uit haar handen te trekken en... Claire houdt me tegen. 'Hier bereik je niks mee. Kom, ik breng je naar huis.' En tegen Stephanie: 'Deze vetzak zal er alles aan doen om jou te laten ont-slaan.'

'O, maar ik heb al een vaste aanstelling,' zegt Stephanie ter-wijl ze een nagelriem wegduwt.

Bij de lift breekt het zweet me uit. Ik heb het warm en koud te-gelijk. Claire wrijft over mijn rug. 'Wat is er nou gebeurd?'

'Hoorde haar telefoneren met Erik,' hijg ik. 'Geen lucht meer.'

'Rustig maar,' sust Claire, 'dat is gewoon spanning.'

'Dat zij, met Erik. Begrijp je dat nou?'

'Van die lieve Stephanie verwacht ik inmiddels alles,' zegt Claire grimmig. Ze duwt me in haar auto en rijdt naar mijn huis. 'Ik zal een kruik voor je maken en dan ga je lekker in bed liggen,' zegt ze.

Ik probeer haar te bedanken, maar de tranen verlammen mijn tong.

WOENSDAG

Ik slaap of huil, en soms doe ik het tegelijkertijd. Ik wil niet meer uit bed en nooit meer naar kantoor. Als ik mijn ogen dichtdoe, zie ik dat glimlachende serpent met Erik in bed liggen, vrijend, over mij pratend en honend lachend. Ik wist niet dat ik iemand zo kon haten. Vanochtend heb ik mijn werk en al mijn afspraken voor de komende week afgebeld. Kon ik mijn leven maar afbellen.

DONDERDAG

Gina is naar fitness en ik lig voor pampus. Het gaat beter, vandaag heb ik al zo'n uur of vier niet gehuild. Ik blader door de tv-gids. Bijna elk programma heeft met liefde of met gelukkige stelletjes van doen. Dan maar iemand bellen. Gedachteloos draai ik Claires nummer.

'Met Erik.'

'Verkeerd verbonden,' zeg ik haastig.

'Ben jij dat, Floor? Niet ophangen! Hoe is het met je? Ik hoorde het van Stephanie. Ik vind het zo rot dat je het op deze manier te weten moest komen.'

'Ja.' Meer krijg ik er niet uit.

'Er liggen hier ook nog wat spullen van je, van de week kom ik die even brengen. Het is zeker wel erg krap met Gina erbij? Ik zal eens om me heen vragen voor een huis. Een vriend van me gaat binnenkort...'

'Waarom ben je zaterdag met me naar bed gegaan?' onderbreek ik hem. 'Hoe lang was het al bezig tussen jullie? Waarom heb je het me niet verteld?'

Hij schraapt zijn keel. 'Nou, eh, ik kwam haar tegen na dat personeelsfeest, en toen...'

'Toen ben je met haar in bed gedoken en je dacht: Floor kan doodvallen.'

'Ik probeer een redelijk gesprek te voeren,' zegt Erik geïrriteerd. 'Als je zo doet, hang ik op.'

'Hang jezelf maar op,' sis ik. Ik knal de hoorn op de haak en barst weer in huilen uit.

Ik breek net een nieuw pak zakdoekjes aan als Gina thuiskomt. 'Is het weer zover?' vraagt ze terwijl ze haar sporttas in een hoek gooit.

'Erik gebeld,' snik ik. 'Hij heeft al wat met Stephanie sinds dat rottige personeelsfeest!' Gina komt naast me zitten, kijkt me ernstig aan en zegt: 'Nou moet je eens goed luisteren. Nog niet de helft van de tijd dat je een relatie had met die kloterige Erik was leuk. Je mag blij zijn dat je van hem af bent. Als hij niet iets met die Stephanie was begonnen, was het wel met een ander geweest.'

'Ja maar...'

'Niks ja maar, ik maak me echt zorgen over je. Bijvoorbeeld dat je Stephanie wilde wegjagen met een mes. Dat is toch niet normaal?'

Ineens moet ik door mijn tranen heen lachen. 'Stel dat ze toen in bed hadden gelegen. Ik had het gezicht van Erik wel willen zien.'

'Floor de Verschrikkelijke,' giechelt Gina.

'De Wraak van Floor.'

'*Die Hard – part Floor.*'

We rollen bijna van de bank van het lachen.

Dan zegt Gina: 'Maar je gaat toch wel wat aan jezelf doen? Zo kan het echt niet langer. Je ziet eruit alsof je onder een vrachtwagen hebt gelegen, en dit is de eerste keer in weken dat ik je hoor lachen.'

'Ik doe mijn best,' beloof ik.

Ik zit met mijn moeder in het restaurant van de Bijenkorf thee te drinken en wil net over mijn liefdestoestanden beginnen als ze zegt: 'Je vader heeft een trui nodig, en ik zoek hier een bloes bij.' Ze houdt een bol wol omhoog. 'Iets met roze of rood erin, dacht ik.'

'Of allebei?' stel ik voor.

'Heb je je thee op?' vraagt ze, en trekt haar jas aan. 'Dan gaan we.'

Ik neem vlug wat slokken en haal haar nog net in voor ze de roltrap neemt. 'Eerst naar de serviesafdeling,' besluit ze. 'Annie Webeling heeft hier laatst zo'n leuk suikerpotje gekocht.' Ze verdwijnt achter een enorme stellage soepterrines. Ik bekijk geinige asbakken en drentel richting cd-afdeling. Dan hoor ik het fluitje van m'n moeder. Ze staat bij de roltrap en roept: 'Ze hebben het niet. Kom je?'

We dalen af naar de damesmode, maar aangezien ze alleen lichtblauwe spullen hebben hangen, zijn we zo weer weg. De herenafdeling heeft ze ook in een mum van tijd gezien, want: 'Je vader wil niet van die rare knoopjes op z'n borst.'

Ik treuzel nog even bij de parfums, maar word teruggefloten: 'Kom Floor, ik wil ook nog even naar de Hema en v & d.'

Tegen een uur of vier ben ik doodmoe, maar mijn moeder stapt monter de tram in. 'Gelukkig gaat het al veel beter met je,' zegt ze over haar schouder. 'Het was gezellig, hoor. We bellen snel!'

Ik zie de tram wegrijden door een mist van tranen.

In de lift maan ik mezelf tot kalmte, maar ik blijf het warm en koud tegelijk hebben. Het is een uur of één, Claire en Stephanie zitten niet op hun plaats en Frits is ook nergens te bekennen.

Ik loop naar mijn bureau, trek de laden open en prop mijn spullen in een tas. Een raar gevoel: hier heb ik drie jaar gewerkt en nu is het voorbij. Nooit meer lachen met Claire in de pauze, nooit meer Frits, maar vooral: nooit meer Stephanie. Ik ga achter mijn bureau zitten en kijk voor de laatste keer naar dit uitzicht. Dan hoor ik de lift. Laat het Stephanie niet zijn, bid ik.

Maar natuurlijk is het wel Stephanie, in een lentefris mantelpakje en op kittige hakjes. 'Ben je er weer?' vraagt ze. 'Lekker uitgeziekt?'

'Bij jouw aanblik word ik meteen weer niet goed.'

'Doe niet zo moeilijk,' zegt ze luchtig. 'Ik kan het toch niet helpen dat Erik mij leuker vindt? Liefde laat zich niet dwingen.'

Ik adem rustig uit en sluit mijn ogen. Ik stel me voor hoe Stephanie onder een vrachtwagen komt, nee, een schoolbus. Dat ze Mexicaanse griep oploopt, of iets waardoor haar hoofd opzwelt als een meloen. 'Gaat het?' hoor ik haar vragen.

'Prima,' zeg ik. Ik pak mijn tas en loop naar de kamer van Frits.

'Ha Floor, weer beter?' zegt hij opgewekt. 'Zo'n griepje kan nog heel gemeen uitpakken.'

'Kan ik even met je praten?'

'Jij begint toch niet ook over opslag,' zucht hij. 'Van de week kwam Stephanie al langs en...'

'Het gaat over óntslag,' onderbreek ik hem. 'Ik ga weg.'

Frits laat zich op zijn stoel vallen. 'Waarom?' vraagt hij. 'Heb je het niet meer naar je zin? Heb je een andere baan gevonden?'

Ik haal diep adem. 'Ik neem op staande voet ontslag. Om persoonlijke redenen. Hier is mijn ontslagbrief.'

'We kunnen er toch over praten?' Hij kijkt verbijsterd. 'Nu moet ik weer een ander zoeken. Je krijgt geen uitkering, niks. En je pensioen, heb je daar al over nagedacht?'

'Ik heb er goed over nagedacht.'

'Maar je contract...' probeert Frits.

'Als je wilt dat ik me aan de opzegtermijn houd, meld ik me die twee maanden ziek.'

'Maar waarom dan toch?'

'Persoonlijke redenen,' herhaal ik, en ik loop naar de deur. 'Ik had het hier tot voor kort erg naar mijn zin, Frits.' Als ik zijn gekwelde gezicht zie, voeg ik eraan toe: 'Het ligt niet aan jou.'

Buiten schijnt de zon. Ik zet mijn zonnebril op, start mijn motor en rijd te hard naar het strand. Het is er rustig: een paar moeders met peuters en hier en daar al een lichtbruin getinte werkloze. Tot die groep behoor ik dus ook vanaf vandaag, besef ik ineens. Zal ik weer snel werk vinden? Krijg ik echt geen uitkering? Hoe lang kan ik teren op mijn spaargeld? Kan ik de huur wel betalen als Gina weer een huis vindt? Ik laat zand tussen mijn vingers glijden. In de verte zie ik een zwerver in een prullenbak graaien. Die heeft misschien ook een huis en een baan gehad, bedenk ik. En misschien... Ik wend mijn blik af voordat nog somberder gedachten me in hun greep krijgen.

DINSDAG

Iedereen is boos op me. Gina noemde mijn ontslag 'een typisch voorbeeld van vluchtgedrag'. Mijn moeder heeft aan de telefoon een halfuur gezeurd over mijn ziektekostenverzekering, mijn pensioen en de slechter wordende economie. Ze eindigde het gesprek met: 'Maar je moet het zelf weten, het is jouw leven.' Wat voelde alsof ze haar handen voorgoed van me af trok.

Alleen Claire begreep het. 'Reken maar dat ik Stephanie het leven zuur zal maken,' beloofde ze.

Het is nu drie uur 's middags en eigenlijk verveel ik me. Ik heb opgeruimd, een was gedraaid, gestofzuigd en boodschappen gedaan. Even heb ik overwogen om de ramen te lappen, maar dat gaat zelfs mij te ver. Natuurlijk zou ik langs een uitzendbureau kunnen gaan, of met instanties bellen, maar daar zie ik nog te veel tegenop.

Ik zet thee en doe de tv aan. Een soort Myrna babbelt over winkelen, ze stekt wat klimplanten en daarna kondigt ze een weerman aan. Ik laat het allemaal over me heen komen.

'Hoe was jouw dag?' vraagt Gina als ze thuiskomt.

Tot mijn verbazing kan ik antwoorden dat ik bekaf ben.

MAANDAG

De man voor me heeft achtenzestig roos-spikkels op zijn schouders. Het jongetje achter me verveelt zich ook. Nadat hij alle Postbus 51-folders waar hij bij kan uit de rekjes heeft gehaald, probeert hij nu de balpennen-aan-een-koordje van de tafels te slopen. Zijn moeder doet alsof ze het niet ziet.

'Dit formulier moet u invullen,' zegt de hoogblonde baliemevrouw van het arbeidsbureau als ik een kwartier later aan de beurt ben. 'Daarna moet u het hier weer afgeven.'

Ik ga aan een tafel zitten en haal een eigen pen uit mijn tas. Het invullen is een hele klus; ze willen nog net niet van me weten of ik mijn veterstrikdiploma op de kleuterschool wel heb gehaald.

'Wat doe jij?' vraagt het jongetje van de folders. Hij heeft grote bruine ogen en moet nodig zijn neus snuiten.

'Ik vul dit formulier in,' zeg ik op kindvriendelijke toon.

'Waarom?' vraagt hij.

'Omdat dat van die mevrouw achter de balie moet.'

'Waarom dan?' zeurt hij door.

'Omdat ik werk zoek, daarom. Ga jij je moeder maar helpen met invullen.' Blijkbaar is dit antwoord afdoende, want het kind verdwijnt onder tafel.

Even later tikt een stoere man op mijn schouder. 'Uw zoontje heeft me dit net gegeven,' zegt hij, 'maar ik kan er niet zoveel mee.' Hij drukt een tampon in felgekleurde verpakking in mijn handen.

'Het is niet mijn zoontje,' stotter ik, 'maar bedankt.'

Onder tafel kraait het jongetje: 'Ik uitdelen, want ik was jarig.' Hij heeft mijn zonnebril op en haalt mijn tas verder leeg.

Ik gris de tas uit zijn handen en inspecteer mijn bezittingen. Goddank heeft het ettertje niet mijn portemonnee uitgedeeld. Maar ik zie een paar tafels verder een oudere dame naar een felgekleurde tampon kijken, en de jongen naast me heeft ook al zo'n ding in zijn handen. 'Nu ga jij snel naar je moeder toe,' zeg ik dreigend tegen het kind.

'Jij bent niet lief,' zegt hij, en hij dribbelt weg.

Ik kan nog net mijn zonnebril van zijn hoofd pakken en ga met een rood hoofd weer in de rij staan. Als ik eindelijk aan de beurt ben, word ik doorverwezen naar een andere balie. Een grijze man zit achter een grote computer. Hij pakt mijn formulier aan, leest mijn antwoorden op, wacht op een bevestigende knik van mij en verwerkt het daarna in de computer.

'Het zou sneller gaan als u alleen de formulieren verwerkt, of meteen met de klanten de formulieren invult,' probeer ik.

'Zo doen we dat hier niet,' zegt hij.

Het liefst wil ik 'waarom niet' zeuren, maar ik houd me in.

Na een minuut of tien is de man klaar. 'Alstublieft, dit is uw voorlopig bewijs van inschrijving,' zegt hij. 'Morgen kunt u terugkomen voor uw definitieve bewijs van inschrijving.'

'Kom ik nou in aanmerking voor een uitkering?' vraag ik.

'Daar ga ik niet over,' zegt hij. 'Dat beslist het u w v. Daar moet u ook een afspraak voor maken. Volgende week maandag, schikt dat?'

'Waarom kan dat niet op één dag?' vraag ik. 'Nu moet ik twee keer terugkomen.'

'Dus morgen en maandag over een week heeft u een afspraak,' zegt hij onverstoorbaar.

'Ik wil het op één dag,' herhaal ik boos. Zijn telefoon gaat. 'Nou, kip lijkt me ook lekker,' zegt hij. 'Heb jij tijd om boodschappen te doen? Het is hier een gekkenhuis.' Ik ga zo ontploffen, voel ik. 'Ik heb vorige week ook al drie keer boodschappen gedaan... Jaja... O, je moet ophangen. Dag lieverd.' Hij legt neer en zegt: 'U kunt gaan, hoor.'

'Maar...'

'Volgende!' roept hij. Op weg naar de deur loop ik langs het ettertje en zijn moeder. 'Jij bent stom,' zegt het kind.

'Wat je zegt, ben je zelf,' sis ik terug.

Buiten schijnt de zon. Ik ga op een terrasje zitten en kijk naar de mensen die langslopen. Iedereen gaat ergens naartoe, iedereen heeft haast, iedereen is nodig. Ik had gehoopt dat werkloos zijn een beetje op vakantie zou lijken.

Mei

Myrna doet stomverbaasd als de tv-dokter haar vertelt dat hooi-koorts ontstaat door pollen. 'Dus je hebt er vooral last van in de lente en de zomer?' vraagt ze.

'Ja,' zegt de dokter, 'in de winter bloeit er niet zoveel.'

Ik schenk nog maar een kop thee in. Vandaag ben ik bij het UWV geweest en de man achter de balie begon nog net niet te lachen toen ik een uitkering aanvroeg. 'Dan had u maar geen ontslag moeten nemen,' zei hij. 'U bent niet seksueel geïntimideerd, u zit niet in een onoverbrugbare conflictueuze situatie met uw werkgever, u heeft geen contact opgenomen met de ondernemingsraad, het maatschappelijk werk of uw vakbond. Ik zie werkelijk geen enkele aanleiding om u een uitkering te geven.'

Ik sputterde nog wat tegen, maar hij was onverbiddelijk. 'Mevrouw, het enige wat ik kan doen, is u doorverwijzen naar de sociale dienst.' Toen ben ik naar huis gefietst en voor de tv gaan zitten.

Gina komt thuis, ziet me zitten en zegt: 'O nee, niet weer. Het lijkt wel alsof je verslaafd bent aan dat programma. Ga naar buiten, schrijf je in bij een uitzendbureau… Doe iets!'

'Ik krijg geen uitkering,' mompel ik.

'Dat heb ik toch gezegd.' Ze loopt naar de keuken van waaruit ze woest begint te schreeuwen: 'Geen schoon kopje in dit huis te vinden! Je bent de hele dag thuis, en nog steeds is het hier een pestzooi.'

'Ik vind niet dat ik altijd moet afwassen omdat ik niet werk,' zeg ik.

'Doe normaal,' smaalt Gina. 'Je wast helemaal nóóit af, je stofzuigt niet, je kookt niet... Het enige waar je goed in bent, is op de bank vegeteren omdat die lul je heeft laten zitten.' Ze is voor me komen staan en zwaait met een vinger voor mijn gezicht. 'Als je maar niet denkt dat ik nog maar iets in dit huis doe.' Dat vingertje is de druppel. 'Ik heb je nooit gevraagd hier te komen wonen!' schreeuw ik. 'Het is mijn huis, en als ik in de troep wil zitten, doe ik dat!'

'Dus je wilt dat ik vertrek?'

'Liever vandaag dan morgen!'

'Goed,' zegt Gina. Ze doet haar jas aan, pakt haar tas en zegt: 'Ik logeer wel bij Anne.' De deur knalt achter haar dicht.

WOENSDAG

Claire en ik zitten in De Arena. Ze babbelt aan een stuk door over kantoor. Frits had maandag een lawaaierige stropdas om. Stephanie heeft van het archief een nog grotere puinhoop gemaakt en de nieuwe heet Els en is heel aardig. 'Bevalt het vrije leven je een beetje?' vraagt ze dan. 'Af en toe ben ik best jaloers. Ik denk dat ik ook maar een andere baan ga zoeken, ik zit zo vast.'

'Ja, ik kan lekker doen waar ik zin in heb,' zeg ik en ik doe verslag van de middagtelevisie van afgelopen week.

'Je klinkt depressief,' zegt Claire. 'Kijk maar uit, ik weet wat het is. Misschien moet je er eens met iemand over praten.'

'Ik praat toch,' brom ik.

'Nee, ik bedoel professioneel.'

Ik bestel nog maar een biertje, want ik heb er niets op te zeggen.

Tegen een uur of elf moet Claire naar huis; háár wekker gaat morgenochtend alweer om halfacht. Thuis laat ik me op de bank vallen en zet de tv aan. Gina is nog steeds niet terug.

WOENSDAG

Op tv vertelt iemand opgewonden over een middel dat zowel planten glans geeft als spint te lijf gaat, wanneer Gina binnenkomt.

'Daar staan je spullen,' wijs ik vanaf de bank.

'Ik kom eigenlijk mijn ponsplaatje van het ziekenhuis halen.'

'Hoezo?' vraag ik. 'Ben je ziek?'

'Ik weet het niet,' antwoordt Gina. Ze gaat zitten. 'Gisteren stond ik onder de douche en ineens voelde ik een knobbeltje.'

'Waar?' vraag ik. Ik zet de tv uit.

'Hier.' Ze wijst op haar rechterborst.

'Mag ik eens voelen?' Gina doet haar trui omhoog, schuift haar beha opzij en legt mijn hand op de goede plek. Ik voel een bultje. 'Ben je er al mee naar de dokter geweest?'

'Vanochtend, hij heeft me doorverwezen naar het ziekenhuis voor een onderzoek. Vrijdag moet ik een mammografie laten maken, een soort röntgenfoto van mijn borsten.'

'Ik ga met je mee,' zeg ik onmiddellijk.

'Fijn.' Ze knijpt in mijn hand.

Mijn hart slaat over. Woorden als chemotherapie, bestraling en borstbesparende operatie schieten door mijn hoofd. 'Waarschijnlijk is het niks,' zeg ik troostend.

We moeten de blauwe strepen op de vloer volgen voor de röntgenafdeling. Gina geeft haar ponsplaatje en doorverwijzing af bij de balie en we wachten weer. We zijn niet de enigen. Naast me zit een oude man verschrikkelijk hard te hoesten, twee kleuters vechten om Playmobil en een aantal echtparen kijkt bedrukt voor zich uit.

'Zal ik koffie halen?' vraag ik aan Gina.

'Laat maar,' antwoordt ze, 'ik ben een beetje misselijk.'

Ik voel me eigenlijk ook niet zo goed. Waarom krijg je toch meteen zwakke knieën zodra je een ziekenhuis betreedt? 'Gisteren was Hans Kazàn bij Myrna,' probeer ik afleidend, 'en hij vertelde dat...'

'Nog één keer dat stomme programma en ik ga gillen,' dreigt Gina.

We zwijgen een poosje.

Een van de kleuters huilt. In z'n hand bengelt een popje zonder hoofd.

'Dat gaan ze bij mij in ieder geval niet amputeren,' zegt mijn zus.

'Doe normaal,' zeg ik geschokt.

Dan wordt eindelijk haar naam omgeroepen. Gina staat op en loopt met een verpleegster mee. Ik ga buiten een sigaret roken. Als ik terugkom, zit ze alweer in de wachtkamer. 'Hoe ging het?' vraag ik.

'Mijn borsten werden platgedrukt tussen glazen platen,' vertelt ze, 'maar het deed geen pijn. Ik hoor zo van de gynaecoloog wat er op de foto's is te zien.' We staren naar het kleurrijke schilderij voor ons. Dan voel ik Gina's hand in de mijne. 'Ik ben bang,' zegt ze. Bemoedigend knijp ik in haar hand.

Even later komt de assistente van de gynaecoloog Gina halen. Dit keer mag ik mee. De dokter geeft ons een hand en wijst op twee stoelen voor z'n bureau. 'We kunnen niet precies zien wat er aan de hand is,' zegt hij. 'Daarom moet u een afspraak maken voor een punctie. Dat betekent dat we wat weefsel wegnemen om te onderzoeken.'

'Moet ik dan hier blijven?' vraagt Gina verschrikt.

'Nee hoor,' zegt de dokter, 'het is een poliklinische ingreep. U kunt zo bij de balie een afspraak maken. Nog vragen?' Ja, denk ik. Hoeveel kans heeft Gina dat het iets is? En wat gebeurt er dan?

'Mooi,' zegt de dokter, 'dan spreek ik u volgende week weer.'

Gina maakt een afspraak en even later staan we weer buiten. We ademen allebei diep in. 'Naar het strand?' stel ik voor. 'Oké,' antwoordt Gina. 'Ik kan net zo goed iets leuks maken van deze dag.'

Als we allebei met een cappuccino in een ligstoel zitten, waaien de sombere gedachten een beetje uit m'n hoofd.

'Heerlijk is het hier, hè?' zeg ik.

'Ik hoop dat ik dát volgend jaar nog aan kan,' zegt Gina, wijzend op een vrouw in een Pamela Anderson-badpak.

'Tuurlijk wel,' antwoord ik ferm.

'Zolang ik niks weet, moet ik me eigenlijk geen zorgen maken,' zegt ze peinzend. 'Maar het is verdomd moeilijk.' Ik geef een kneepje in haar arm.

ZATERDAG

Gina heeft iets laag gedecolleteerds in groen aan, ik ben in strak zwart gehuld. Zodra we De Arena in lopen, is alle aandacht op ons gericht. We gaan aan de bar zitten en bestellen twee bier. Al snel ben ik in gesprek met een manager van een direct-marketingbedrijf, Gina praat met iets breeds in een ruitjesoverhemd.

Terwijl de manager me wat probeert uit te leggen over doelgroepen en marktsegmenten, valt me op dat Gina wel erg snel haar bier opdrinkt. Af en toe lacht ze kakelend en aait ze over de arm van Het Ruitje. 'Een spaatje?' stel ik voor als het mijn beurt is om te bestellen. 'Nou, ik dacht meer aan whisky,' lispelt ze.

'Je hebt echt wel genoeg gehad,' zeg ik.

'La-me-nou.'

'Voor de dame een whisky,' bestelt Het Ruitje.

Ik vind het al snel niet meer gezellig. Doelgroepen interesseren me niet en 't is een rotgezicht om Gina dronken te zien. 'Ik ga naar huis.'

'Wa-flauw,' zegt Gina, 'ik fint leuk.' Het Ruitje voelt zich hierdoor aangemoedigd om een arm om haar middel te leggen.

'Je gaat nú mee,' dreig ik.

'Nee hoor,' lacht Gina.

'Wel.' Ik trek mijn jas aan, pak de hare en loop naar buiten.

Gelukkig komt ze me achterna. 'Geef terug!' krijst ze. 'Ik kan zelf wel beslisse... Foel me raar.' Ze wankelt naar het dichtstbijzijnde bosje en begint over te geven. Als ze klaar is, zet ik haar achterop en fiets naar huis. Thuis help ik haar uit haar spijkerbroek, ik leg haar in bed en zet er een teiltje naast. Morgen heeft ze vast knallende hoofdpijn.

DINSDAG

Irene, de intercedente, kijkt me aan alsof ik haar beste vriendin ben die terug is na een jarenlang verblijf in Australië. 'Ik weet zeker dat we snel iets voor je vinden,' zegt ze, terwijl ze door de formulieren bladert die ik net heb ingevuld. Ze pakt er een map bij. 'We hebben iets bij een advocatenkantoor voor een maand of twee, misschien langer. Klein bedrijfje, leuk team. Voel je daar iets voor?'

'Zeker,' antwoord ik, want mijn bankafschriften schuif ik inmiddels ongeopend in een la en elke keer dat de automaat nog geld geeft, haal ik opgelucht adem.

'Dan bel ik je er zo snel mogelijk over op.' Ik schud haar hand en huppel bijna het uitzendbureau uit. Door het park loop ik naar huis. Mannen in pak met lunchpauze, skeelers, moeders met kinderen: iedereen geniet van de zon. Ineens voel ik me blij. Misschien komt alles gewoon goed. Misschien is er met Gina niks aan de hand, heb ik snel weer werk en geld, wordt Erik kaal en valt Stephanie van haar pumps. Ik ga op een terrasje zitten en bestel een cappuccino. Jammer dat ik een legging aanheb, anders was ik ook nog lekker bruin geworden.

DONDERDAG

Ik heb alle rondslingerende *Story's*, *Privés* en *Libelles* uit als Gina eindelijk uit de behandelkamer komt. Ze ziet lijkwit.

'Heb je pijn?' vraag ik bezorgd.

'Nog niet,' zegt ze, 'de verdoving werkt nog.'

'Is het een grote wond?'

'Weet niet, er zit verband om. Kunnen we nu weg? Ik ben een beetje misselijk.' We stappen in de auto en ik rijd zo snel mogelijk naar huis. Gina zegt niets maar kijkt alsof ze elk moment kan gaan overgeven. 'Achterin ligt nog wel een plastic tas,' zeg ik.

'Ik hoef geen boodschappen meer te doen.'

'Niet daarvoor, voor als je niet lekker wordt.'

'Zo erg is het niet,' piept ze. Maar als we thuis zijn, ziet ze bijna groen. Ze gaat onmiddellijk in bed liggen. Wanneer ik haar een kop thee breng, is ze al in slaap gevallen. Mijn moeder belt en ik heb nog niet opgehangen of de telefoon gaat weer.

Tegen een uur of zes is er zo vaak gebeld dat ik automatisch tegen ene Irene zeg: 'Het gaat redelijk met haar. Ze ligt nu in bed maar ze belt je zo snel mogelijk terug.'

'Spreek ik met Floor Faber?' klinkt het twijfelend. 'Met Irene Verduin van het uitzendbureau.'

'O, ik dacht dat je iemand anders was,' stotter ik.

'Ik heb goed nieuws. Het advocatenkantoor wil je graag zien. Je kunt aanstaande maandag op gesprek komen.'

'Geweldig,' zeg ik. Nadat we de formaliteiten hebben doorgenomen, hangen we op en schenk ik een glas wijn in om het te vieren. Dan bedenk ik wat een ontzettend rare dag dit is: ik heb misschien een nieuwe baan terwijl mijn zus misschien kanker heeft.

ZATERDAG

Het is pikdonker als ik wakker word. Ik kijk op de wekker: kwart voor vier. Bij het voeteneind zie ik een schim bewegen. M'n hart klopt in mijn keel als ik het licht aandoe. 'Wat doe jij hier?' barst ik uit tegen Gina. 'Moet ik een hartaanval of zo?'

'Ik kan niet slapen,' antwoordt ze beverig.

Doordat ik mijn lenzen niet in heb, zie ik haar slecht. Maar volgens mij heeft ze gehuild. 'Wat is er dan?'

'Ik ben bang.'

'Kom maar even bij mij in bed zitten,' zeg ik terwijl ik opschuif.

Haar voeten zijn ijskoud en ze trilt helemaal. 'Vanmiddag stond ik in de Albert Heijn,' zegt ze, 'en daar zag ik een vrouw met een kaal hoofd. En toen dacht ik: zo loop ik er over een tijdje ook bij.'

'Dat weet je helemaal niet.'

'Iedereen zegt tegen me: "Je bent nog zo jong, je zult zien dat het niks is." Maar stel nou dat het wel wat is?' Ze begint te huilen. 'Ik voel me zo verraden. Mijn lichaam doet iets wat ik niet wil.'

'Nou, om een griepje heb ik ook nooit gevraagd,' antwoord ik, 'of om kippigheid, of om een paprika-allergie.'

'Paprika's vind je gewoon niet lekker.'

'Wel,' zeg ik. 'Ik vind paprika's héérlijk. Volgens mij zeg je dit alleen omdat jij zogenaamd allergisch bent voor mosselen.'

'Daar ben ik een keer kotsmisselijk van geworden.'

'Je vindt ze er eng uitzien.'

'Ze zien er ook eng uit. Het lilt en drilt en er zit altijd zand in.'

'Aanstelster.' Ik prik haar in haar zij.

'Niet doen,' giechelt ze, 'ik ben doodziek.' Somber voegt ze er dan aan toe: 'Laat ik dat maar afkloppen.'

MAANDAG

Een jachtig kijkende vrouw heeft me binnengelaten en op een bankje gezet. Sindsdien heeft niemand meer op me gelet. In de verte hoor ik voortdurend telefoons rinkelen en de vrouw heb ik twee keer voorbij zien snellen met haar armen vol dossiers.

Ik kijk op mijn horloge: tien voor halftwaalf. Het sollicitatiegesprek zou om elf uur plaatsvinden. Ik veeg mijn zweethanden af aan mijn rokje. Hopelijk vragen ze niet waarom ik bij mijn vorige baan ontslag heb genomen, ga ik niet stotteren en zeg ik niets stoms.

Een kwartier later ben ik nog steeds niet opgehaald. Ik sta op en klop op de eerste de beste deur. 'Ja?' Ik duw de deur open. Een rossige man van een jaar of veertig zit achter een bureau met zijn voeten in een teiltje water. Overal, zelfs op de grond, liggen stapels papieren, mappen en boeken. 'Sorry,' zeg ik voorzichtig, 'ik ben Floor Faber. Om elf uur had ik een afspraak met meneer Wouters, maar er is...'

'Geef me die handdoek even aan,' wijst hij. 'Het is hier een gekkenhuis.' Zorgvuldig droogt hij zijn tenen af. 'Maar daarom zoeken we versterking. Ga zitten.' Hij propt zijn ene voet in een grijze sok, doet om de andere een donkerblauwe sok aan. 'Gescheiden,' mompelt hij, 'dan krijg je dat soort dingen.' Hij gaat rechtop zitten om te wroeten in de stapels papieren voor hem. 'Ha, hier heb ik het. Floor Faber van het uitzendbureau. Nou, zoals je ziet hebben we op dit kantoor dringend behoefte aan iemand die orde op zaken stelt. Iemand die telefoons aanneemt, cliënten binnenlaat, brieven tikt, facturen maakt, het archief bijhoudt, koffie zet en nog duizend dingen doet waar Lianne en ik niet aan toekomen. Wat denk je ervan?'

'Prima,' zeg ik overrompeld.

'Dat is dan geregeld. Wanneer kun je beginnen?'

'Volgende week maandag?'

'Hoe eerder hoe beter. En dan moet ik nu naar de rechtbank. Als je meeloopt, leg ik je het een en ander uit.' Peinzend kijkt hij naar mijn pumps. 'Als je daar tenminste op kunt lopen.' Ik knik.

'Mooi,' zegt hij, 'we gaan.' Hij neemt zulke grote passen dat ik om de paar meter een stukje moet hollen om bij te blijven. Joris moet ik hem noemen, 'want het is belachelijk om in zo'n klein kantoor formeel te doen.' Samen met Lianne ('Zij heeft je binnengelaten') is hij twee jaar geleden het kantoor begonnen nadat hij een aantal jaar voor een groot advocatenkantoor had gewerkt, want 'een eigen winkel is toch leuker'. Voor een hoog, donker gebouw nemen we afscheid. Over zijn schouder brult hij nog: 'Maandag geen parfum graag! Daar krijg ik brullende hoofdpijn van.' Beduusd kijk ik hem na.

DONDERDAG

Vanavond komt Josée eten. Ik zie er een beetje tegenop; ik heb haar maanden niet gesproken en veel leuks heb ik niet te vertellen. Ik sta een enorme tas boodschappen uit te pakken als Gina met een nog grotere tas thuiskomt.

'Anne komt eten,' verklaart ze.

'Josée ook,' zeg ik.

'Kun je haar niet mee uit eten nemen?'

'O, betaal jij dan?' informeer ik. 'Ga jij maar met Anne weg. Het is...'

'Jouw huis, ja. Wanneer houd je nou eens op me dat in te wrijven?'

We staan in de startblokken om een knetterende ruzie te beginnen als de bel gaat. Anne en Josée staan voor de deur. Ze zijn druk in gesprek want ze blijken elkaar te kennen van een cursus yoga die ze jaren geleden samen hebben gevolgd.

Ik schenk wijn in, Gina roert in pannen en het wordt zo gezellig dat we vanavond afspreken om vaker met z'n vieren te gaan eten.

VRIJDAG

Gelukkig zitten er niet zoveel mensen in de wachtkamer. We kunnen nu elk moment horen of Gina ziek is of gezond, of het chemotherapie en een borstbesparende operatie wordt, of gewoon een nieuwe dag.

Steels kijk ik opzij. Gina lijkt elke letter in de *Story* te spellen. De minuten tikken tergend langzaam voorbij. Dan komt eindelijk een verpleegster ons halen.

We zitten voor het bureau van de gynaecoloog. Hij rommelt in zijn papieren met een verdrietige trek om zijn mond en schraapt zijn keel. 'Vorige week hebben we een punctie bij u laten doen, mevrouw Faber,' hij knikt mijn kant op, 'omdat er op de mammografie onrustig weefsel werd aangetroffen. Ik zal u hiervan de uitslag meedelen.' Binnensmonds mompelt hij: 'Als ik verdomme die papieren kan vinden.' Gina pakt mijn hand. Wat is het hier warm.

Hij bladert in een dossier en zegt dan: 'Mevrouw Faber, het ziet ernaar uit dat ik u mag feliciteren. Het betreft een verharde melkklier en geen gezwel.' Hij staat op en geeft me een hand. 'Natuurlijk verwachtten we dit wel, gezien uw leeftijd én omdat het hier geen erfelijke kwestie betrof, maar het is van het grootste belang het nauwkeurig te onderzoeken.' Van zijn bureau pakt hij een folder over zelfonderzoek van je borsten en geeft die aan mij. 'Lees 'm aandachtig, u kunt er niet vroeg genoeg mee beginnen.'

We staan inmiddels bij de deur.

'De wond is goed genezen?' vraagt hij me.

'Prima,' antwoordt Gina.

Hij trekt zijn wenkbrauwen op, maar laat ons dan uit. In hoog tempo lopen we naar de uitgang. Zodra Gina door de draaideuren is, gooit ze haar armen in de lucht en slaakt een ijselijke kreet. Ik pak haar bij haar schouders en we doen een stupide indianendansje.

Een ouder echtpaar blijft verbaasd stilstaan.

'Laten we maar naar huis gaan,' zeg ik en ik sleur Gina naar de auto. We zetten een bandje van Marco Borsato op. Keihard zingen we mee: 'Je zit op rozen, al gaat er soms iets onbenulligs mis.'

Mijn moeder doet met een wit gezicht de deur van mijn appartement open. 'Het is helemaal goed,' zegt Gina. M'n moeder slaat haar armen om haar heen en begint te huilen. Gina houdt het ook niet droog.

Zelfs mijn onverstoorbare vader heeft vochtige ogen. Hij wrijft zijn bril schoon en zegt: 'Ik zet wel koffie. We durfden geen taart mee te nemen, want stel dat...' Even later gaat de telefoon: Anne, Claire, Josée, collega's van Gina's werk, iedereen wil weten hoe het is gegaan.

ZONDAG

Ik moet een nieuw matras en trouwens ook een nieuw kussen. Net als ik de ideale slaaphouding heb gevonden, voel ik weer een bobbel. Tegen een uur of drie geef ik het op en ga ik een beker warme melk maken. Ik til Otje op, die meteen begint te spinnen. 'Baasje beetje nerveus,' mompel ik in haar vacht, 'baasje morgen nieuwe baas.'

Het gaat ook allemaal zo snel. De ene ramp is nog niet afgewend of de volgende dient zich aan. Eerst het gedoe met Erik en m'n ontslag, daarna Gina's onderzoek en nu een nieuwe baan. Ik zucht. 'Baasje moet eigenlijk vakantie,' fluister ik. 'Maar dat is een beetje idioot als je net een maand werkloos bent geweest.' Ik zet Otje op de grond, schenk de melk in en stap weer in bed.

Juni

Leve de vloeibare make-up, van de wallen onder mijn ogen is bijna niets meer te zien. Ik klop op de deur van Joris' kamer.

'Je bent precies op tijd,' zegt hij. 'Goed zo, daar houd ik van. Ik heb geen tijd om je in te werken, maar als je ergens echt niet meer uitkomt, kun je het natuurlijk vragen. Ik zal je even laten zien wat je moet doen.' Hij gaat me voor naar een klein kamertje bij de voordeur. 'Hier zit jij,' zegt hij. 'De post moet worden uitgezocht, dat zijn aantekeningen voor brieven, hier is het kopieerapparaat, deze dossiers moeten opgeborgen en daar is de keuken... Nou ja, het is eigenlijk een door muizen bezet gebied. Lianne zit aan de overkant van de gang en we willen nooit zomaar doorverbonden worden maar altijd eerst van jou horen wie het is. Hetzelfde geldt voor bezoek. Duidelijk?'

Verbluft knik ik. 'Mooi, dan ga ik nu aan het werk.' Bij de deur draait hij zich om en vraagt: 'Zet jij even koffie?'

Ik sta net koffiepunten uit te knippen in het stinkende keukentje als Lianne binnenkomt. Hoewel het regent, heeft ze een zonnebril in haar kapsel geplant. 'Floor, zo heet je toch? Wat mij betreft kun je die punten laten zitten. Wil je zo naar mijn kamer komen, dan nemen we door wat jouw taken voor mij zijn.'

Ik schenk koffie voor haar in, hijs mijn panty's nog eens op en trek een efficiënt gezicht voordat ik op haar deur klop.

Om tien over negen wandel ik het kantoor binnen met een ladder in mijn kous. Ik moet een auto of een busabonnement, want motorrijden is funest voor mijn efficiënte-secretaresse-imago. Gelukkig heb ik een reservepanty in mijn la. Ik sta net op een been om hem aan te trekken, als Joris zijn hoofd om de deur steekt.

'Floor, wil je het dossier van meneer Van Dalen en twee koppen koffie naar mijn kamer brengen als je daarmee klaar bent?'

Met een rood hoofd loop ik even later zijn kantoor in.

Joris en zijn cliënt, een dik mannetje in een krap jasje, zijn druk in gesprek. 'Zet de koffie daar maar neer,' zegt Joris.

Ik loop naar het tafeltje bij het raam, zet het blad neer en haal het gevraagde dossier onder mijn arm vandaan. Dan hoest Joris zo nadrukkelijk dat ik wel naar hem moet kijken. Hij wijst achter zich. Vragend trek ik mijn wenkbrauwen op.

'Ik schenk wel in,' zegt Joris. Wanneer meneer Van Dalen even niet kijkt, maakt hij nog meer vreemde gebaren.

Het zal wel leuk bedoeld zijn, denk ik, daarom glimlach ik nog even breed voor ik de kamer uit loop. Op de gang kom ik Lianne tegen. 'Joris is wel erg vrolijk op de vroege ochtend,' zeg ik.

'Dat verbaast me... niet,' antwoordt ze. 'Floor, je rok zit vanachter in je panty.'

Ik weet niet hoe snel ik 'm eruit moet trekken.

Dat is niet het enige wat er die dag misgaat. Het kopieerapparaat loopt vast, ik verdoe een halfuur met uitzoeken waarom een fax niet wil worden verstuurd en Joris en Lianne dumpen van alles op mijn bureau met de woorden: 'Dit moet echt direct gebeuren.'

Om kwart over vijf strompel ik bekaf het kantoor uit. Naar aerobics, want sinds Gina regelmatig voor me kookt, krijg ik een buikje.

Voor de sportschool staat Claire al op me te wachten. 'Ik weet niet of dit zo'n goed idee is,' zegt ze. 'Er gaan heel enge mensen naar binnen.' Tijdens het omkleden begin ik te begrijpen wat ze bedoelt. Het lijkt wel alsof alle vrouwen rechtstreeks van de Bahamas komen. Als ze tegen elkaar opmerkingen maken als: 'Eergisteren was zo'n goede work-out, het zweet liep in straaltjes langs mijn rug,' krijg ik het helemaal benauwd.

Het dansvloertje is omringd door apparaten waar mannen op zitten, in hangen of aan trekken. Ook zij zijn diepbruin en gekleed in strakke, glimmende pakjes. Ik ga me steeds ongemakkelijker voelen in mijn joggingbroek en verwassen T-shirt. Dan komt de lerares binnen. 'Ik zie twee nieuwe gezichten,' zegt ze. 'Willen jullie niet vooraan komen staan? Dan kunnen jullie het goed zien.'

'We zien het prima,' antwoorden Claire en ik tegelijkertijd.

De muziek start en de les begint. We huppen, springen en doen pasjes waarvan mijn benen hopeloos in de knoop raken. Net als ik denk dat we eindelijk even gaan liggen om uit te rusten, blijkt dat het signaal voor een serie buikspieroefeningen. Na afloop ben ik zo moe dat ik de veters van mijn gympen bijna niet meer los krijg.

DONDERDAG

Ik schep voor de tweede keer op van Gina's geweldige pasta met vis, broccoli en roomkaas.

Dan zegt Gina: 'Ik heb een paar beslissingen genomen.'

'Je gaat verhuizen,' antwoord ik.

'Dat ook, zodra ik iets goeds heb gevonden.'

'O.'

'Weet je, toen ik dacht dat ik ziek was, besefte ik dat ik nog veel dingen wil doen. En ik ga niet langer afwachten tot ze gebeuren.'

'Wat voor dingen wil je dan doen?'

'Ik ga een cateringbedrijf beginnen.' Ze kijkt me aan alsof ik in juichen moet uitbarsten. 'Dus ik ga bij mensen thuis koken voor geld, en als het echt goed gaat, open ik een restaurant.'

'Dat is toch niet zo makkelijk? Hoeveel geld gaat het wel niet kosten? Hoe doe je het met je werk? Hoe...'

'Zo dacht ik ook, maar je moet po-si-tief denken,' zegt ze opgewekt.

'Tsjakka!'

'Toevallig heb ik zaterdag over een week al mijn eerste opdracht,' zegt Gina beledigd. 'Ik wilde vragen of jij komt serveren, maar als je zo doet...' Ze vertelt dat ze borrelhapjes gaat maken voor zo'n honderd mensen op een verlovingsfeest van een vriendin van een vriendin. 'Maar ik wil iets extra's doen, iets waardoor de mensen zich mij herinneren.'

'Ik kan heel goed zingen,' grap ik.

'Doe normaal,' zucht ze.

'Of ik trek een *Playboy*-achtig Bunny-pakje aan,' draaf ik door.

'Dat is misschien wel wat,' antwoordt ze tot mijn schrik.

WOENSDAG

'Jij bent zeker de nieuwe?' vraagt een brunette in tenniskleding. Aan haar hand heeft ze een rossig jongetje van een jaar of drie. 'Ik wil Joris spreken.'

'Ik zal even kijken of...' Maar ze heeft me al opzij geduwd en stapt zonder te kloppen Joris' kamer in. Ik bied maar geen koffie aan, want ik hoor hem boos bassen en haar stem sneren. Af en toe vang ik flarden op: 'Totaal onverantwoordelijk gedrag.' 'Alles komt op mijn schouders neer' en 'Torenhoge alimentatie'. Het geruzie houdt pas op als er wordt geblèrd. Dan loopt de vrouw zonder te groeten en zonder jongetje naar buiten.

Even later staat Joris met het kereltje voor m'n bureau. 'Dit is Floor,' zegt hij. 'Ze is heel lief en ze gaat vanmiddag met je spelen tot mama weer komt.' Hij lacht smekend naar me. 'Als ze dat wil, tenminste.'

Ik kijk hem verbijsterd aan. 'Dat was Theresa, mijn ex-vrouw,' legt hij uit. 'De oppas is ziek en ze heeft een afspraak om met de een of andere vent te gaan tennissen. Dus misschien wil jij met Piet-Hein naar het park gaan of zoiets?' Zijn zoontje neemt me kritisch op.

'Zullen we naar de zandbak?' zeg ik tegen het kind.

Hij klemt zich vast aan de benen van zijn vader.

'Dan neem je je schep mee,' probeert Joris, 'en je emmer en je vormpjes. En voor je het weet, komt mama je weer halen.'

Piet-Hein ziet eruit alsof hij elk moment in tranen kan uitbarsten.

'Floor koopt vast een lekker ijsje voor je.'

Dat is blijkbaar het toverwoord, want zijn pruillip verandert in een aarzelende glimlach. Hij moet zijn pet op, er vindt een vijf minuten durend overleg plaats over wel of geen jas en dan gaan we richting park. 'Kom maar, dan mag je paardje rijden,' zeg ik en ik neem hem op mijn rug. We galopperen naar de zandbak, waar een heleboel moeders en vaders met kroost omheen en in zitten. Ik geef Piet-Hein zijn speelgoed en ga op een bankje zitten kijken hoe hij daarmee in het zand wroet. Misschien zijn kin-

deren minder vervelend dan ik dacht, misschien krijg ik zelf...
Oorverdovend gekrijs. Oorlog in de zandbak! Een meisje in een
bloemenjurk heft dreigend haar schep naar Piet-Hein. Die
zwiept zijn emmer richting haar hoofd. Het meisje geeft hem
daarop zo'n harde klap dat hij achterover kukelt. Ik spring de
zandbak in en trek Piet-Hein overeind. 'Mij schep,' jammert hij.

'Eline begrijpt mijn en dijn niet zo goed.' Ik kijk op in de ha-
zelnootkleurige ogen van George Clooney. Nou ja, hij lijkt er
sprekend op.

'Ik weet eigenlijk niet of die schep van Piet-Hein is,' stotter ik.

'Eline, is deze schep van jou?' vraagt hij.

'Mij!' gillen Piet-Hein en Eline tegelijkertijd.

'Tijd voor een afleidingsmanoeuvre,' zegt hij. 'Wie wil er een
ijsje?'

Even later zitten 'George' en ik te kijken hoe Eline en Piet-
Hein hun gezicht met ijs insmeren. 'Mijn ex is tegen kleurstof-
fen,' zucht hij, 'en tegen suiker, conserveermiddelen en alles met
een E-nummer. Maar een ijsje moet kunnen, vind ik.'

Ik knik, want ik heb mijn mond vol.

'Driftig baasje, dat zoontje van jou,' vervolgt hij.

'Het is mijn zoontje niet,' zeg ik haastig, en ik vertel hoe het in
elkaar zit. Ik krijg het warm van de indringende blik in zijn bruine ogen.

We praten een beetje over het weer, zandbakken en kleuters.
Dan zie ik op mijn horloge dat ik terug moet naar kantoor. Ik doe
het speelgoed in een tas en til Piet-Hein op. 'Het was me een genoegen,' zegt George. 'Misschien komen we elkaar nog eens tegen.'

'Misschien.' Met een kraaiende Piet-Hein op mijn rug huppel
ik weg.

Geluiden uit de keuken verstoren een verhitte droom over George Clooney. Ik doe mijn kamerjas aan en loop ernaartoe.

Gina kijkt met tranen in haar ogen naar een bakblik. 'Alle soezen zijn ingezakt,' zegt ze, 'hoe krijg ik het nou ooit voor morgen af?'

'In ieder geval niet als je niet nu naar bed gaat,' zeg ik.

'Maar de garnalenhapjes en de tonijnsalade moeten nog!'

'Morgen bellen we Claire of die wil helpen,' sus ik, 'en desnoods mama. Het komt echt allemaal wel goed.'

Ik help haar met afwassen en dan wil ze eindelijk naar bed. Volgens mij is dat cateringplan niet een van Gina's beste ideeën.

ZATERDAG

Mijn taak is het vastprikken van stukjes zalm op piepkleine roggebroodjes. Claire vult soesjes met iets kazigs, Anne holt cherrytomaatjes uit en Gina roept dingen als: 'Niet zoveel vulling!' of: 'Niet snoepen!' Maar tegen een uur of vier is alles klaar. De hapjes zien er geweldig uit en smaken ook zo. Gina schenkt voor iedereen een glas wijn in. Anne proost: 'Op de meer dan voortreffelijke kokkin Gina, en dat haar catering maar een weergaloos succes mag worden.'

'Als jullie maar niet te veel drinken,' bromt Gina. 'Er moet ook nog geserveerd worden.' We kleden ons om in een zwarte rok en witte bloes. Gina heeft voor iedereen een wit gesteven schortje en kapje gekocht, zodat we een professionele indruk maken. 'En beleefd zijn,' zegt ze, 'glimlachen en niet klagen over vermoeide voeten.'

Met de dozen, pannen en schalen vol voedsel lopen we naar de auto. Omdat niet alles in de achterbak past, nemen we ook nog wat op schoot. 'Alles recht houden alsjeblieft,' zegt Gina als ze de auto start.

'Stel dat we nu een ongeluk krijgen,' huivert Claire, 'ik zie de krantenkop al voor me: SERVEERSTERS DOOR BORRELHAPJES VERSTIKT.'

'Klop dat maar af,' zegt Gina en ze draait de snelweg op. Uitgelaten zingen we mee met de radio. We komen aan als de eerste gasten uit hun auto stappen. 'Goddank,' zegt een man in pak. 'Ik had al bijna de plaatselijke snackbar gebeld.' Hij helpt met uitladen en leidt ons door een prachtig versierde tuin naar de keuken van een gigantische boerderij. 'Als het koud wordt, feesten we door in de schuur,' zegt hij. 'Hebben jullie nog iets nodig?'

'Nee hoor,' zegt Gina zo zelfverzekerd mogelijk.

Gelukkig hebben de hapjes de reis overleefd. Gina schikt ze kunstig op schalen en Anne, Claire en ik lopen ermee langs de chique uitgedoste feestgangers. Het is een wat stijve party, tot de tuinverlichting aan gaat en de band begint te spelen.

'Lekker ding, die zanger,' zegt Anne als we geleund tegen een boom even staan te roken. 'Jij bent meer dan bezet,' zeg ik.

'Maar niet blind.' Ze drukt haar sigaret uit om voor de zoveelste keer glimlachend met een schaal vol hapjes tussen de gasten te lopen.

Terwijl ik over mijn pijnlijke voeten wrijf, kijk ik naar het verloofde stel dat vlak voor het podium in elkaars ogen lijkt te verdrinken. Stond ik daar maar met mijn George Clooney, luisterend naar de woordjes die hij in mijn oor lispelde, en dat zijn handen dan...

'Het loopt als een trein. Al twee gasten hebben mijn telefoonnummer gevraagd,' zegt mijn zus verrukt. 'Trek je het allemaal nog?'

'Ja hoor,' antwoord ik.

Tegen een uur of drie vertrekken de laatste gasten. Na het opruimen stappen we in de auto. 'Ik heb een flinke fooi gehad,' zegt Gina. 'Nog een paar van dit soort opdrachten en ik ga erop verdienen.'

Iedereen is te moe om iets terug te zeggen.

MAANDAG

Op de fiets rijd ik van kantoor door het park naar huis. In de zandbak zitten nog een paar peuters met moeders, maar geen teken van George. Het is mijn beurt om boodschappen te doen, dus rijd ik door naar de Albert Heijn. Bij de kassa ontdek ik dat ik vergeten ben om wc-papier te kopen. Ik laat mijn kar staan en loop weg.

Als ik terugkom, heeft een oud mannetje met genoeg boodschappen voor een weeshuis mijn kar opzij geduwd. Getergd kijk ik toe hoe hij in traag tempo zijn spullen op de band zet. Ik houd me kalm door me voor te stellen dat ik hem zo direct op straat pootje haak.

Een kwartier later sta ik buiten met vochtige oksels van ergernis en twee zware boodschappentassen. Ik buig me over mijn fietsslot.

'Hé, wat leuk om jou weer te zien!'

Natuurlijk is het George niet. Het is Stephanie, die vraagt hoe het met me is.

'Goed,' zeg ik opgewekt, maar ik weet wel hoe ik er nu uitzie: plakkerig haar, gekreukt rokje en een rood, zweterig gezicht. Stephanie staat er natuurlijk zo fris bij alsof ze reclame maakt voor een deodorant.

'Heb je al een nieuwe baan gevonden?' Ze trekt haar neus op.

'Ik had er geen probleem mee gehad als je bij ons was blijven werken.'

Ik hang mijn tassen aan het stuur en zeg: 'Maar ik vind jou wel een enorm probleem.' Terwijl Stephanie nog naar een antwoord zoekt, fiets ik weg. Wat een afgrijselijk mens, onbegrijpelijk dat Erik verliefd op haar is. Hebben ze het leuk samen? Zou hij wel gelukkig zijn? Tegen de tijd dat ik thuiskom, ben ik in een moorddadige stemming.

'Het wordt vast gezellig,' zeg ik nog maar eens. Gina zit zwijgend naast me in de auto. Ik voel me alsof ik op strafkamp ga. Ik was zeventien toen ik voor het laatst met mijn ouders met vakantie was en we hadden voornamelijk ruzie. Ik geloof dat mijn moeder elke dag wel een keer meldde dat ik me gedroeg als een lellebel.

Bijna juichend komt mijn moeder het huisje uit: 'Daar zijn jullie eindelijk! Wij zijn vanmorgen aangekomen en we hebben al een heerlijke wandeling gemaakt. Ik hoop dat jullie badpakken bij je hebben, want we gaan natuurlijk naar het strand. Was het makkelijk te vinden? We hadden zo bedacht dat jullie maar in het stapelbed moesten, net als vroeger,' zegt ze in één adem door. 'Vanavond kook ik en morgen gaan we uit eten.'

Mijn vader zit voor het huisje de krant te lezen. 'Ik zal eerst eens wat inschenken,' zegt hij. Gina en ik laten ons op een plastic tuinstoel vallen. We eten, spelen een potje scrabble.

Tegen elf uur gaan mijn ouders slapen. 'Jullie mogen best opblijven,' zegt mijn moeder, 'maar praat niet te hard.' We kijken nog even tv en gaan dan naar bed. Gina boven, ik onder. Zodra ze ligt, duw ik mijn voeten tegen haar matras. Gina mept met haar kussen tegen mijn hoofd, en ik probeer haar uit bed te trekken. Gillend biedt ze verzet. Ik ben aan de winnende hand als mijn moeder in pyjama binnenkomt. 'Net als vroeger.' Haar stem klinkt sentimenteel. Ze trekt de dekens recht en geeft ons een zoen. 'Welterusten. Ik vind het zo fijn dat we weer met het gezin weg zijn.'

ZATERDAG

's Middags fietsen we naar het strand. Mijn moeder, Gina en ik liggen te bruinen, mijn vader leest. Na een poosje vraagt hij: 'Wie heeft er zin om een stuk te wandelen?' Ik ben de enige die mee wil. We lopen langs de branding en kijken naar stoere jongens die zich met oerkreten in zee storten. Plotseling vraagt hij: 'Heb je genoeg kastruimte?'

'Het is een beetje krap nu Gina bij me woont, maar het gaat,' zeg ik.

'Ik heb wat hout over. Als je wilt, kom ik binnenkort langs. Ik dacht dat je in de badkamer nog wel een plankje kon gebruiken.'

'Misschien.' Zwijgend lopen we verder.

'Maar het gaat wel goed met je?' vraagt hij dan. 'Je moeder maakte zich nogal zorgen na dat gedoe met Erik en je ontslag. Heb je het naar je zin op dat advocatenkantoor?'

'Ja hoor.' Ik knijp geruststellend in zijn arm.

VRIJDAG

Buiten schijnt de zon en ik zit binnen facturen op te bergen. Lianne is 'er even tussenuit', zoals ze het noemde. Met haar vriend vliegt ze eerst naar Barcelona, om daarna nog een paar dagen door te zakken op Ibiza. 'Wat zit je te zuchten, Floor?' vraagt Joris.

'Het is warm,' antwoord ik.

'We kunnen wel wat eerder weggaan om een biertje te gaan drinken,' stelt hij voor. 'Ja leuk.' Terwijl hij zijn mobiel haalt, doe ik lippenstift op. Even later lopen we richting park. In de zandbak zitten een paar door de hitte bevangen kleuters, hun moeders liggen in de schaduw op te letten. Geen George Clooney.

Op het terras bestelt Joris een biertje en een jonge. Ik neem mineraalwater, want ik heb vastgesteld dat ik niet meer helemaal strak in de bikini zit. We babbelen over het werk, bestellen nog eens.

Dan vraagt Joris: 'Wat verwacht je van het leven, Floor?'

'Nou gewoon,' stotter ik.

'Wat zijn je ambities, je dromen? Wat is gewoon?'

'Dat het gezellig is,' mompel ik, 'en dat ik leuk werk heb.'

'Misschien is dat inderdaad genoeg.' Hij laat zijn borrel ronddansen in zijn glas. 'Mijn ex wilde vooral meer. Een groter huis, meer belangrijke kennissen, langere vakanties. En kleren, vooral meer kleren.'

'Ja, dat is naar,' zeg ik. Joris legt een zware hand op mijn dij. 'Waren alle vrouwen maar zo ongecompliceerd als jij.' Kan ik die hand zomaar wegduwen of voelt mijn werkgever zich dan beledigd?

'Wat is je vriend voor type?' vraagt hij. 'Is hij lief genoeg voor je?' Hij staart me loddrig aan. Ineens word ik kordaat. 'Kom Joris,' zeg ik, 'tijd om naar huis te gaan.'

'Nog één drankje,' jengelt hij. 'Mijn ex wilde ook altijd weg als het gezellig werd.' Ik stop mijn sigaretten, aansteker en portemonnee in mijn tas en sta op. 'Wacht even,' zegt hij. 'Dan loop ik met je mee, mijn auto staat nog bij kantoor.'

'Geef je telefoon eens,' zeg ik, en ik bel een taxi. Vijf minuten later duw ik Joris de taxi in en geef ik zijn adres op aan de chauffeur.

7
Kan ik vóór zaterdag
nog twee kilo afvallen?

Juli

'Die man heeft gewoon een alcoholprobleem,' zegt Claire. We hebben net gepicknickt en liggen op onze rug naar de voorbij-schuivende wolken te kijken. 'Heb je onder werktijd wel eens ge-merkt dat hij naar drank rook of dat zijn stemming ineens om-sloeg?'

'Welnee,' antwoord ik geïrriteerd, 'Joris is een prima vent. Het was vrijdagmiddag, mag hij een keer?'

'En toch, ik zeg je: die man heeft een alcoholprobleem.' Ze kijkt op haar horloge: 'We moeten weg als we de voorstelling nog willen zien.'

Snel proppen we de overgebleven etenswaren in de mand en lopen naar het openluchttheater. Vooraan heeft Claire nog een plaatsje gezien, dus persen we ons sorry-zeggend langs tiental-len bezwete, naar muggenolie ruikende lijven.

En dan sta ik ineens oog in oog met George Clooney. 'Hé, Geor... hallo,' stamel ik.

'We hebben ons nooit aan elkaar voorgesteld, hè?' Hij glim-lacht parelwitte tanden bloot. 'Mijn naam is Henk Roemer. En jij bent...'

'Floor Faber, en dat is mijn vriendin Claire,' wijs ik.

'Ik had gehoopt je in het park nog eens tegen te komen,' zegt hij. 'Is het Faber met een F? Sta je in het telefoonboek?'

Ik knik sprakeloos.

'Ik bel je een keer, goed?'

Weer knik ik.

'Als je het leuk vindt tenminste.'

'Lijkt me hartstikke leuk,' stotter ik.

De toneelspelers betreden het podium. 'Zitten!' brullen de mensen achter ons.

'Ik ga maar naar mijn vriendin,' zeg ik tegen George... eh, Henk.

DINSDAG

'Is er nog gebeld?' vraag ik zodra ik thuiskom.

Gina zit op het balkon een krant te lezen. 'Mama belde. Oom Johan heeft een hartaanval gekregen op de camping. Hij stond te barbecuen en stortte zo over een klaptafel met kipspiesjes heen. Op slag dood. De begrafenis is waarschijnlijk vrijdag of zaterdag. Als het op zaterdag is, wil ze dat we ook komen.'

'Nee hè,' zeg ik. 'Oom Johan is toch de man van tante Diny?'

'Hij was de man van tante Betty, de oudste zus van papa.'

'Ik dacht dat die gescheiden waren,' zeg ik. 'Is papa erg verdrietig?'

'Mama zegt dat hij het er moeilijk mee heeft.'

'Dus ze staat erop dat we komen?'

'Volgens haar stelt papa het enorm op prijs.'

'Laten we hopen dat de begrafenis op vrijdag is.'

Ik schenk een glas limonade in en ga naast haar zitten. 'Geen oproepen gemist?'

'Noppes,' antwoordt Gina.

'Als jij zegt dat je iemand zal bellen, hoeveel dagen wacht je dan?'

Gina vouwt de krant dicht. 'Dit heb je me gisteren ook al ge-vraagd,' zegt ze, 'en eergisteren. Kun je het echt nergens anders over hebben?'

'Jawel hoor,' antwoord ik luchtig. Maar ergens anders aan denken is moeilijker. Het gesprek met George/Henk heb ik al duizend keer in mijn hoofd afgespeeld, hij is de eerste aan wie ik 's ochtends denk en de laatste voordat ik in slaap val. En overdag dreint voortdurend door mijn hoofd: Bel me! Bel me!

ZATERDAG

We staan in een file die naar het strand leidt, maar wij gaan naar een begrafenis. Mijn rug plakt aan de autostoel. 'Waarom heb je eigenlijk gezegd dat we komen?' mopper ik tegen Gina.

'Mama was echt aangeslagen.'

'Besef je wel over hoeveel mensen mama echt aangeslagen kan zijn? Hoeveel ooms en tantes hebben we wel niet? En dan heb ik het nog niet eens over alle neefjes en nichtjes en de vrien-dinnen van mama. Als het even tegenzit, kunnen we elke maand in een zwart pakje komen opdraven.'

'Houd je kop,' zegt Gina. 'Het moet hier ergens in de buurt zijn. Kun jij even kijken welke afslag we moeten hebben?'

Ik sla het stratenboek open en probeer wijs te worden uit de wirwar van lijntjes. 'Hoe heet het hier eigenlijk?' vraag ik dan.

Gina zet de auto aan de kant van de weg en rukt het boek uit mijn handen.

Ik stap uit om een rondje om de auto te lopen.

'Kom zitten!' krijst ze. 'We zijn een dorp te ver. Over een kwar-tier begint de dienst al.' Als een waanzinnige scheurt ze door de polder.

'Die weg gaat naar het strand,' zeg ik verlangend. Aan Gina's witte knokkels zie ik dat ik beter even mijn mond kan houden.

Met piepende remmen stopt ze voor een grijs gebouw. We stappen uit, trekken onze rokjes recht en stormen naar binnen, waar een man in een zwart pak achter een balie somber staat te kijken.

'We komen voor oom Johan,' hijgt Gina. 'In welke zaal moeten we zijn?'

'De achternaam van de overledene is?'

'God hoe heet ie ook alweer?' flap ik eruit.

Mij een dodelijke blik toewerpend, antwoordt Gina: 'Erkelens.'

De man bladert in zijn boek. 'Ik ben bang dat meneer Erkelens door de concurrent ter aarde wordt besteld.' Maar hij wil ons daar wel het adres van geven.

Tien minuten later zijn we er. 'Ik moet plassen,' zeg ik tegen Gina.

'Je houdt het maar op,' snauwt ze.

We sluipen het zaaltje in en gaan zitten. Mama wuift met haar zakdoek even naar ons. Vooraan zit de familie en staat een kist bedekt met kransen en bloemen.

Ik blader in het begrafenisboekje. Het lijkt een lange dienst te worden; als mijn blaas dat maar volhoudt. De rustige muziek en de gebeden stemmen tot nadenken. Zou George/Henk nog bellen? Misschien reageerde ik niet enthousiast genoeg. Waarom kan ik niet normaal doen als ik iemand echt zie zitten?

'Hoe lang duurt het nog, denk je?' fluister ik tegen Gina. Ze sist dat ik stil moet zijn. Ik bekijk de familie van oom Johan eens goed. Tante Betty lijkt echt verdrietig. Zou die jongen met dat blonde haar mijn neef of de vriend van mijn nicht zijn? Misschien is het wel helemaal geen familie. Ik ga nog maar eens verzitten.

'Laat ons bidden,' zegt de pastoor.

'Als je bestaat, God,' zeg ik in mezelf, 'geef me dan George/ Henk. En, o ja, ook dat deze familie niet al te verdrietig is.'

Even later schuifelen we achter de kist aan naar de begraaf- plaats. Gelukkig kan ik eerst even naar het toilet.

DINSDAG

Claire en ik trekken ten strijde tegen het vet. We balen van de marshmallows op onze dijen en willen wat doen aan het rubber om ons middel. Volgens Claire is de methode meer bewegen en minder eten. Daarom staan we nu in korte broek in het park.

'Ik dacht aan een rondje rond de vijver,' zeg ik.

'Wat?' roept Claire. 'Dat is nog geen halve kilometer! Nee hoor, we rennen in ieder geval een rondje door het hele park. Kom op.' Ze begint in sloom tempo voor me uit te joggen.

Ik ren veel harder, dus ik haal haar lachend in. Na een paar honderd meter begin ik te zweten, een kilometer verder doen mijn longen pijn en we zijn nog niet op de helft als ik moet stop- pen omdat ik zo'n pijn in mijn zij heb.

Even later komt Claire. 'Doorzetten,' puft ze, 'je moet er even doorheen.'

Ik sukkel achter haar aan. 'Is dit wel zo gezond?' hijg ik. 'Vol- gens mij vinden de meeste hartaanvallen plaats tijdens het spor- ten.'

'Niet zeuren,' steunt Claire, 'doorlopen.'

Maar ik kan niet meer. Bovendien is mijn staartje uitgezakt, weet ik zeker dat door het zweet mijn mascara in mijn wallen stroomt en heb ik zelfs spierpijn in mijn billen. Ik strompel naar het beginpunt, waar Claire al in het gras ligt.

'Volgende keer moet je een rustiger tempo aanhouden,' zegt ze, 'dan houd je het langer vol.'

'Ik weet niet of ik dit experiment nog eens moet herhalen.'

'Slappe trut,' zegt Claire.

Wanneer ik weer normaal kan ademen, fiets ik naar huis. Ik heb honger gekregen van deze actie, maar weet de lokroep van de koelkast te weerstaan en stap onder de douche. Mijn haar heb ik net ingezeept als de telefoon gaat. Ik wikkel een handdoek om, grijp de hoorn en zeg geïrriteerd: 'Floor.'

'Met Henk Roemer,' zegt een diepe stem.

Het is George! Ik grijp een stoel omdat mijn knieën ineens als pudding voelen. Stom genoeg zeg ik: 'Ik was al bang dat je niet meer zou bellen.'

'Natuurlijk wel,' lacht hij. 'Zullen we wat afspreken?'

We maken een afspraak voor zaterdag. Als een kip zonder kop kakel ik nog wat over mijn sportieve prestaties en die begrafenis, maar gelukkig moet hij erom lachen. Dan hangen we op en ik stap weer onder de douche. Wat moet ik zaterdag aan? Zal ik mijn haar nog blonderen? En krijg ik er voor die tijd twee kilo af?

DONDERDAG

Lianne is nog op vakantie, Joris heeft zich al een uur of twee niet laten zien en ik kopieer pijlsnel een dossier zodat ik tijdens koopavond nog een leuk kledingstuk kan scoren. Ik leg net de kopieën op volgorde als Joris aan komt lopen.

Hij geeft me een klap op mijn billen en zegt: 'Dat korte jurkje staat je goed, Floor.'

'Dank je,' antwoord ik, 'maar ik houd er niet zo van als iemand op mijn kont slaat.'

'O nee?' zegt Joris. 'Er zijn vrouwen die niets liever willen dan kundig geslagen worden door hun meester.'

'Niet mijn kopje thee,' lach ik.

'Zullen we zo wat gaan drinken?'

'Geen tijd,' antwoord ik, 'ik heb een afspraak.'

'Laat toch wachten, je bent het waard.'

Ik herhaal dat ik niet kan, pak mijn spullen en wil de deur uit lopen. Dan grijpt Joris mijn arm. Nerveus giechel ik: 'Joris, ik moet weg.'

Hij trekt me naar zich toe en verstevigt zijn greep. 'Dat vind je wel leuk, hè? Een beetje stoeien met de baas?'

'Laat nou los, ik moet weg,' probeer ik.

Hij brengt zijn gezicht vlak bij het mijne. Gaat hij me zoenen? Ik ruik een waas van alcohol. 'Joris, je hebt gedronken!'

Onmiddellijk laat hij los. 'Die wijven ook altijd, ga toch naar huis!'

Ik struikel gehaast het kantoor uit. Mijn fietssleutel krijg ik met moeite in het slot omdat mijn handen zo trillen. Met een noodvaart fiets ik naar huis.

Gelukkig zit Gina op het balkon aardappels te schillen. 'Moet jij niet naar koopavond?' vraagt ze zodra ik naast haar op een stoel plof.

'Joris,' hijg ik. Met horten en stoten komt het hele verhaal eruit.

'Wat een lul,' zegt ze boos. 'Morgen ga je naar hem toe en zeg je dat je dit niet pikt.'

Maar inmiddels ben ik gekalmeerd. 'Het was vast als een geintje bedoeld,' zeg ik. 'En ik wil geen problemen veroorzaken, het is een hartstikke leuke baan.'

'Je móét er wat van zeggen,' antwoordt Gina. 'Een baas kan dit gewoon niet doen.' Ze staat op om de aardappels op het gas te zetten. Ik koester me in de laatste zonnestralen. Misschien heb ik hem wel per ongeluk aangemoedigd door te giechelen toen hij me vastgreep. Maar zijn alcoholadem heb ik duidelijk geroken. Zou hij op kantoor stiekem drinken?

ZATERDAG

Ik zie er geweldig uit in mijn nieuwe gele jurkje, al zeg ik het zelf. Maar waar blijft George/Henk? Ik loop al een uur te ijsberen en hij is nu precies tien minuten te laat. Nog een sigaret? Maar dan moet ik weer mijn tanden poetsen, en het staat zo raar als ik schuimbekkend opendoe. Ik zet de tv aan en kijk hoe tuinman Rob voor de zoveelste keer een vijvertje aanlegt.

Dan gaat eindelijk de bel. Na een laatste blik in de spiegel loop ik naar de deur.

George/Henk staat een beetje te schutteren. 'Sorry dat ik zo laat ben, maar de oppas belde op het laatste moment af, en het lukte niet meer om een andere te vinden. Dus als je het niet erg vindt, heb ik Eline maar meegenomen.'

'Prima,' stotter ik, 'leuk juist.'

We lopen naar zijn auto. Ik moet achterin, want Eline zit in haar kinderstoeltje naast Henk.

'Gooi die rotzooi maar opzij,' zegt hij.

Er ligt inderdaad nogal wat: lege flesjes appelsap, een enorme tas bedrukt met ballonnetjes, een kinderjasje en wat onbestemde proppen tissue.

'Gaat het?' vraagt hij terwijl hij de straat uit rijdt.

'Prima,' antwoord ik, maar ik vrees voor vlekken op mijn nieuwe jurk.

'Het restaurant waar ik eerst naartoe wilde, is niet zo geschikt voor Eline, dus we gaan naar iets anders toe.'

'Prima,' zeg ik weer.

'Woto,' kraait Eline.

'Ja, dat is een auto,' zegt Henk. 'En wat voor kleur?'

'Woot,' zegt Eline.

'Heel goed!'

Ik staar naar buiten terwijl Henk en Eline vaststellen welke andere kleuren auto's kunnen hebben (woen, wauw en weel). Dan stoppen we voor een restaurantje. Henk neemt Eline op zijn arm en ik mag de ballonnentas en haar jas dragen.

Het restaurant is ingericht met grenen meubels, aan de muur hangen vlekkerige zeefafdrukken en er zijn veel kinderen. Naast ons voert een vermoeide moeder een onwillige peuter, van onder een tafel loert een jongetje naar ons en drie kinderen van diverse leeftijden rennen elkaar schreeuwend achterna.

'Willen jullie wat drinken?' vraagt een jongen in een grauw t-shirt.

'Graag een kinderstoeltje voor mijn dochter,' zegt Henk.

'Een glas witte wijn,' bestel ik.

'Dat hebben we niet,' zegt de jongen. 'We serveren geen alcohol.'

'De vlierbessensap kan ik je aanbevelen,' zegt Henk.

'Laat ik beginnen met een spaatje.'

Even later krijgen Henk en ik de menukaart; Eline torent inmiddels in haar kinderstoel koninklijk boven ons uit.

'Ze doen hier nogal wat met linzen,' merk ik op.

'Eline mag alleen biologisch-dynamische producten,' antwoordt Henk. 'Mijn ex denkt dat ze hyperactief wordt van alles met een e-nummer.'

'Woot!' kraait Eline. Ze grijpt het meergranenbrood om er met haar kleine handjes balletjes van te maken.

'Leuk dat we een keer uit eten zijn,' zegt Henk en hij geeft me een aai over mijn hand. 'Ja,' zeg ik gemeend. Ik haal mijn pakje sigaretten tevoorschijn.

'Heb je de bordjes niet gezien?' zegt Henk. 'Bovendien heb ik liever niet dat er in de buurt van Eline wordt gerookt, ze heeft nogal snel last van haar luchtwegen.'

Op dat moment zet Eline het op een krijsen. Ze heeft het broodmandje onder tafel gegooid en slaat met haar lepel op de kinderstoel. 'Rustig toch,' sust Henk, 'stil maar liefje.'

Maar Eline is niet te kalmeren, ook niet als hij om een ander broodmandje vraagt, ook niet als hij haar luier op de wc heeft verschoond, ook niet als haar verantwoorde kindermaaltijd arriveert. Ze gilt zo hard dat de andere gasten verstoord naar ons kijken en ik onder tafel twee aspirines door mijn spa roer.

'Anders is ze nooit zo,' zegt Henk met een mond vol linzen. 'Mijn ex zegt dat het te maken heeft met negatieve vibraties.'

Dat is de druppel. Ik gooi mijn servet op tafel en zeg: 'Jouw Eline is één grote negatieve vibratie.' Daarna been ik het restaurant uit. Het niets in, want ik heb geen idee in welk deel van de stad ik ben. Maar voor geen goud ga ik dat restaurant weer in, dus besluit ik te zoeken naar een tramhalte, taxistandplaats of telefooncel.

Na een paar minuten voelen mijn plateausandalen aan als lood. Op een straathoek staat een groepje mannen me broeierig te bekijken. Het valt me nu pas op dat deze buurt helemaal een beetje eng is: dichtgetimmerde ramen, zwerfvuil op straat, coffeeshops waar de hasjlucht te snijden is en ik dus niet naar binnen durf.

Dan hoor ik voetstappen achter me. Ik ga sneller lopen, maar hoor de voetstappen ook versnellen. De bandjes van mijn sandalen knellen, mijn enkels doen pijn en ik voel zweetdruppels langs mijn rug kruipen. Als ik omkijk, zie ik dat ik word achtervolgd door een dikke man in trainingspak die er verschrikkelijk sterk uitziet.

Grijnzend roept hij: 'Wacht nou even, juffie!'

Ik zet het op een rennen. Waarom is hier geen taxistandplaats of een vriendelijke bejaarde met hond en stok die het voor me kan opnemen? Waarom ben ik in godsnaam niet teruggegaan naar dat restaurant? Waarom bleek mijn George Clooney een stomme Henk te zijn?

Tranen prikken in mijn ogen. Helaas is mijn belager ook gaan rennen, zie ik, en hij kan veel harder op zijn gympen. Er zit nog zo'n tien meter tussen ons, nog negen, nog acht. Wat moet ik doen? Als ik de hoek omsla, zie ik een café met grauwe vitrage en roze verlichting. Door zijn hoofd flitst: naar binnen en de politie bellen!

De morsige barkeeper en de paar klanten die een kopstootje drinken aan de bar staren me aan. Alle gesprekken zijn stilgevallen.

'Telefoon,' hijg ik. 'Enge kerel...'

Ik word onderbroken door het klapperen van de deur. Het grote trainingspak komt binnen.

'Zo Willem,' zegt de barman, 'doe je tikkertje met je vriendin?'

Ik sta van top tot teen te trillen op mijn plateauzolen. Blijk ik gevlucht te zijn naar het hol van de leeuw!

'Dat juffie bleef maar rennen,' zegt het trainingspak, 'terwijl ik alleen dit even terug wilde geven.' Hij zwaait met mijn sjaaltje.

'Dank je.' Ik pak het ding aan en begin te huilen. 'Ik dacht dat...'

'Je hebt dat kind een doodschrik bezorgd,' zegt de barkeeper tegen Willem. En dan tegen mij: 'Ga maar lekker zitten. Wil je een sherry van ome David?'

Ik knik.

'Je moet ook niet alleen op stap gaan in deze buurt. Zeker niet in zo'n bloot jurkje.' Hij geeft me een smoezelige theedoek om mijn tranen te drogen.

'Sorry hoor,' zegt Willem. 'Ik wist niet dat ik je liet schrikken.'

Twee glazen sherry later rijdt de taxi voor die David voor me heeft gebeld.

Thuis ligt Gina op de bank te zappen. 'Wat ben je vroeg terug,' zegt ze. 'Was het niet gezellig met George?'

Ze komt niet meer bij als ik haar over mijn rampzalige avond vertel. En uiteindelijk kan ik er zelf ook om lachen.

ZONDAG

Mijn zus bladert in papieren. 'Dan komen we nu langs een huis dat ik zeker niet kan betalen.' We steken ons hoofd uit het raam en staren naar een gigantisch vrijstaand pand omringd door hoge bomen. 'Acht slaapkamers, een keuken en een bijkeuken,' zegt ze dromerig, 'ideaal voor mijn catering.'

'Leuk torentje,' zeg ik.

'Leuk prijsje ook,' zucht ze, en start de motor. 'Dit is deprimerend, laten we alleen nog naar betaalbare huizen kijken.'

We rijden langs een grauw appartement in een gribusbuurt en een woning die nogal wat verbouwing eist. Een etage in het centrum ziet er leuk uit, maar ze is driehoog en daardoor niet geschikt voor haar cateringplannen.

We gaan op een terrasje zitten om een kop thee te drinken. 'Je ziet het Floor,' zegt Gina, 'het kan nog wel maanden duren voordat ik iets geschikts heb gevonden.'

'Helemaal niet erg,' zeg ik. En ik meen het. Ik zal haar verschrikkelijk missen als ze gaat verhuizen.

Een bruinverbrande Lianne legt stapels werk op mijn bureau. 'Is het hier goed gegaan?' vraagt ze.

'Ja hoor,' zeg ik. Maar eerlijk gezegd zie ik er tegenop om Joris weer te zien. Vrijdag was hij er niet. Zal hij zijn excuses aanbieden voor afgelopen donderdag? Of moet ik er wat over zeggen?

Tegen tienen is hij niet op kantoor, tegen twaalven nog niet. Ik sta broodjes te smeren wanneer Lianne de keuken binnen loopt.

'Zo vreemd,' zegt ze. 'Joris en ik zouden vanochtend een werkbespreking houden. Ik heb naar zijn huis gebeld, naar zijn mobiele telefoon, maar ik kan hem nergens bereiken. Weet jij er iets van?'

Ik schud mijn hoofd. Ik ga niet aan Lianne vertellen dat ik vermoed dat Joris een alcoholprobleem heeft.

We nemen de lunch mee naar Liannes kamer. Geanimeerd vertelt ze over haar vakantie: jetski's, casino's en verhitte nachten in exotische discotheken. Net als we klaar zijn en willen opruimen, horen we iemand binnenkomen. Hij valt blijkbaar ergens over, want een vreselijk kabaal volgt. Lianne en ik stormen de gang op.

Schuddebuikend ligt Joris op de grond. 'Over mijn eigen voeten gestruikeld,' giechelt hij. 'Kwam binnen, ging zo op m'n bek.'

'Zou je niet eens overeind komen?' vraagt Lianne.

Maar Joris ligt helemaal dubbel. Tot zijn gelach overgaat in een soort gegrom en er kots uit zijn mond golft.

Lianne en ik doen een stap achteruit. De gang vult zich met een zurige whiskylucht. 'Hij gaat zo stikken,' zeg ik verschrikt.

'Helemaal niet,' zegt Lianne verbeten. 'Hou op Joris, dit was niet de afspraak.' Ze probeert hem overeind te trekken, maar een nieuwe golf kots dwingt haar om hem los te laten.

Ik kan het niet langer aanzien en loop naar de keuken om een dweil en emmer te halen. Terwijl ik een sopje maak, slik ik een paar keer flink om mijn eigen misselijkheid te bedwingen. Pas als ik geen kotsgeluiden meer hoor, loop ik terug.

Lianne heeft Joris half overeind getrokken en tegen de muur gezet. Ze zien allebei bleek. Op zijn jasje, maar ook op haar kwieke mantelpak, zitten oranje spetters. Ze pakt het dweiltje en begint zich driftig af te boenen.

'Zal ik een ambulance bellen?' stel ik voor.

'Doe normaal,' zegt Lianne, 'hij is gewoon hartstikke dronken. Voel eens in zijn zak of je zijn autosleutels kunt vinden, wil je? Ik ga daar echt mijn eigen auto niet aan wagen.'

Ik buig me over Joris heen en houd mijn adem in terwijl ik zijn linkerbroekzak aftast.

'Fout Floor,' giechelt Joris, 'ik ben rechtsdragend.'

Gelukkig zitten zijn sleutels wel links. 'En nu?' vraag ik aan Lianne.

'We slepen hem naar zijn auto,' zegt ze strijdlustig.

Maar telkens als we Joris overeind hebben, lalt hij: 'En we gaan nog niet naar huis, nog lange niet...' en zakt hij weer door zijn knieën.

'Nu heb ik er genoeg van,' sist Lianne. Ze geeft met haar vlakke hand een pets in zijn gezicht. Dat ontnuchtert hem genoeg om hem naar de auto te krijgen. We duwen hem achterin en rijden weg. Lianne scheurt met een noodgang door de stad. 'De lul, de lul,' foetert ze. 'Ik heb hem nog zo gewaarschuwd.'

Ik werp een blik op de achterbank: Joris is in diepe slaap verzonken. We stoppen voor een luxe appartementencomplex. Lianne schudt Joris ruw wakker. Hij is inmiddels genoeg ontnuchterd om zelfstandig naar boven te lopen. 'Waar zijn je huis-sleutels?' vraagt ze hem voor de deur. 'Voor jou een vraag, voor mij een weet,' giechelt hij.

'Je geeft ze nu,' gebiedt ze.

'Ik wist niet dat je kwaad werd,' antwoordt hij, en tast in zijn jaszak.

Lianne maakt de voordeur open en we betreden het apparte-ment. Blijkbaar weet ze waar de slaapkamer is, want ze duwt hem er linea recta naartoe.

Terwijl ik achter ze aan loop, kijk ik eens goed om me heen. Een zwart leren bank, een houten vloer, een stereo installatie, een breedbeeld-tv en wat wegkwijnende planten. Is dit modern of is dit armoe? Naast zijn bed liggen een lege whiskyfles en een doos met nog een halve pizza erin.

Lianne duwt Joris op bed en draait zich om.

'Moeten we hem niet uitkleden of zo?' vraag ik.

'Doe wat je niet laten kunt,' zegt ze, 'ik ga terug naar kantoor.'

Joris ligt dwars over het bed en snurkt luidruchtig.

Ik maak zijn stropdas los en doe zijn schoenen uit. Als ik zijn broek uittrek, opent hij zijn ogen en grijpt mijn schouders. 'Als je het maar laat,' zeg ik dreigend. Hij grijnst schaapachtig, waar-na zijn ogen direct weer dichtvallen.

Dan hoor ik getoeter. Ik vouw nog snel zijn broek op en hol naar beneden. Lianne heeft Joris' auto al gestart. Ik wil haar zo-veel vragen: is Joris een alcoholist? Waarom heeft hij zo weinig meubels? Hoe weet Lianne waar de slaapkamer is? Maar ze heeft het zo druk met schelden op overstekende bejaarden, klungeli-ge fietsers en een voorbijsnellende taxi dat ik vermoed dat dit niet het goede moment is.

Samen maken we de gang schoon. 'Waarom hebben mensen die overgeven altijd net worteltjes gegeten?' vraag ik terwijl ik mijn dweil uitknijp.

'Ik denk niet dat Joris ook maar iets heeft gegeten,' zucht Lianne.

'Is dit wel eens eerder gebeurd?' probeer ik.

'We praten er morgen over,' zegt Lianne, 'ik ben nu te kwaad. Ga maar naar huis. Ik bel alle afspraken voor vanmiddag wel af.'

Even later stap ik op mijn fiets. Ik denk dat ik maar eens een uur onder de douche ga staan.

Augustus

DINSDAG

'Meneer Wouters is er niet,' zeg ik tegen een cliënt. 'Kan ik een boodschap doorgeven?'

'Zeg maar dat ik een andere advocaat zoek. Ik zit verdomme al twee uur op hem te wachten!' Hij knalt de hoorn op de haak.

Ik zet me af tegen mijn bureau en draai een rondje op mijn stoel. Wat een stuk chagrijn, die vent. Dan komt Lianne binnen met een stapel dossiers die ze op mijn bureau legt. Ik vertel haar van het telefoontje, maar ze geeft niet meer dan een vaag knikje. 'Wil je koffie?' vraag ik als ze aanstalten maakt om weer weg te lopen.

'Ja, nee, nou goed,' zegt ze. 'Breng je het naar mijn kamer?'

Even later sta ik met een dampende mok voor haar bureau.

Gebogen over haar papieren gebaart ze: zet daar maar neer.

Zo makkelijk laat ik me niet afschepen. 'Joris nog gesproken?'

'Gisteravond heb ik hem gebeld,' antwoordt ze. 'Hij zei dat hij ontzettende hoofdpijn had. Eigen schuld, dikke kater.' Vinnig roert ze in haar koffie.

'Wat was dat nou gisteren?' vraag ik voorzichtig.

'O, Joris heeft het idee dat het leven geen zin heeft als hij zich niet eens in de zoveel tijd hartstikke klem zuipt. Na een week of zo verschijnt hij weer op kantoor en zijn wij weer een paar cliënten kwijt. Daar raak ík nou van aan de drank.'

'Waarom doet ie dat dan?'

'Joost mag het weten,' zucht ze. 'Doe je de deur achter je dicht?'

WOENSDAG

Claire heeft weer een nieuw plan in de strijd tegen het vet. We gaan BBB-en: billen, buik en benen wegwerken. 'Wel op tijd komen,' waarschuwde ze gisteren door de telefoon, 'anders komen we er niet meer in.'

Om zes uur precies sta ik met mijn plastic tasje voor een sporthal in het centrum.

Claire staat binnen al met kaartjes te zwaaien. 'Goed dat ik wat eerder was,' zegt ze, 'want het is hartstikke druk.'

Dat klopt, we moeten ons langs allerlei vrouwen in verschillende staten van ontkleding de kleedkamer in vechten. Het ruikt hier naar middelbare school, als laatste gekozen worden en gekneusde polsen van het volleyballen, denk ik somber.

Claire trekt aan mijn arm. 'Kom nou, het begint zo.'

Aarzelend loop ik achter haar aan naar de sportzaal. Meer dan tachtig vrouwen en een handvol mannen staan al klaar. Tevreden stel ik vast dat de meesten net zo'n slobberige broek aanhebben als ik.

Dan betreedt een jongen met strakke billen in een krap gympak het podiumpje vooraan in de zaal. Hij zet de muziek aan en

211

schreeuwt: 'We beginnen met ons warm te lopen.'

Iedereen maakt stampende bewegingen op de plaats.

'Je armen gebruiken!' gilt hij. 'Goed je benen optillen! En nu zijwaarts huppelen naar links.'

Bijna honderd mensen bewegen zich naar links.

'En een huppel naar rechts.'

Hoewel het zweet langs mijn slapen druipt, vind ik het best leuk. De oefeningen kan ik redelijk bijhouden en als we iets op de grond moeten doen en ik even uitrust, is er niemand die daar over zeurt.

Na afloop houden Claire en ik ons sportkloffie aan, want er zijn maar twee douches.

'Ik heb berenhonger,' zeg ik. 'Zullen we wat gaan eten?'

Even later zitten we allebei achter een enorme hamburger en milkshake. Volgende week gaan we weer.

ZATERDAG

Gina staart teleurgesteld naar haar avocadosalade die langzaam bruin wordt, want de rechtenstudenten die het koude buffet hebben besteld, drinken voornamelijk. Vanachter de tafel met heerlijkheden bekijken we hoe ze elkaar op de schouders slaan en met hun hoofd achterover hard lachen.

'Het koude buffet is perfect,' troost ik.

'Ik heb net op de wc iemand horen overgeven,' zegt ze.

'Dat ligt niet aan jouw kookkunst.' Ik steek een toastje in mijn mond.

'Hoho,' zegt een blonde student met stropdas. 'Gaat het bedienend personeel zich aan de hapjes vergrijpen?'

'Als enigen, ja,' antwoord ik.

'De nadorst wil ook nog wel eens met voedsel gestelpt worden,' grijnst hij. Dan kijkt hij me onderzoekend aan: 'Ken ik jou niet ergens van?'

'De Arena?' probeer ik.

'Ken ik niet,' antwoordt hij. Hij heeft een kuiltje in zijn kin.

Achtereenvolgens noem ik de buurt waar ik woon, de supermarkten waar ik winkel en het kantoor waar ik werk.

'Werk je bij Joris en Lianne?' roept hij uit. 'Daar heb ik stage gelopen. Ik kan je verhalen vertellen...'

ZONDAG

Josée staat uien te snijden, ik zit aan de keukentafel wijn te drinken. 'Dus die student, Niels, een *cutie* maar een beetje te ballerig voor mij, heeft bij Lianne en Joris stage gelopen. Volgens hem heeft Joris dit kantoor opgezet omdat hij bij zijn oude kantoor weg moest vanwege zijn drankprobleem. Lianne kwam meteen na haar studie bij hem werken, en ze hebben een tijdje een verhouding gehad. Dat is ook een van de redenen waarom Joris gescheiden is.'

'Nou nou,' zegt Josée, 'je bent wel in een soap terechtgekomen.'

'Maar waar ik me echt een beetje zorgen over maak, is dat Niels zei dat niet al hun zaakjes even koosjer zijn.'

'Wat bedoelde hij daarmee?'

'Ik weet het eigenlijk niet. Net toen hij dat wilde vertellen riep een van zijn vriendjes hem om een stom studentenlied aan te heffen.'

'Misschien moet je ontslag nemen.' Josée draait driftig aan de slacentrifuge.

'Dat zei Gina ook al,' zeg ik, 'maar ik heb het er best naar m'n zin.'

'Kots van je baas opruimen lijkt me minder. Dek jij de tafel?'

Ik dek voor twee, want Peter doet een dagje dierentuin en McDonald's met zijn kinderen. Daarna ga ik weer zitten en schenk ik nog eens in. 'Jij ook?'

'Doe mij nog maar een spaatje,' zegt Josée.

'Gaat het wel goed met je?' vraag ik. 'Je drinkt niets, je rookt niet meer. Ben je naar een kuuroord geweest of zo?'

'Nee hoor, gewoon naar de Costa Brava en het was heerlijk.' Met glanzende ogen vertelt ze over lekker eten, een azuurblauwe zee en luchtbedden.

'Ben je niet uit geweest?' vraag ik.

'Daar hadden Peter en ik dit jaar helemaal geen zin in.'

Ik staar naar haar handen terwijl ze aardappelen opschept. Geen zin meer in uitgaan, niet meer roken en drinken – Josée wordt zo langzamerhand een gesettelde oude taart. Misschien is dat wel de reden dat we elkaar de laatste tijd zo weinig zien.

'Hoe is het met de liefde?' vraagt ze dan.

'Nou niks,' zeg ik zo opgewekt mogelijk. 'Mijn laatste verovering was een gescheiden vegetariër met kind.'

'Jouw tijd komt nog wel.' Ze geeft me een bemoedigend klopje op mijn arm.

'Op de liefde,' zeg ik terwijl ik mijn glas hef.

'Op de liefde,' herhaalt Josée, en pakt haar glas spa. Haar linkerhand ligt beschermend op haar buik.

'Nou begrijp ik het!' roep ik. 'Je bent zwanger!'

Met een vuurrood gezicht zegt ze: 'Dat willen we graag, maar het is nog niet zover.'

'Goh, wat spannend.'

'Ja,' zucht ze. 'Ik kon het niet laten om alvast een babypakje te kopen.' Ze staat op om het te laten zien, en begint vervolgens over die adorabele baby van een vriendin, de bevalling, de stofwisseling van het kind en of ze wel of niet blijft werken.

Ik schenk mezelf nog maar een glas wijn in, want vrolijk word ik niet van dit gesprek. Volgens mij groeien Josée en ik uit elkaar.

DINSDAG

Door de regen naar kantoor, een doodsaaie dag gehad, door de regen naar de supermarkt en door de regen naar huis. Ik zit op de bank uit te lekken als Gina binnenkomt.

'Het regent,' zegt ze terwijl ze haar paraplu in een hoek zet.

'Je meent het.'

Ze verdwijnt in de slaapkamer om iemand te bellen. Ik zap, blader in de krant, eet een zak chips leeg en voel me met de minuut verveelder.

Een poos later komt Gina tevoorschijn in feestspijkerbroek. 'Til je luie kont van de bank, we gaan een pizza eten en naar de film.'

'Moet ik weer naar buiten?' kerm ik.

'Het is al bijna droog,' zegt ze opgewekt.

'Er is vanavond een leuke film op tv,' zeg ik, 'en ik heb allemaal lekkere dingen gehaald.'

'Ik moet er gewoon even uit!'

'Je kunt toch ook alleen naar de film?'

'Ik betaal.'

'Ook de pizza?'

'Ook de pizza,' zucht ze.

Ik trek iets anders aan en even later lopen we 'Singing in the rain' zingend naar de tramhalte. Bij de pizzeria zeg ik: 'Er zit hier vlakbij een lekker shoarmatentje. Zullen we daar naartoe gaan?'

'Ik wil per se pizza,' zegt Gina.

'Zullen we dan naar een andere pizzeria gaan? Ik heb hier al zo vaak gegeten.'

'Ik wil hier pizza,' zegt ze verbeten, en ze sleurt me het restaurant in.

'Het lijkt wel of achterin Claire zit,' zeg ik. Dan zie ik mijn ouders en nog meer bekende gezichten.

'Surprise!' gillen ze allemaal door elkaar heen. 'Hartelijk gefeliciteerd Floor!'

DONDERDAG

'Gefeliciteerd Floor,' zeg ik tegen mijn spiegelbeeld, want vandaag ben ik officieel jarig. Ik trek mijn wangen strak. Zijn er al kraaienpootjes te zien? Zit ik in de alarmfase wat betreft putten in mijn dijen? Gaan ze me mevrouw noemen?

In de keuken zit Gina te ontbijten. 'Gefeliciteerd,' zegt ze terwijl ze over tafel een envelop naar me toe duwt.

'Maar je hebt me al die cd gegeven,' protesteer ik, 'en bovendien heb je die supriseparty georganiseerd!'

'Maak nou maar open. Het is niet echt een cadeau, maar je bent er vast heel blij mee.' In de envelop zit een foto van een appartementencomplex. Niet-begrijpend kijk ik haar aan.

'Ik heb het onderste appartement gekocht. Als alles meezit, heb je over een maand je huisje weer voor je alleen.'

'Waarom heb je dat niet eerder gezegd?' vraag ik geschrokken.

'Vorige week ben ik wezen kijken en ik moest pijlsnel beslissen. Het leek me wel een leuke verrassing voor je.'

'Heel leuk. Het is toch niet ver weg?'

'Twintig minuten lopen, tien minuten fietsen en vijf minuten in de auto of op de motor.'

Terwijl ze verder vertelt over de buurt, de grootte van het appartement en vooral de catering-geschiktheid van de keuken, vallen mijn gedachten over elkaar heen. Tien minuten fietsen is vlakbij, en eigenlijk lijkt het me best fijn om weer alleen te wonen. Geen ruzie meer over vuilniszakken, geen gezeur over wie het eerst kan douchen, de afwas gewoon weer een week laten staan. 'Ik kan toch wel af en toe bij je komen eten?' onderbreek ik haar.

'Natuurlijk, anders ga ik je veel te veel missen en,' ze grijnst, 'krijg jij nooit meer iets behoorlijks binnen.'

Een halfuur later vind ik op mijn bureau een enorm boeket waar een kaartje aan bungelt: 'Van harte, Joris en Lianne'. In de keuken zet ik de bloemen in het water, leg ik de moorkoppen op schoteltjes en zet koffie. Dan loop ik Liannes kamer binnen. 'Bedankt voor de bloemen,' zeg ik terwijl ik haar een gebakje presenteer. 'Dus Joris is er ook?'

'Hij beweert dat hij maandag weer komt,' bromt ze. 'Ik hoop het maar, want alles loopt in de soep.'

'Wil je zijn gebakje?'

Ze schudt van nee.

Dus zit ik even later mijn tweede moorkop uit te lepelen. Zonder schuldgevoel, want vandaag ben ik jarig.

VRIJDAG

Met een groots gebaar gooit Gina de voordeur open en zegt: 'Welkom in Villa Gina.'

217

Door een smalle gang lopen mijn vader en ik achter haar aan naar de woonkamer. Hij werpt een blik in het toilet. 'Een nieuwe stortbak kan geen kwaad, dit vooroorlogse model kost je liters water. En zou een wastafel hier niet handig zijn?'

Gina antwoordt niet, want ze is in de kamer bezig met het ontgrendelen van de terrasdeuren. 'Ze klemmen een beetje,' verklaart ze. Dan struikelt ze min of meer de tuin in.

'Wat groot!' roep ik uit.

'Wel erg schaduwrijk,' meent mijn vader, 'maar als je die boom kapt en die struiken snoeit, heb je al veel meer licht.'

Gina laat mij een rododendron zien, terwijl mijn vader op z'n knieën een stuk tapijt los pulkt. 'Hout wil je, hè?' schreeuwt hij. 'Dan moet je eerst die vloer egaliseren.'

In de slaapkamer wijst Gina waar haar bed komt, mijn vader bekijkt het binnenste van een kast. 'Misschien moet je er planken in maken. Erg veel kun je er niet in kwijt.'

'Misschien,' zucht Gina. Ze gaat ons voor naar de keuken.

Daar tikt mijn vader op de kozijnen, hij draait de kraan open en dicht en werpt een afkeurende blik op de geiser. 'Al jaren aan vervanging toe,' bromt hij.

Gina loopt rood aan. 'Mijn wc is niet goed, mijn vloer is niet goed, mijn kast is niet goed en mijn geiser is niet goed. Oké, ik geef het toe: het is een miskoop.' De tranen springen in haar ogen.

'Zo bedoel ik het niet,' mompelt mijn vader terwijl hij haar onhandige klopjes op haar rug geeft. 'Ik vind het...'

Op dat moment gaat de bel. 'Ik doe wel open,' zeg ik haastig.

Voor de deur staat een bleek mannetje van een jaar of vijftig dat me een zweterig handje geeft. 'Ik hoorde dat er nieuwe buren zijn,' zegt hij, 'dus ik dacht: ik kom me even voorstellen. Theo de Groot is mijn naam.'

'Floor Faber,' zeg ik terwijl ik mijn hand probeer los te trekken. 'Maar ik kom hier niet wonen, dat is mijn zus.'

'Je bedoelt die brunette?' Hij probeert langs me de gang in te kijken.

'Ze is er op het moment niet,' zeg ik snel. 'Ik denk dat u een andere keer maar moet terugkomen.' Ik gooi de deur voor zijn neus dicht. Wat een *creep*.

September

MAANDAG

Tijdens de lunchpauze móét ik naar buiten, want ik word bloednerveus van de sfeer op kantoor. Joris en Lianne hebben allebei hun deur dicht en laten zich nauwelijks zien. Om in een betere stemming te komen, ga ik bij de dichtstbijzijnde drogist haarverf kopen.

'Kan ik u helpen?' vraagt de winkelmevrouw die me ziet weifelen tussen verschillende merken en kleuren.

'Misschien,' zeg ik. 'Ik had altijd zo'n mens met veel eyeliner, maar die zie ik er niet tussen.'

'U bedoelt?'

'Ik had altijd een bepaalde verpakking, maar die heeft u niet staan.'

'Om de zoveel tijd veranderen ze die,' zegt ze. 'Maar u kunt hierin kijken of u uw tint ziet.' Ze geeft me een map met plukken dood haar.

'Het probleem is,' zeg ik, 'dat je niet weet of het ook zo op je hoofd terechtkomt.'

'Ik heb goede ervaringen met dit merk,' zegt ze en pakt een

doos. Ik leg een haarlok op het plaatje. 'Het is weer eens wat anders.' Ik koop ook nog een lippenstift, een bodymilk en een doosje aspirine en loop dan terug naar kantoor. Ik ben nog niet binnen of ik hoor het al: de hel is losgebarsten.

'Klootzak,' gilt Lianne, 'wil je dit hele kantoor om zeep helpen? Je denkt alleen maar aan jezelf! Als het éven moeilijk wordt, zet je het meteen maar op een zuipen!'

Ik sluip naar mijn kamer en trek de deur achter me dicht. Hoewel het niet mijn ruzie is, voel ik toch mijn schouders verkrampen. Ik steek een sigaret op en probeer me te concentreren op het tikken van een brief. Dan hoor ik de voordeur met een knal dichtslaan. Een loodzware stilte volgt.

Een uur later staat Joris voor mijn neus. 'Lianne en ik hebben een beetje ruzie,' zegt hij terwijl hij een stoel bijtrekt. 'Ze zegt dat ik te veel drink en dat we daardoor klanten verliezen. Nou, die klanten verliezen we anders ook wel.' Hij vervolgt schamper: 'Lianne is eigenlijk net zo geschikt voor de advocatuur als een non om de hoer te spelen.'

'Hm,' antwoord ik. Heeft ie nou weer een slok op?

'Ik ben degene die alle klanten heeft aangebracht,' gaat hij verder. 'Ze kwam in een gespreid bedje terecht. Ik heb haar alles geleerd, alles voor haar gedaan, zelfs mijn huwelijk voor haar opgegeven. Maar met haar valt niet te leven. Het was natuurlijk stom om te denken dat we het zakelijk samen wel zouden redden.' Zuchtend laat hij zijn hoofd op zijn borst zakken. Dan vraagt hij plotseling: 'Wat vind jij ervan?'

'Nou, eh, niks.'

'Nee, daar word je niet voor betaald hè?' zegt hij sarcastisch. 'Zelfstandig denken is ook moeilijk.' En met die woorden verlaat hij mijn kamer.

Thuis stort ik na het eten doodmoe op de bank. Gina is naar

haar nieuwe huis om te schilderen, ik hou weer eens een Floor-Verwen-Avond: scrubben, insmeren, nagels lakken en haar verven. In de gebruiksaanwijzing staat dat ik de verf een halfuur moet laten intrekken, maar ik doe het een kwartiertje langer om de uitgroei ook flink op te bleken.

Na het douchen zie ik meteen dat het niet goed is gelukt: bij de wortels is mijn haar peenkleurig en het lijkt wel of de punten groenig zijn geworden. Met een spiegel ga ik op het balkon staan. Geen twijfel mogelijk: oranje en groen. Wat een ramp.

Met bonzend hart bel ik het informatienummer op de verpakking van de haarverf.

'Allergietest, druk 1,' zegt de robotstem. 'Vragen over verven, druk 2. Vragen over blonderen, druk 3.'

Ik druk 3 en na eindeloos gepingel van Jan Vayne krijg ik eindelijk een mens aan de lijn. Ademloos leg ik mijn probleem uit.

'Heeft u de gebruiksaanwijzing precies opgevolgd?' vraagt de vrouw verveeld.

'Ongeveer,' zeg ik aarzelend.

'Niet dus,' concludeert ze. 'Het beste kunt u uw haar ontkleuren met nummer 47 en dan opnieuw verven met nummer 23, 29 of 81.'

'Maar ik moet morgen werken,' stamel ik.

'Heel vervelend, succes verder.'

Ik sta met een sjaaltje om mijn hoofd af te wassen als Gina thuiskomt. 'Wat heb jij nou?' vraagt ze.

Zonder iets te zeggen doe ik de sjaal af.

'Morgen eerst maar naar de kapper,' zegt ze droogjes.

'Is het heel erg?'

'Het valt wel mee.' Dan voegt ze er schaterend aan toe: 'Voor iemand die van Mars komt!'

De kapper klakt afkeurend met zijn tong terwijl hij een groene pluk vastpakt. 'Ja, ik zeg altijd maar: je kunt het beter aan deskundigen overlaten. Hier moet de schaar in.'

'Is er geen andere mogelijkheid?' piep ik.

'Kind, laat het nu maar aan mij over.'

Een uur later sta ik als een geheel nieuwe Floor buiten. Ik hoop maar dat ik gauw aan haar wen. Zo snel mogelijk fiets ik naar kantoor. Vreemd dat ik de deur van het nachtslot moet halen.

Binnen begrijp ik waarom: Lianne en Joris zijn er geen van beiden. Op mijn voicemail staat helemaal niets.

WOENSDAG

Lianne heeft gisteren gebeld dat ze nog wel ziet wanneer ze weer op kantoor komt. Plus een hoop gevloek. Joris heeft helemaal niets van zich laten horen en neemt thuis noch mobiel de telefoon op. Dus wimpel ik voortdurend cliënten af: 'Joris Wouters en Lianne Veenendaal zijn er momenteel niet, ze bellen u zo spoedig mogelijk terug.'

Zo langzamerhand voel ik me een goed betaald antwoordapparaat, want ik begin door mijn werk heen te raken. Om een uur of drie zit ik me echt te vervelen. Ik kan het stoffige archief opruimen of weggaan. Eigenlijk wel lekker, onverwacht een vrije middag.

Ik zet het antwoordapparaat aan, doe de deur op slot en fiets naar het centrum. De eerste de beste kledingwinkel loop ik binnen. Een ribfluwelen jasje is best leuk en staat goed bij mijn nieuwe kapsel. Maar dan moet ik ook een nieuwe broek en zo'n T-shirt, of die bloes.

Ik verdwijn in de paskamer met mijn armen vol kleren.

'Het staat je enig,' kirt de verkoopster als ik naar de spiegel loop.

Nu vermoed ik dat verkoopsters altijd alles enig vinden, maar deze keer geef ik haar gelijk. Ik zie er lang, slank en sexy uit. Even later slenter ik met drie plastic tassen door de stad, vijfhonderd euro armer.

Tegen een uur of zes fiets ik naar het nieuwe huis van Gina, omdat ik heb beloofd te helpen schilderen. 'Ik heb zulke leuke kleren gekocht,' zeg ik zodra ze opendoet.

'Moest je dan niet werken?'

Als ik het heb uitgelegd, zegt ze peinzend: 'Ik zou maar eens naar een nieuwe baan gaan uitkijken.'

De schrik slaat me om het hart. Niet weer allerlei uitzendbureaus af, personeelsadvertenties spellen en geldgebrek hebben.

'Laat eens zien wat je in die tassen hebt!' zegt Gina dan.

'Misschien moet ik het maar gaan ruilen,' zeg ik. 'Straks ben ik weer werkloos.'

'Dan kun je in dit jasje in ieder geval prima solliciteren. Trek het eens aan?'

Maar ik heb er geen zin meer in.

De bel gaat. 'Doe jij open?' vraagt Gina. 'Als het weer die bovenbuurman is, ga ik gillen. Hij is deze week al tien keer langs geweest met lullige smoesjes.'

Ja hoor, het is Theo de Groot weer. Zijn bleke ogen nemen me nieuwsgierig op. 'Hebben jullie misschien een blikopener?' vraagt hij. 'Die van mij is stuk. Ik heb mijn hand opengehaald toen ik een blik kattenvoer probeerde open te draaien.' Hij steekt zijn hand uit en laat een groezelig verband zien.

'Ik zal even kijken,' zeg ik.

Maar hij is al langs me de gang in geschoten. 'Zo buuf,' zegt hij tegen Gina, 'het schiet al lekker op met het schilderen.'

'Inderdaad,' antwoordt ze. Mij werpt ze een dodelijke blik toe.

'Hij moest een blikopener,' verontschuldig ik me.

'Dus jullie gaan gezellig een wijntje drinken,' zegt hij, wijzend op de fles die op tafel staat.

'Bij het eten,' snauwt Gina, die in een la rommelt.

'Jij kunt vast heel goed koken,' zegt Theo. 'Ik warm meestal iets op in de magnetron. Tja, een man alleen.'

'Hier heb je je blikopener,' zegt ze, 'breng 'm morgen maar terug.'

'Dankjewel. Geef maar een gil als ik iets voor jou kan doen. Daar heb je immers buren voor.'

'Ik zal het onthouden,' antwoordt Gina met een stalen gezicht. 'Zal ik je even uitlaten?' Nadat Theo me omstandig gedag heeft gezegd, loopt hij met haar mee.

Terug in de keuken zegt Gina: 'Volgens mij heeft hij niet eens een kat.'

'Misschien eet ie het zelf.'

'Dat zou me niks verbazen.'

ZATERDAG

Mijn vader vervangt de stortbak, Gina en Anne schilderen het houtwerk in de slaapkamer en Claire en ik maken de muren in de huiskamer verfklaar. Dat betekent dat we de muur eerst afnemen met een stinkend goedje en daarna met water. Ik vermoed dat de penetrante lucht na een uur badderen nog in mijn haar zal zitten, en ik heb al twee nagels gebroken.

'Ik denk dat ik maar aandelen Atrix ga kopen,' zeg ik. 'Mijn leven bestaat uit soppen. Op kantoor ben ik het archief aan het uitmesten, want meer is er niet te doen. Joris is maar twee keer op kantoor geweest afgelopen week, en ik vraag me af wat hij dan doet. Lianne heb ik helemaal...'

'Ik ben verliefd,' onderbreekt Claire me.

'Wat?'

'Toen ik van de week aan het rennen was in het park, botste ik tegen een meisje op dat aan het skeeleren was. Haar knie bloedde verschrikkelijk. Ze ging in een café vlakbij de wond uitwassen, dus ik liep maar even mee. We hadden meteen zo'n leuk gesprek. Ze gaat altijd uit in La Belle, zei ze. Heb je zin om een keer mee te gaan? Ik vind het een beetje eng alleen.'

'Goed hoor,' zeg ik. 'Is dat zo'n speciaal café voor vrouwen?'

'Ja,' grijnst Claire, 'dus ik denk dat ik wel een kans maak. Maar ja, misschien heeft ze al een vriendin.' Dromerig sopt ze verder.

Ik voel een steek van jaloezie. Wanneer was ik voor het laatst gelukkig verliefd?

8
Een briljant plan

Oktober

Na mijn werk ga ik naar Gina. Ik ben vlak bij haar huis als ik word aangeklampt door een bejaard vrouwtje.

'Zou je me willen helpen?' vraagt ze. 'Die boodschappentassen, zo zwaar.'

'Natuurlijk,' zeg ik. Maar als ik ze van haar overneem heb ik al spijt, want het lijkt alsof ze voor weken heeft ingeslagen.

Vief loopt ze voor me uit, honderduit babbelend over de krankzinnige prijs van aardappels (zit dat in die tassen?), de achteruitgang van de buurt door 'die buitenlanders' en haar kater Wolfje. Ik strompel op mijn pumps achter haar aan. Voor het huis van mijn zus houdt ze stil. 'Liefje,' zegt ze, 'ik krijg die tassen met geen mogelijkheid boven. Zou jij even?'

'Goed hoor,' hijg ik. 'Dit is trouwens het huis waar...'

'Ik heb net een nieuwe buurvrouw,' onderbreekt ze me. 'Een rare meid, gaat 's avonds laat schilderen of zo. En onder me woont een man, die is een beetje...' Ze wijst op haar voorhoofd. 'Eerst woonde hij er met zijn moeder, maar sinds die overleden is, doet hij vreemd. Neem nu de muziek die hij draait! Allemaal van die boze, harde klanken. Geef mij maar operette, die schitterende melodieën spreken tenminste tot de verbeelding.' De trap op lopend, zet ze met hoge stem een lied in met veel 'Liebe', 'Wälder' en 'Schätzchen'. Ze moet een geweldige conditie hebben, want mijn hart kan elk moment uit mijn borstkas bonken. Voor haar deur staat ze me op te wachten. 'Hoe vond je het?'

'Zwaar,' piep ik.

'Dat heb ik nog nooit iemand horen zeggen,' zegt ze terwijl ze haar deur openmaakt. 'Maar die Duitsers hebben immer een bepaalde weltschmerz. Zeer goed opgemerkt.'

Door een donkere gang met schilderijen van bedrukt kijkende mannen en vrouwen loop ik achter haar aan naar de keuken.

'Zet maar op het aanrecht,' wijst ze.

Een reusachtige rode kater zit al naast de gootsteen en trekt zijn nagels langzaam in en uit. De tas staat nog niet naast hem, of hij haalt naar me uit.

'Shit!' roep ik. 'Eh, sorry.' Op mijn hand beginnen drie strepen te bloeden.

'Aber Wolfgang,' koert het vrouwtje in zijn mottige vacht, 'doe toch niet zo lelijk tegen dat lieve meisje.' Ze zet hem op de grond en hij waggelt de keuken uit. 'Maar je bloedt!' roept ze verschrikt. 'Ik zal de jodium pakken.'

'Hoeft niet,' protesteer ik, maar ze is al weg.

Ze komt terug met een antieke verbanddoos waar ze een flesje uit haalt. 'Wat is de houdbaarheidsdatum?' vraag ik. Te laat, want ze heeft het goedje er al op gedruppeld en plakt er vervolgens een vooroorlogse pleister overheen. Het spul prikt zo dat mijn ogen vollopen.

'Kopje thee voor de schrik?' vraagt ze terwijl ze de ketel vult.

'Ik moet eigenlijk naar mijn zus, die woont...'

'Natuurlijk krijg je een kopje thee. Zo vreemd van Wolfgang, anders doet hij dat nooit. Ga toch zitten, ga toch zitten.'

Ik neem plaats aan de keukentafel. De vrouw ratelt door, ik knik af en toe, zeg 'ja' en 'mmm', drink een kopje zwarte thee, eet een slap biscuitje en drink nog een kopje zwarte thee. Pas een uur later bel ik bij Gina aan.

Als ik 's avonds in bed lig, kan ik niet slapen van de pijn in mijn hand. Woelend bedenk ik dat de dodelijke bacteriën waarschijnlijk nu mijn bloedbaan instromen om elk vitaal orgaan lam te leggen. Ik trek de pleister er weer af om de wondjes te bekijken. Het lijkt zo onschuldig, maar heb ik niet bij *Medische missers* gezien dat een arm moest worden afgezet na een verwaarloosde infectie?

Wie zal er op mijn begrafenis komen? Ik wil wel stemmig ter aarde besteld worden. Misschien een koortje erbij, dat geleid wordt door de bovenbuurvrouw van Gina. Met die gedachte val ik in slaap.

VRIJDAG

'Dit was wel de spannendste werkweek ooit,' zeg ik tegen Claire in De Arena. 'Ik heb misschien drie briefjes getikt, en verder alleen het archief opgeruimd. Mijn bazen laten zich niet meer zien.'

'Hoe zie ik eruit?' vraagt ze.

'Nou gewoon, goed. Ik ben alweer in de krant aan het kijken,' vervolg ik mijn verhaal. 'Ik kan natuurlijk ook het uitzendbureau bellen dat ik een andere baan wil. Of zal ik het nog even afwachten? Ik zie zo op tegen nieuwe collega's, andere computers, wennen. Wat vind jij?'

'Is dit T-shirt niet te truttig?'

'Helemaal niet. Ik kan ook Lianne eens bellen en vragen hoe ze erover denkt.'

'Jij nog een biertje?' vraagt Claire. 'Of zullen we een whisky nemen?'

'Je bent echt nerveus, hè?' zeg ik. 'Misschien is ze er helemaal niet.'

'Vorige week was een historisch moment,' zucht ze. 'We móésten gewoon tegen elkaar opbotsen, het was voorbestemd.'

'Doe maar twee spa,' zeg ik tegen de barkeeper.

'Ze is ook hartstikke mooi. Gespierd, lenig, echt iemand waar de energie uit spat.'

'Op dat moment vooral uit haar knie.'

'Doe niet zo vervelend, Floor. Als jij verliefd bent, zit ik ook niet te zieken.'

'Sorry,' zeg ik. 'Zullen we maar naar La Belle gaan?'

We betalen, maken de fietsen los en rijden ernaartoe. Voor de ingang van La Belle blijft Claire treuzelen.

'Kom nou,' zeg ik, 'je haar zit goed, je ziet er leuk uit, we gaan gewoon even wat drinken.'

'We kunnen ook naar huis gaan,' zegt ze.

'Wat?' roep ik uit. 'Ik heb al een week dat verliefde gebazel moeten aanhoren! Nu zetten we door.' Ik pak haar bij haar mouw. Met nog meer overreding krijg ik voor elkaar dat we niet in een donker hoekje gaan zitten, maar aan de bar.

Ik kijk eens goed om me heen. Het is een gewoon bruin café, alleen zijn er voornamelijk vrouwen. Ook een paar heel mooie mannen, maar ik vermoed dat het geen zin heeft om oogcontact met hen te zoeken. We bestellen een biertje en Claire begint een beetje te ontspannen.

Net als we de problemen van Joris analyseren, flapperen de cafédeuren open. Claire verstijft. 'Dat is ze,' fluistert ze in mijn oor.

Ik kijk onopvallend opzij en zie een vrouw in een sweater met een vrolijk plukjeskapsel. Ze gaat schuin tegenover ons zitten en bestelt een baco. 'Loop even naar haar toe,' zeg ik zacht tegen Claire.

'Zo direct.' Ze zit inmiddels bijna onder de bar. 'Kijkt ze naar me?'

'Ze kan je nauwelijks zien.'

'Hoe vind je haar?'

'Ze lijkt me heel aardig.' Weer dring ik erop aan dat ze op haar af moet stappen, maar ze schudt koppig van nee. In mijn eentje zet ik het gesprek over Joris voort, want Claire kan alleen nog maar af en toe mompelen: 'Ziet ze me al?'

Pas een kwartier later is er contact. Claire wordt rood tot aan haar haarwortels als de vrouw naar ons toe komt en haar begroet: 'Wat leuk om je weer eens te zien.'

'Ja leuk,' fluistert Claire.

'Ageeth Kramer,' stelt ze zich voor.

Nadat Claire en ik onze namen hebben genoemd, valt er een ongemakkelijke stilte. 'Hoe is het met je knie?' vraag ik dus maar.

'Goed hoor,' zegt ze, 'het waren alleen een paar schaafwondjes, maar het bloedde alsof het een slagaderlijke bloeding was.'

'Van de week ben ik te pakken genomen door een kat,' zeg ik, en ik vertel in geuren en kleuren over de bovenbuurvrouw van Gina. Ageeth haakt erop in met een verhaal over haar geschifte hospita, we bespreken de voordelen van een eigen huis en het wonder van de magnetron.

Een paar keer probeer ik Claire bij het gesprek te betrekken, maar ze komt niet verder dan Ageeth glazig aanstaren. 'Zeg nou wat,' sis ik tegen haar als Ageeth even naar het toilet is.

'Je laat me er gewoon niet tussen komen,' antwoordt ze boos. 'Zodra ik mijn mond opendoe, begin je wéér aan een nieuw verhaal. Dat doe je altijd, ook als we met z'n tweeën zijn. Je laat me nooit uitpraten, want jij moet altijd in het middelpunt van de belangstelling staan. En als dat even niet zo is, wil je naar huis. Had ik je hier maar nooit mee naartoe genomen.'

'Denk je dat ik voor mijn plezier in dit pottenkot zit?' snauw ik. 'Zonder mij was je hier niet eens, want zelf regel je niets. En als een ander het voor je doet, is het ook weer niet goed.'

Happend naar adem zegt ze: 'Je geeft me niet eens de kans, stomme trut.'

'Ik ga hier niet staan schelden.' Ik pak mijn jas en loop het café uit.

ZONDAG

Het kost een aspro, twee glazen melk en een boterham met boter voor mijn maag en hoofd weer mee willen doen. Vannacht heb ik nog uren wakker gelegen over die ruzie. Ik begrijp wel dat het verkeerd viel dat Ageeth meer met mij in gesprek was dan met Claire, maar dat is toch niet míjn schuld? Ze kan zelf toch ook haar mond opendoen?

Met Otje op schoot bekijk ik een film die ik weken geleden heb opgenomen. Maar de acteurs hebben jarenzeventigkapsels, de decors zien er knullig uit en het verhaal is zo simplistisch dat ik vóór de moord is gepleegd al weet wie het heeft gedaan. Zuchtend zet ik de tv uit en bel mijn moeder, die gelukkig thuis is. 'Kan ik vanavond komen eten?' vraag ik.

'We krijgen oom Toon en tante Ria op bezoek, maar natuurlijk ben je welkom. Die varkenshaas snijd ik met liefde nog een keer doormidden en ach, dan eet iedereen maar een beetje minder chocolademousse.'

'Hoe gaat het eigenlijk met ze?'

'Ria's rug gaat niet zo lekker, hè, en Toon tobt nogal met zijn prostaat.'

'Ik kom van de week wel een keertje langs,' zeg ik, 'dan hebben we tenminste tijd om met elkaar te praten.'

'Gezellig,' zegt mijn moeder. 'Je klinkt trouwens een beetje somber. Alles goed?'

'Ja hoor,' lieg ik. We babbelen nog even en hangen dan op. Ik besluit bij Gina langs te fietsen, die vandaag aan het schilderen is in haar nieuwe huis. Als ik de deur achter me dichttrek, hoor ik mijn telefoon bliepen. Een sms van Claire, die baalt natuurlijk ook van onze ruzie. Ik lees:

Floor,

Jij hebt geen respect voor mijn persoon en mijn ideeën. Die ruzie gisteren maakte me dat nog eens goed duidelijk. Ik vind het geen zin hebben om onze vriendschap nog langer voort te zetten.

Woedend wapper ik met mijn telefoon voor Gina's neus. 'Het lef om vijf jaar vriendschap per sms op te zeggen!' bries ik. 'Er kan geeneens een gesprekje vanaf! Ik vind het zo min, zo laag. Begrijp jij hier iets van?'

'Ik kan me er wel wat bij voorstellen,' zegt ze terwijl ze haar verfhanden aan een lap schoonveegt. 'In principe ging je er met haar vriendinnetje vandoor.'

'Niet waar,' zeg ik. 'Claire zat stom voor zich uit te staren. Iemand moet toch iets zeggen? Hoe gezellig kan een dodelijke stilte zijn?'

'Laat haar nou maar even, over een week is ze vast wel afgekoeld.'

'En dat ik geen respect toon voor haar persoon of haar ideeen... Ik luister altijd naar haar. Als er wat is, sta ik voor haar klaar. Ik vind het belachelijk.'

'Houd er nou over op,' zucht ze. 'Ik ben bekaf. Zullen we ergens gaan eten?'

Ze kleedt zich om en even later lopen we naar de dichtstbij-zijnde pizzeria. We gaan voor het raam zitten en bestellen vast een karaf wijn en brood met kruidenboter.

'Vóór de verhuizing wil ik alles geschilderd hebben,' zegt Gina. 'Ik heb deze hele week vrij genomen. Zou jij misschien 's avonds nog een keer kunnen komen helpen?'

'Tuurlijk,' zeg ik. 'Ik kan woensdag wel, want ik ga toch niet meer met Claire naar BBB.'

'Het is een fantastisch huis,' vervolgt Gina, 'maar van die Theo de Groot word ik gek. Vanochtend kwam hij weer een pak koffie lenen. En dan staart hij zo naar mijn borsten dat ik onmiddellijk moet kijken of er een knoop openstaat. Ook als ik een T-shirt aanheb.'

'Duiken!' roep ik, en ik verberg mijn hoofd onder tafel.

'Wat?' vraagt Gina. Maar als ze getik op het raam hoort, begrijpt ze het.

Theo de Groot staat breed grijnzend naar ons te kijken. Ik kom binnen, gebaart hij.

'Nee hè?' zucht ze.

'Zo, de dames nemen het ervan,' zegt hij. 'Ik haal hier ook regelmatig mijn pizzaatje.'

'Hadden we dat geweten,' mompelt Gina.

'Wat zeg je?' vraagt hij.

'Dat we hier nog nooit hebben gegeten,' glimlacht ze.

'Nou, ik kan de Quattro Stagioni aanbevelen,' zegt hij terwijl hij een stoel pakt. 'Vinden jullie toch niet erg?' voegt hij eraan toe.

'Eigenlijk wel,' zegt Gina, 'ik wilde nu namelijk even met mijn zus praten.'

'O,' zegt hij. 'Nou, dan ga ik weer. Ik wil jullie onderonsje niet verstoren.' Hij staat op en loopt naar de bar om te bestellen.

Gina en ik praten verder, maar ik voel dat Theo voortdurend naar ons kijkt. Als hij zijn doos heeft gekregen, loopt hij zonder te groeten het restaurant uit.

'Volgens mij heb je hem beledigd,' zeg ik.

'Maar goed ook,' zegt ze. 'Ben ik eindelijk van dat gezeur af.'

'Ik hoop het,' antwoord ik. 'Ik hoop het echt.'

MAANDAG

Lianne is op kantoor, dus kan ik eindelijk weer eens iets anders doen dan het archief ordenen. Voor de lunch haal ik stokbroodjes, zalmsalade, verse kruidenroomkaas en fruit.

'Wat word ik verwend,' zegt Lianne als ik met een vol blad haar kamer binnen loop.

'Ik wil eigenlijk even met je praten,' zeg ik.

'Kan dat morgen niet? Ik heb het hartstikke druk.'

'Het punt is dat ik het helemáál niet druk heb,' zeg ik. 'Vorige week voelde ik me eigenlijk niet meer dan een antwoordapparaat. Ik denk erover om een andere baan te gaan zoeken.'

Lianne laat haar schouders zakken. 'Doe dat alsjeblieft nog niet,' zegt ze. 'Ik word gek als ik zelf mijn brieven moet gaan zitten uittikken, en ik kan het echt niet aan om op dit moment een andere secretaresse te zoeken.'

'Maar ik doe bijna niks,' werp ik tegen.

'Soms is het rustig, soms is het druk. Maar blijf alsjeblieft nog even.'

'Goed dan,' zeg ik.

Lianne ziet er slecht uit. Haar geblondeerde haar vertoont een donkere uitgroei, haar mantelpakje is gekreukt en ze heeft harde lijnen rond haar mond. Wat is er toch aan de hand op dit kantoor?

Zodra ik geld heb, neem ik een werkster, bedenk ik terwijl ik de stofzuigerzak probeer te vervangen. Ik veeg het zweet van mijn voorhoofd. Waar zou dit ijzeren draadje voor zijn? En waarom staan er geen plaatjes van hoe het moet op de doos? Na een kwartier friemelen en vijf keer niezen, lijkt het ding eindelijk goed te zitten. Maar zodra ik de stofzuiger aanzet, brult hij van protest. Vloekend maak ik het apparaat weer open en juist op dat moment gaat de telefoon. 'Floor Faber,' zeg ik, en ik moet weer niezen.

Het blijft even stil aan de andere kant van de lijn. Dan zegt een zachte stem: 'Met Ageeth Kramer. Weet je nog, in La Belle? We hadden een leuk gesprek, maar je was zo snel weg. Toen dacht ik: ik vraag aan dat vriendinnetje je telefoonnummer.'

WOENSDAG

Morgen komen de tapijtmannen en dan is Gina's huis af. Het is prachtig geworden: door de lichte kleuren lijkt het nog ruimer, de keuken is fantastisch en als ze iets aan haar tuin doet, zit ze volgend jaar zomer in een paradijsje.

Ik zit op de grond verfklodders af te bikken terwijl Gina de laatste deur schildert. 'Ik ben gisteren gebeld door een vrouw die met me uit wilde,' vertel ik. 'We hebben afgesproken om zaterdag naar De Arena te gaan. Maar ik ga niet.'

'Je spreekt iets af, maar je gaat niet?'

'Ja, want het is de vrouw die Claire zo leuk vindt,' zeg ik. 'Daarom heb ik Claire een sms'je gestuurd of ze zaterdag naar De Arena wil komen omdat ik met haar móét praten. Dan ziet ze daar die Ageeth zitten. Zij blij, wij geen ruzie meer, en als het even meezit, wordt Ageeth ook nog verliefd op haar. Vind je het geen briljant plan?'

'Ik vind het ontzettend stom,' zegt Gina. 'Stel dat jij met een leuke man hebt afgesproken. Kom je helemaal opgetuigd in dat café, zit hij er niet maar zijn vriend!'

'Als het een leuke vriend is...'

'Doe niet zo naïef. Ik zou die Ageeth maar afzeggen en naar De Arena gaan om met Claire te praten. Heb je nog iets van haar gehoord?'

'Nee, ze is blijkbaar echt kwaad.' Ik zet mijn mes achter een grote klodder. 'Maar ik kan Ageeth niet afzeggen, ik weet geen telefoonnummer en geen adres.'

'Zo te horen heb je je weer lekker in de nesten gewerkt,' zegt Gina.

'Verdomme.' Waarom gaan de dingen nooit zoals ik wil? En is mijn originele plan wel zo slecht? Dan hoor ik geritsel. 'Je hebt toch geen muizen?'

'Nog geen keutel gezien.'

Ik loop naar het raam om naar buiten te kijken, en zie nog net een puntje van de grauwe regenjas van Theo de Groot. 'Dat worden dikke gordijnen,' zeg ik, 'want volgens mij stond je bovenbuurman hier naar binnen te gluren.'

'O nee,' zucht Gina. En dan strijdlustig: 'Zodra ik hem betrap, maak ik er werk van.'

ZATERDAG

In De Arena zit ik dodelijk vermoeid een biertje te drinken. Vanochtend stonden Gina en ik om halfacht op om de laatste dozen in te pakken voordat de verhuishulpen kwamen. De rest van de dag bestond uit sjouwen. Ik masseer mijn slapen wanneer Claire naast me komt zitten.

'Dag,' zegt ze. 'Ik had eigenlijk helemaal geen zin om te komen, want ik heb je niets meer te zeggen. Maar goed, ik ben bereid even naar je te luisteren.'

Ik steek van wal: 'Het spijt me van vorige keer, het was niet mijn bedoeling dat Ageeth voornamelijk met mij praatte. Maar het is toch niet alleen mijn schuld? Jij kunt je toch wat assertiever opstellen?'

'Zodra ik mijn mond opendoe, praat jij erdoorheen,' zegt ze. 'Meestal kan het me niet schelen, maar als het gaat om iemand die ik leuk vind, word ik er doodziek van.'

'Geef me de volgende keer dan een schop onder tafel,' stel ik voor.

'Alsof jij je daar wat van zou aantrekken,' zegt ze. 'Je hebt de fijngevoeligheid van een olifant.'

'Bedankt.'

'Zo bedoel ik het ook weer niet. Maar ik vraag me wel af of deze vriendschap wel goed voor me is. Ik hobbel altijd maar een beetje achter jou aan.'

'Wat een therapeutengeleuter!' roep ik. 'We doen toch leuke dingen samen? Waar heb je het nou over?'

Boos neemt ze een slok, en op dat moment komt Ageeth binnen. Ik had me een Surpriseshow-achtige reactie voorgesteld. In plaats daarvan zegt Claire: 'Nee hè, dit heb jij toch niet geregeld? Ik ga weg, hoor.'

Maar Ageeth staat al voor ons tafeltje. Ze heeft weer een kleurige sweater aan en een wijde spijkerbroek. 'Ik wist niet dat jij er ook zou zijn,' zegt ze tegen Claire. 'Hoe is het?'

'Goed hoor,' bromt Claire.

'Zal ik wat te drinken halen?' vraag ik. Aan de bar treuzel ik net zo lang tot ik zie dat ze met elkaar in gesprek zijn. Maar als ik met de drankjes terugkom, houden ze gelijk hun mond.

Wat een afschuwelijke avond. Ik voel nog een bonkende hoofdpijn opkomen ook.

'Waren jullie hier allang?' informeert Ageeth.

'Nee hoor,' zeg ik. 'Ik kwam haar toevallig net tegen.'

'Ja, toevallig,' herhaalt Claire.

'Goh, wat leuk,' zegt Ageeth.

Ik vraag wat voor werk ze doet en ze begint een lang verhaal over maatschappelijk werk in een van de slechtere buurten in de stad. Ze kan zo leuk vertellen dat Claire algauw zit te lachen.

Ik niet, want inmiddels heb ik zo'n koppijn dat voor mijn linkeroog paarse ballen stuiteren. Ik word met de minuut misselijker en heb het afwisselend warm en koud. 'Ik ga maar naar huis,' zeg ik na een poosje. 'Ik ben niet zo lekker.'

Claire werpt me een ongelovige blik toe en Ageeth vraagt: 'Moet ik je niet even brengen? Dat is geen enkele moeite.'

'Nee hoor,' zeg ik, 'ik red me wel.' Ik wankel naar de uitgang. De deur is nog niet achter me dichtgevallen, of ik moet overgeven.

ZONDAG

Het is óf warm en vochtig óf koud en klam in de hel, maar het ergste is dat elke cel in mijn lichaam pijn doet. De hel is een soort bizarre tekenfilm met in de hoofdrol twee duivels die nogal op mijn moeder en Gina lijken. Het decor heeft wel wat weg van mijn slaapkamer. Ik denk dat ik geen tong meer heb, want ik kan niet meer praten en slikken. Ik begrijp niet waarom ik hier te-

recht ben gekomen, zoveel slechte dingen heb ik toch niet gedaan? Van al die verhalen over lichtgevende tunnels is ook niets
waar: ineens was het zwart en daarna begon de film.

Als ik mijn ogen open kijkt de duivel me aan. 'Hoe voel je je
nu?' vraagt ze. 'Je hebt een flinke griep te pakken. Ik ben onmiddellijk gekomen toen Gina belde, je hebt ons ontzettend laten
schrikken. De dokter is net zelfs geweest omdat je aan het ijlen
was. Je moet veel drinken, zei hij. Het verbaast me niets dat je
ziek bent geworden. Je zorgt zo slecht voor jezelf. In je koelkast
zag ik één verschrompeld worteltje liggen en een pak lasagne.
Wou je daar het hele weekend op leven? En denk maar niet dat
die vitaminepreparaten helpen. Niets kan op tegen een fruitsalade of een eerlijke stamppot. Zo heb ik je toch niet opgevoed?
Thuis kreeg je...'

'Moet wc,' weet ik nog net uit te brengen.

Er wordt een teiltje naast mijn hoofd gehouden en ik braak
mijn ingewanden uit.

MAANDAG

Een flauw zonnetje schijnt door de gordijnen. Ik ben dus niet
dood, maar lig in mijn eigen bed met een kleffe pyjama aan. Ik
trek mijn neus op. Eerst douchen. Maar mijn voeten raken de
vloer nog niet, of de tekenfilm start weer. Ik grijp de spijlen van
mijn bed en kreun: 'Help!'

Mijn moeder komt de kamer in. 'Wat ben jij van plan?'

'Douchen,' hijg ik.

'Dan vat je weer kou,' zegt ze. 'Kom, ik trek je wel een schone
pyjama aan.'

Ik voel me weer een kleuter als ik gewillig mijn armen in de

242

lucht steek. Ze helpt me naar de wc en dan mag ik weer gaan slapen.

's Avonds ben ik zo opgeknapt dat ik een aflevering van *Grey's Anatomy* die ik nog op dvd had behoorlijk kan volgen.

DINSDAG

Mijn moeder staat met haar jas aan voor mijn bed. 'Ik kan je vader niet langer alleen laten,' zegt ze. 'In de koelkast staan een kan vers sinaasappelsap en een paar Tupperwarebakjes met maaltijden die je alleen nog maar hoeft op te warmen. Claire komt vanavond even langs en je zus komt morgen. Als er wat is, kun je me natuurlijk altijd bellen. Beloof je dat je niet te snel weer aan het werk gaat? En dat je wat beter voor jezelf gaat zorgen? Ik ben echt dodelijk ongerust geweest.' Ze geeft me een zoen op mijn haar. 'Dag lieverd.'

Zodra ze weg is, stap ik uit bed en wankel ik naar de koelkast. Een rijstschoteltje, iets met aubergines, een bakje met een sudderlap: culinaire hoogtepunten in huize Floor. En dan voel ik de tranen in mijn ogen branden. Wat verschrikkelijk lief van mijn moeder, en ik ben zo vaak niet lief genoeg voor haar. Ik ga weer in bed liggen en snotter wat in een zakdoek tot ik weer wegzak in een diepe slaap.

Tegen een uur of zeven belt Claire aan. 'Gaat het weer een beetje?' vraagt ze. 'Je hebt ons vreselijk laten schrikken.'

'Ik weet nog steeds niet wat er precies is gebeurd,' zeg ik.

'Nou, jij liep dus De Arena uit en ik geloofde eigenlijk niet dat je niet lekker was. Ik dacht dat je Ageeth en mij alleen wilde laten. Toen kwam er iemand naar binnen hollen en een groepje mensen ging weer met hem mee naar buiten. Ageeth en ik liepen achter hen aan, want we wilden ook wel weten wat er aan de hand was. Toen zagen we jou liggen, tussen twee auto's in een plas kots.'

'Wat verschrikkelijk,' huiver ik.

'Het wordt nog veel erger,' zegt Claire. 'Wij zeiden dat we jou wel even naar huis zouden brengen. Maar omdat je nog steeds aan het kokhalzen was, ging Ageeth aan de bar een plastic tas vragen. Die hadden ze niet. Toen je in de taxi weer niet goed werd, heb je overgegeven in je eigen handtas.'

'O nee,' zeg ik. Ik voel mijn wangen gloeien.

'Ik heb hem die avond nog uitgespoeld, hoor,' zegt ze. 'Toen we hier waren, hebben we Gina gebeld want je bleef maar klappertanden en overgeven. En zij heeft later je moeder weer gebeld.'

'Ik durf nooit meer naar De Arena.'

Claire haalt haar schouders op. 'Het had iedereen toch kunnen overkomen.'

'En hoe zit het nou tussen jou en Ageeth?'

'Tja, wat zal ik zeggen... We hebben telefoonnummers uitgewisseld, maar ik heb nog niet gebeld.' Ze kijkt zo benauwd dat het lijkt alsof ze Ageeth een huwelijksaanzoek moet doen in plaats van haar mee uit vragen. Ik wil haar wel bemoedigend toespreken, maar ik ben bekaf. Zo moe dat ik het niet eens hoor wanneer Claire weggaat.

VRIJDAG

Het gaat iets beter. Ik lig onder een dekentje op de bank, omringd door tijdschriften, boeken en de afstandsbedieningen van de tv, de cd-speler en de dvd-speler.

Claire zit tegenover me en pelt een mandarijntje uit de zak die ze voor me heeft meegebracht. 'Lig je lekker in je mand?'

'Ja hoor,' antwoord ik. 'Vertel nou eens alles over gisteravond.'

'Wel leuk.' Ze trekt een wit velletje van een partje af.

'Ben je verliefd? Hebben jullie gezoend? Wanneer zie je haar weer?'

Claire rolt met haar ogen en veegt haar handen af aan haar spijkerbroek. 'Het was gewoon leuk, maar ik weet niet of Ageeth mij ook zo leuk vindt. Na de film gingen we nog wat drinken in La Belle en tegen een uur of twaalf zei ze: "Ik ga naar huis, want ik moet morgen weer vroeg op. Ik bel je nog wel." Ik dacht meteen: dat doe je niet.'

'Waarom niet?' vraag ik. 'Het was toch gezellig?'

'Dat wel.' Zuchtend pakt ze nog een mandarijntje.

'Je kunt haar toch ook zelf bellen?' zeg ik.

Ze schudt van nee en steekt een stukje in haar mond.

'Zal ik het voor je doen?'

'Als jij je nog één keer met mijn liefdesleven bemoeit...' dreigt Claire, en ze propt de rest van de mandarijn naar binnen.

'Oké,' beloof ik haastig. Omdat we allebei even niets te zeggen hebben, kijken we naar *Goede tijden, slechte tijden*. Een nichtje gooit woest haar krullen naar achteren als Jef tegen haar tekeer- gaat. 'Zodra ik beter ben, ga ik naar de kapper,' zeg ik. 'En naar de zonnebank en dan naar een café. Iedereen beleeft maar avontu- ren terwijl ik in bed naar de barsten in het plafond lig te staren. Ik heb er meer dan genoeg van.'

'Mijn leven is inderdaad een woest avontuur,' antwoordt Claire terwijl ze een pit uitspuugt.

'Vertel eens?' vraagt Gina, die binnenkomt met een zware plastic tas.

'Ik dacht dat jij hier niet meer woonde,' zegt Claire.

'Nee, maar omdat mijn kleine zusje te slap is om te koken en ik vraagtekens zet bij de voedingswaarde van de dingen die ze zelf af en toe in elkaar draait, kom ik maar weer eens een paar Tupperwarebakjes eten brengen.'

'Zo erg is het nou ook weer niet,' protesteer ik.

'Wat een ontzettend leuk idee!' vindt Claire. 'Kun je bij mij ook eens langskomen? Ik heb wel eens geen tijd of zin om te koken, maar ik wil wel vitamines binnenkrijgen.'

'Voor vijftien euro per maaltijd ben ik je vrouw,' lacht Gina.

'Deal,' zegt Claire. 'Ik meen het hoor,' vervolgt ze als mijn zus haar verbaasd aankijkt. 'Waarschijnlijk ben ik niet de enige die belangstelling heeft voor zo'n service. Denk eens aan tweeverdieners, aan yuppen en zo...'

'Studenten, moeders met kleine kinderen,' vul ik aan.

'Ze moeten natuurlijk wel geld hebben,' zegt Claire.

Gina is erbij gaan zitten en zegt peinzend: 'Stel dat ik elke avond een man of zes heb om voor te koken. Dat is de moeite waard en bovendien maak ik dan ook reclame voor mijn catering. Dan moet ik wel investeren in een busje, dus die opdrachten moeten redelijk vast zijn. Maar ja, dan kan ik ze natuurlijk voor elke maaltijd laten inschrijven.'

'Een Tafeltje-Dek-Je voor yuppen,' zegt Claire.

'Tupperware voor de dinky!' roep ik.

'Kansen voor Gina,' zegt mijn zus.

We brainstormen tot ik zo moe ben dat elk bot in mijn lijf weer pijn gaat doen.

Gina laat Claire uit en helpt gelukkig nog even met opruimen. Er zit nog één mandarijn in de zak, op het tafeltje naast Claires stoel ligt een berg schillen.

Af en toe moet ik nog zo hard hoesten dat het lijkt alsof mijn longen barsten, en zonder zakdoek durf ik de deur niet uit. Maar ik ben fit genoeg om te werken. In de bus bedenk ik hoe heerlijk het is om weer echte mensen te zien, in plaats van alleen op tv. Hoe zou het met Joris en Lianne zijn?

Ik huppel zo ongeveer naar kantoor. Maar als ik mijn sleutel in het slot steek, krijg ik het niet open. Ik wrijf de sleutel op, ga door mijn knieën om het slot warm te blazen, maar niets helpt. En blijkbaar zijn Joris en Lianne er nog niet, want op mijn doordringende gebel reageert niemand.

Bij het eerste het beste café loop ik naar binnen. Achter de bar staat een blonde man glazen op te wrijven. 'Mag ik even telefoneren?' vraag ik. Hij wijst naar de donkerste hoek van het café. Ik wissel twee euro, gooi de muntjes in het toestel, pak mijn agenda, zet mijn tas tussen m'n benen, klem de hoorn onder mijn kin en vervloek het feit dat ik mijn mobiele telefoon ben vergeten.

Bij Lianne krijg ik de voicemail, bij Joris wordt niet opgenomen. Vast onderweg, denk ik terwijl ik het nummer van kantoor draai. Vreemd genoeg is het in gesprek, ook als ik het voor de derde keer probeer.

DINSDAG

De intercedent kijkt me met grote ogen aan, net zoals de beren op zijn stropdas. 'Dus je kwam op kantoor en toen kon je niet naar binnen omdat er een ander slot op de deur zat?'

'Ja,' zeg ik ongeduldig. 'En telefonisch krijg ik Lianne en Joris ook niet te pakken. Weten jullie misschien wat er aan de hand is?

En als er wat aan de hand is, krijg ik dan wel betaald? Het gaat om bijna twee maanden werk.'

'Ik zal eens zien wat ik kan doen.' Hij staat op, loopt naar achteren en begint te smoezen met een wat oudere vrouw.

Ik steek een sigaret op, maar als ik de as wil aftikken, zie ik nergens een asbak. Vast weer een rookvrije zone. Ik doe het dus maar achter een bureaupoot, druk de sigaret uit op de zool van mijn pump en stop de peuk in mijn tas. Ik zou er ook eigenlijk mee moeten stoppen.

Dan komt de intercedent terug. 'Wim is met vakantie,' zegt hij, 'en die heeft verstand van dit soort zaken. Maar we bellen je zodra we iets weten.'

'En wanneer is die meneer Wim terug?' vraag ik. 'Ik moet wel de huur van deze maand betalen.'

'Over een week of drie.' En ijzig glimlachend herhaalt hij: 'We bellen je zodra we iets weten.'

Thuis probeer ik eerst Lianne en Joris weer te bellen, maar er wordt niet opgenomen. Ik schrijf een brief aan beiden en doe die meteen op de bus. Daarna orden ik mijn bankafschriften om inzicht te krijgen in mijn financiële situatie. Daar word ik zo somber van dat ik twee aspirines neem en in bed ga liggen met het kussen op mijn hoofd.

Om halfzes heb ik genoeg moed verzameld om weer op te staan. Nou ja, eigenlijk heb ik gewoon honger. Ik kleed me aan en fiets naar Gina. Ze doet open met een pollepel in haar hand. 'Ik wilde net gaan eten,' zegt ze, 'maar kom binnen, er is genoeg.'

'Dat hoopte ik al,' zeg ik. 'Ik heb geen geld, ik krijg het misschien ook niet en ik ben weer werkloos.'

'Zo te horen heb jij een glas wijn nodig.'

Ik ga aan de keukentafel zitten en kijk hoe ze soep opschept. Dan komt ze tegenover me zitten. Nadat ik het verhaal van de dichte deur heb verteld, zegt ze: 'Het klinkt alsof ze failliet zijn gegaan, maar het is bepaald niet netjes dat ze jou niet hebben ingelicht.'

'Het ergste is dat ik misschien niet betaald krijg.'

'Nou, volgens mij moet het uitzendbureau je betalen, daar ben je in dienst.'

'In ieder geval gebeurt er niets voordat ene Wim terug is van vakantie,' zeg ik. 'En ik word zo moedeloos van geldgebrek. Sinds jij niet meer bij me woont, kan ik mijn vaste lasten nog maar net opbrengen. Ik weet gewoon niet waar ik komende maanden van moet leven.'

'Dus je staat nu al rood,' concludeert Gina.

'Behoorlijk,' zucht ik.

'Je kunt natuurlijk geld van mij lenen, of van papa en mama,' zegt ze. 'Maar ik zou wel zo snel mogelijk weer een baan zoeken. En waarom ga je niet goedkoper wonen? Dan heb je weer wat financiële ruimte.'

Ik schenk mezelf nog eens in en begin een klaagzang over hoe oneerlijk het is verdeeld in de wereld, dat mij aan de lopende band rottigheid overkomt terwijl bij anderen alles wel altijd goed gaat.

Als ik even diep ademhaal, zegt Gina: 'Zo kan ie wel weer, zusje. Ik vind het heel vervelend voor je, maar zulke dingen gaan niet vanzelf over. Je zult wat moeten ondernemen. Koop morgen de krant, ga weer naar het uitzendbureau.'

'Mooi dat ik niet naar hetzelfde bureau ga,' zeg ik strijdlustig. 'Nog een keer oog in oog met die blije beren en ik ga gillen.'

November

'Uitgekaterd?' vraagt barkeeper Bob van De Arena als ik een biertje bestel.

Ik krijg een kop als een boei. 'Ik stortte niet in door drank, maar door griep.'

'Dat zeggen ze allemaal,' grijnst hij.

Ik heb zin om op te stappen, maar ik heb hier met Claire afgesproken. In een hoekje ga ik op haar zitten wachten.

Even later komt ze met swingende passen binnengelopen. 'Zo werkloze,' zegt ze, 'nog wat drinken?'

'Ik wil weg.' Ik pak mijn jas. 'Bob moest meteen een opmerking maken over die avond dat ik ziek werd.'

'Doe niet zo moeilijk.'

Terwijl Claire bestelt, versnipper ik een bierviltje. Dan voel ik een hand op mijn schouder. Met een ruk draai ik me om en kijk in het lachende gezicht van Ageeth. 'Hé, wat leuk dat je er bent,' zeg ik.

'Claire belde vanmiddag,' zegt ze. 'Ben je weer helemaal beter?'

Wanneer we met z'n drieën zitten te kletsen, bestudeer ik Claire en Ageeth. Kijken ze elkaar nou af en toe aanhankelijk aan, of verbeeld ik me dat? Maar ik durf niets te vragen, bang dat Claire weer vindt dat ik me te veel met haar bemoei.

DINSDAG

Voor de derde keer kijk ik in mijn agenda, maar het adres klopt. In deze gigantische kantoorbunker moet ik zijn. Achter de balie zit een meisje met opgestoken blond haar dat me naar de vierde verdieping verwijst. Terwijl ik op de lift sta te wachten, kijk ik eens goed om me heen. Wat een chique boel: een marmeren vloer, overal halogeenlampen, echte kunst aan de muur...

Voor de spiegel in de lift trek ik snel het splitje van mijn rok weer naar het midden. Op de vierde verdieping is net zo'n balie als beneden, alleen zit er nu niemand achter. Ik kijk op mijn horloge: ik ben precies op tijd. Er staat een bank met grote, gele kussens, maar ik ben bang dat ik daar niet kreukvrij uitkom.

Net als ik elk vlekje op een zeefdruk wel heb bekeken, komt een vrouw met grijs haar en een bril aan een koordje aangelopen. 'U bent Floor Faber?' vraagt ze. 'Lea Driessen, personeelsmanager.' Nadat ze me een koude hand heeft gegeven, gaat ze me voor naar haar kamer. Ze pakt een map en zet haar bril op. 'Het uitzendbureau heeft me uw cv gefaxt, maar er waren enkele lacunes. Uw vorige werkgever is failliet gegaan?'

'Dat klopt,' zeg ik.

'En bij de werkgever daarvoor heeft u met onmiddellijke ingang ontslag genomen.'

'Klopt ook.'

'Wat was de reden?'

'Persoonlijke omstandigheden,' zeg ik grimmig.

Ze legt haar bril weer op haar borst en spreekt me toe over het bedrijf, terwijl ze me aankijkt alsof ik net een koekje uit haar trommel heb gepikt. Dan besluit ze met: 'We nemen nog contact met u op.'

Zodra ik buiten ben en uit zicht van de blondine achter de balie, maak ik een paar rare sprongetjes.

Gina zit een krant te lezen in het koffietentje waar we hebben afgesproken. Ik bestel een cappuccino en schuif aan. Enthousiast
begint ze te ratelen. 'Ik heb een advertentie opgesteld voor het
Tafeltje-Dek-Je-Voor-Yuppen-Plan. Wil je 'm lezen?' Over tafel
schuift ze me een briefje toe waarop staat:

> Lekker eten zonder gedoe? Traiteur Gina brengt Bourgondi-
> sche maaltijden bij u thuis vanaf vijftien euro. Een kok bij u in
> de keuken behoort ook tot de mogelijkheden. Bel voor inlich-
> tingen...

'Ik ga hem plaatsen in het *Stadsblad* en een mooie site maken,'
zegt ze. 'Misschien komt mijn catering nu eindelijk echt van de
grond. Waarom zet jij niet meteen een advertentie voor woningruil? Dan lopen we zo even langs het kantoor van de krant.'

'Ik weet het niet,' aarzel ik. 'Er gebeuren al zoveel nieuwe dingen. Straks heb ik én een nieuwe baan én een nieuw huis. Ik
word al moe bij de gedachte.'

'Je moet het zelf weten, maar ik dacht dat je in geldnood zat.'

'Dat zit ik ook.'

Even later lopen we over de markt om ingrediënten te kopen
voor de cateringopdracht die Gina morgen heeft. Ze koopt vis
met uitpuilende ogen en allerlei ingewikkelde groentes. Ik kijk
intussen naar leuke truien en beha's die bijna niets kosten, maar
voor mij te duur te zijn. Als Gina genoeg eten heeft ingeslagen,
zegt ze: 'Hier vlakbij zit dat kantoor van het *Stadsblad*. Loop je
mee?'

'Goed hoor.' Inmiddels ben ik zo gefrustreerd dat ik toch maar
een advertentie zet voor woningruil.

Tegen een uur of vijf rijden Gina en ik met een auto vol heerlijke hapjes naar een dure wijk. Ze is zo zenuwachtig dat er geen zinnig woord met haar is te wisselen. Bij een oprijlaan met twee stenen leeuwen zegt ze: 'Hier is het.' Ze zet de motor uit en we staren naar het huis. Het is zo groot dat er met gemak vier gezinnen kunnen wonen. 'Zullen we hard wegrijden?' stelt Gina voor.

'Doe niet zo idioot,' antwoord ik.

Ze start de motor weer en we rijden de oprijlaan op.

Als we aanbellen, doet een jonge vrouw open. 'O geweldig, de catering,' zegt ze. 'Jullie kunnen beter even achterom rijden.' Ze legt uit hoe we bij de keuken komen. Daar staat ze op ons te wachten. 'Kom binnen,' zegt ze. 'Hier kunnen jullie alle spulletjes neerzetten en hier achter is de keuken. O, ik heb me nog niet voorgesteld hè? Ik heet Samantha.'

Verbijsterd kijken Gina en ik om ons heen: dit is de best uitgeruste keuken die we ooit hebben gezien. In het midden staat een kookeiland, elk denkbaar keukenapparaat is aanwezig en het ziet er allemaal verschrikkelijk luxe uit.

'Meestal gaan Joop en ik uit eten,' zegt Samantha. 'Maar ja, soms moet je zelf ook eens een feestje geven. Hopelijk redden jullie het een beetje, want ik ben bang dat ik niet kan helpen. Een ei koken is voor mij al een probleem.'

'Dat zal wel lukken,' zegt Gina.

Een uur later staat mijn zus ijverig in pannen te roeren en heb ik me omgekleed in een serveersterspakje. Zodra de gasten er zijn, rangschik ik de borrelhapjes op een schaal en loop ik naar binnen. De eerste aan wie ik een toastje kreeft presenteer is Joris. Met een brede grijns pakt hij het van me aan. 'Floor, wat leuk om je weer te zien.'

'Ontzettend leuk, ja.' Mijn hart bonst in mijn keel. 'Heb je mijn brief niet ontvangen? Realiseer je je wel hoe het voelt als je naar je werk gaat maar er niet in komt omdat er een nieuw slot op de deur zit?'

'Er waren wat probleempjes,' antwoordt Joris.

'En had je je personeel daarover niet moeten inlichten? Wat is er in godsnaam...'

Samantha onderbreekt mijn tirade. 'Floor, ik denk dat de andere gasten ook wel een toastje willen.' Ze begint een geanimeerd gesprek met Joris.

Ik maak een rondje met de kreeft maar houd mijn voormalige werkgever goed in de gaten. Hij speelt weer echt de charmeur. Met mijn lege schaal loop ik de keuken in. 'Weet je wie er binnen zit?' zeg ik tegen Gina. 'Joris, en hij amuseert zich kostelijk. Ik wilde net vragen wat er met het kantoor is gebeurd, toen Samantha me onderbrak.'

'Je hebt toch geen scène gemaakt?' vraagt Gina geschrokken. 'Dit is een belangrijke opdracht voor me.'

'Natuurlijk niet.' Maar mijn bloed begint te koken wanneer ik bedenk dat Lianne me heeft overgehaald om bij het kantoor te blijven toen ik ontslag wilde nemen. En wat leverde al die loyaliteit me op? Ik ben werkloos en heb geen geld, terwijl die plurk lekker toastjes staat te eten. Met opeengeklemde kaken ga ik een schaal cheddarsoufflés presenteren. Ik negeer Joris, die naar me knipoogt wanneer ik langs hem loop.

Een uur later neemt het gezelschap plaats in de eetkamer. Joris zit tussen Samantha en een brunette met een hippe bril op. Na de vis in gelei serveren Gina en ik de soep. Ik buig me voorover om het bord van Joris neer te zetten, maar dan geeft hij een klapje op mijn bil. Daar raak ik zo van uit mijn evenwicht dat ik het bord laat vallen. Precies in zijn kruis.

Met een schreeuw van pijn komt hij overeind. 'Stomme trut, kun je niet uitkijken?' De vermicelli maakt bizarre figuren op zijn donkerblauwe maatkostuum.

'Sorry,' mompel ik.

'Joop,' zegt Samantha kil, 'neem jij Joris even mee naar boven zodat hij een schone broek kan aantrekken.'

'Hoeft niet, het valt wel mee,' zegt Joris terwijl hij zijn broek dept met een servet.

Inmiddels heeft Gina een doekje uit de keuken gehaald. Ze begint voorzichtig zijn broek schoon te maken.

'Nou heren,' zegt hij lachend, 'om deze behandeling te krijgen, wil ik best nog een keer een bord over me heen krijgen.'

'Stuur de rekening van de stomerij maar op,' zegt Gina als zijn pak weer een beetje toonbaar is.

'Reken maar dat die pittig zal zijn,' antwoordt hij met gedempte stem.

Zodra we in de keuken zijn, valt Gina tegen me uit: 'Dat deed je expres! Je hebt mijn diner verpest omdat je Joris een zielige streek wilde leveren. Denk maar niet dat die Samantha mij ooit nog een opdracht zal geven, en die andere gasten ook niet. Ze zullen zich niet het lekkere eten herinneren, maar die stomme serveerster die borden soep laat vallen.'

'Sorry, ik deed het niet expres.' De tranen springen in mijn ogen. 'Hij gaf me een klap op mijn kont en toen liet ik het bord vallen.'

'Roer jij maar in die pannen of zo, of begin alvast met de afwas,' zegt ze. 'Jij komt de eetkamer niet meer in. Ik denk niet dat ik je ooit nog bij een diner laat helpen.'

Pas als we rond één uur 's nachts naar huis rijden, wil ze weer met me praten.

December

Robert, de man die op mijn woningruiladvertentie heeft gerea-
geerd, had het over een redelijk grote woonkamer, een piepklein
keukentje en een gemeenschappelijke ruimte om een wasmachine in te zetten. Maar de huur is fantastisch laag, het zou me
tweehonderd euro per maand schelen.

Ik neem de bus, want het regent. Buiten zie ik een hulp-Sin-
terklaas die zijn mijter krampachtig vasthoudt zodat ie niet
wegwaait en een Piet in gevecht met een omklappende paraplu.
Ik stap uit in een buurt die ik wel ken omdat de markt er vlakbij
is. Nadat ik even heb gezocht, bel ik aan bij een nieuwbouwflat.

'Kom maar boven,' klinkt het door de intercom, 'de bovenste
etage.' Er is geen lift. Ik heb klamme zweethanden en hijg als een
paard wanneer ik Robert een hand geef.

Zijn ogen zijn diepbruin. 'Het went wel, die trappen,' lacht
hij. 'Je moet alleen niets vergeten.'

'Goed voor mijn conditie,' zeg ik buiten adem.

Ik loop achter hem aan terwijl hij de flat laat zien. Het is niet
groot, maar groot genoeg voor mij alleen. Jammer genoeg kun je
in de keuken bijna je kont niet keren en kunnen op het balkon
niet meer dan twee stoeltjes staan. 'Het lijkt me wel wat,' zeg ik
uiteindelijk. 'Zullen we nu naar mijn huis gaan kijken?'

Even later trekt Robert bij mij thuis een kast open. Een berg
slipjes en beha's valt op de grond. 'Sorry,' zegt hij.

Met rode wangen prop ik de katoenen gevalletjes zo snel mogelijk terug. Dan ga ik hem voor naar de badkamer (gelukkig heb
ik vanmorgen nog met een satéprikker de haren uit het afvoer-
putje gevist) en het balkon (drie volle vuilniszakken en twee do-

zen oude kranten heb ik gisteren weggebracht). 'Wat denk je ervan?' vraag ik na het rondje Huize Floor.

'Tja, ik weet niet,' zegt hij. 'Het is wel wat groter dan bij mij, maar ik ga ook veel meer huur betalen.'

'De buurt is hartstikke leuk,' probeer ik. 'En hier heb je eindelijk een groot balkon en een redelijke keuken.' Ik voel me als een makelaar die een onverkoopbaar pand aanprijst.

'Ik moet er nog even over nadenken,' zegt Robert. Hij ritst zijn jas dicht. 'Ik bel je voor kerst.'

'Uitstekend,' zeg ik, overdreven vriendelijk glimlachend, 'maar ik houd het niet voor je vast, hoor. Als ik nog een reactie op mijn advertentie krijg, is ie misschien weg.'

'Ik kijk ook nog even verder.' Met die weinig opwekkende mededeling loopt hij de trap af.

Ik zet water op voor een kopje thee en draai het nummer van Gina. Ze heeft me niet meer gebeld na het cateringfiasco, maar ik hoop dat ze eroverheen is.

Zodra ze opgenomen heeft, doe ik enthousiast verslag van Roberts huis. Echt geboeid lijkt ze niet. 'Ben je nog steeds kwaad?' vraag ik uiteindelijk. 'Ik heb dat bord soep echt niet expres in Joris' kruis laten vallen, hoor.'

'Nee, dat is het niet,' antwoordt ze. 'Op mijn advertentie heb ik maar één telefoontje gehad: Theo, mijn buurman.'

'Gedverdemme, die griezel.'

'Maandag ga ik zijn eerste maaltijd brengen. Ik kon toch moeilijk zeggen dat ik niet wil koken voor enge mannen?'

'Je had je er wel met een smoesje vanaf kunnen maken, toch?'

'Ik kon zo snel niks verzinnen,' zegt ze.

We praten nog even en daarna zet ik de televisie aan. Maar het lukt me niet om me te concentreren. Van mijn sollicitaties en de uitzendbureaus heb ik nog steeds niets gehoord, waardoor ik me zorgen maak over werk, wonen en geld. Dus zo'n beetje de pijlers van het menselijk bestaan.

Nou ja, je hebt natuurlijk ook nog liefde, maar ik kan me bijna niet meer herinneren hoe dat voelt.

ZATERDAG

Claire en Ageeth zitten de hele avond aan elkaar te friemelen en te lachen om voor mij onbegrijpelijke grapjes. 'Ik haal nog wat te drinken,' zeg ik, maar ze horen me niet eens.

Naast me aan de bar staat een man met een bril me geïnteresseerd op te nemen. 'Je vriendinnen lijken zich prima te amuseren,' zegt hij.

Grimmig antwoord ik: 'Zij wel.'

'Dan blijf je toch hier?' Hij bestelt twee whisky en we praten over werk, wonen, geld en liefde. Ook hem gaat het niet allemaal even makkelijk af. Omdat hij zich te pletter werkt om zijn bedrijfje op poten te krijgen, is zijn vriendin weggelopen met bed en bankstel. 'Dus nu slaap ik op de grond.'

Ik giechel boven mijn vierde whisky: 'Als het tegenzit, heb ik binnenkort helemáál geen dak meer boven mijn hoofd!'

Claire en Ageeth komen gedag zeggen. Ik wil ze voorstellen aan de man met de bril, maar Claire fluistert in mijn oor: 'We brengen je wel even naar huis, volgens mij heb je genoeg gehad.'

'Jij weet helemaal niet hoeveel ik heb gedronken,' zeg ik boos. 'Jij had de hele avond alleen maar aandacht voor Ageeth.'

'Hier heb ik geen zin in,' zegt Claire, en ze trekt haar vriendin mee het café uit.

Tegen de bril zeg ik: 'Dat is nou ware liefde.' En weer moet ik ontzettend lachen.

Alles doet pijn, zelfs het openen van mijn ogen. En het eerste wat ik zie, is een keelholte waar met elke ademtocht een zware whiskylucht uit zwemt. Ik knipper met mijn ogen, maar het is waar: ik lig niet in mijn eigen bed met de kat, maar op een campingmatrasje met een man. De man met de bril, die er zonder bril een stuk jonger uitziet.

De beelden van afgelopen nacht komen langzaam terug. Volgens mij hebben we nog wel iets geprobeerd, maar hij werd slap zodra hij het condoom omdeed. Hij was gewoon te dronken. Of ik, dat kan ook.

Geruisloos glijd ik onder de slaapzak vandaan en in mijn broek. T-shirt aan, trui aan, waar is mijn beha? Zo voorzichtig mogelijk wroet ik onder de slaapzak, maar hij wordt er toch wakker van.

'Dag,' zeg ik.

'Dag,' zegt hij tastend naar zijn bril.

'Hij ligt links,' zeg ik. 'Ik ben zo weg, even mijn... Ah, hier heb ik 'm.'

Ik prop het ding in mijn jaszak en loop naar de deur.

'Wil je geen koffie of zo?' vraagt hij.

'Nee hoor.' Buiten bedenk ik dat ik niet eens zijn naam weet, en daar word ik ineens zo ontzettend verdrietig van dat ik huilend op de bus sta te wachten.

MAANDAG

De hele stad is in kerststemming, zelfs in het uitzendbureau klinkt een opgewekt 'Jingle bells'. Ik voel me helemaal niet opgewekt. Als mijn financiële zaken niet snel worden geregeld, eindig ik deze kerst zelf in een stal.

De intercedente kijkt me glazig aan. 'U vroeg naar meneer Wim?'

'Het advocatenkantoor waar ik werkte, is waarschijnlijk failliet gegaan en meneer Wim is degene die ervoor kan zorgen dat ik toch uitbetaald krijg.'

'O, dan zal ik even kijken of hij er is.' Ze loopt weg op klikkende hoge hakjes.

Ik pak een oude kassabon, scheur hem in twee repen en maak er een muizentrap van. Je moet toch wat, als roker in een rookvrije zone. Ik probeer er net een andere kassabon achteraan te vlechten als ze terugkomt.

'Wim is even naar een klant,' zegt ze, 'tegen een uur of twee is hij weer terug.'

'Bedankt,' zucht ik. Het is nu kwart voor elf. Ik kan naar huis gaan of ruim drie uur in de stad doorbrengen. Ik loop naar buiten. De meeste winkels zijn nog niet open. In een koffietentje bestel ik een cappuccino en pak ik een zaterdagkrant die ik nog niet heb nagekeken op baantjes. De advertenties die me wel wat lijken, scheur ik stiekem uit. Een uur later sta ik weer op straat. Ik bekijk wat winkels, maar heb het bitter koud in mijn te dunne winterjas. Hoe ging het ook alweer met dat meisje met de zwavelstokjes? Die vroor toch dood omdat ze niet genoeg lucifers wist te verkopen? 'Verman je, Floor,' zeg ik tegen mezelf. Ik loop het eerste het beste uitzendbureau in.

'Ik moet onmiddellijk werk,' zeg ik tegen het meisje achter de balie. 'Onmiddellijk.'

'Heb je horeca-ervaring?' vraagt ze terwijl ze een map pakt.

'Natuurlijk,' zeg ik. Nu pas zie ik dat dit een gespecialiseerd uitzendbureau is. Maar het maakt me niet uit wat ik ga doen, als er maar snel weer werk komt.

Ze vraagt duizend dingen aan me, ik moet formulieren teke-nen en passen laten zien. Dan zegt ze: 'We bellen je zodra we iets hebben.'

Ik voel me iets blijer als ik weer buiten sta. Het is halftwee, dus ik besluit vast naar het uitzendbureau te lopen. Misschien is meneer Wim wel eerder terug.

De glazig kijkende intercedente schudt langzaam haar hoofd. 'Wim ging toch nog even naar een andere klant. Probeer het morgen maar opnieuw.'

Dan ontplof ik. Ik brul dat dit uitzendbureau me móét uitbe-talen, dat ik geen eten meer kan kopen, dat het goddorie bijna kerst is en dat die achterlijke meneer Wim mij maar moet bellen. Ik stamp weg en sla de deur hard achter me dicht. Vijftig meter verder heb ik al spijt. Ik geloof niet dat ik daar ooit mijn gezicht nog durf te vertonen.

DINSDAG

Om vijf uur gaat de wekker, maar ik moet dankbaar zijn, want ik ga werken. Gistermiddag belde het horeca-uitzendbureau al dat ze een leuk klusje voor me hadden: ontbijt serveren. Ik sta op, zet koffie en stap onder de douche. Ik voel me brak, terwijl ik toch om tien uur al in bed lag. Maar ik heb dan ook tot minstens twee uur liggen tobben. Op mijn motor rijd ik naar een hotel vlak bui-ten de stad. Ik meld me bij de receptie en word verwezen naar een enorme keuken. Een dikke jongen met een strikje om zijn nek vertelt waar ik me kan verkleden en dat ik daarna glazen moet gaan opwrijven.

Tussen blikken gepelde mandarijntjes op sap en dozen vol kaarsen trek ik mijn serveersterspakje aan. Vervolgens begin ik ijverig met de glazen.

Naast me staat een fit uitziend meisje met donkerbruin haar. Ze vertelt dat ze op een horecaopleiding zit. 'En jij?'

'Ik dicht gaten,' mompel ik.

Onverstoorbaar babbelt ze door over collega's, haar toekomstplannen en haar vriend. Ik voel me alsof ik elk moment met mijn snufferd op de glazen kan klappen.

Tegen een uur of zeven komen de eerste hotelgasten naar het ontbijtbuffet. Ik moet langs de tafels lopen met loodzware kannen koffie en thee om de koppen vol te schenken. Er zitten een troep Japanners, een zwijgend Duits stel, een clubje oude dames uit Engeland en wat losse zakenmannen en -vrouwen. Ik ruim tafels af, schenk nog meer koffie en thee in en wrijf enorme hoeveelheden bestek en glazen op. Tegen een uur of één rijd ik weer naar huis, zo moe dat alles in mijn lichaam pijn doet.

Voordat ik in bed stap, luister ik mijn voicemail af. Twee ophangers, Gina die ademloos meldt dat ze me móét spreken, want 'Wat me nou is overkomen!' en meneer Wim.

Met trillende handen bel ik terug. Komt er nu een einde aan mijn financiële crisis? Ik ben klaar voor een scheldpartij, maar meneer Wim is me voor. Hij vindt het heel erg voor me, dit had nooit mogen gebeuren en hij zal zo snel mogelijk mijn achterstallige salaris overmaken. Blij ga ik in bed liggen.

Tegen een uur of zes kom ik eruit. Ik ben soep aan het opscheppen als de bel gaat. Gina komt de trap op gerend. 'Dit geloof je niet,' zegt ze. Met haar jas nog aan gaat ze tegenover me aan tafel zitten.

'Ook zin in erwtensoep?'

Ze kijkt naar de groene kledder. 'Ik begrijp niet dat je dat kunt eten.'

Ik schep op, neem een grote hap en wil 'Mmm, heerlijk,' zeggen. Maar dan knapt een gloeiend heet knakworstje tussen mijn kiezen.

'Ik had toch een cateringklus bij mijn bovenbuurman?' vertelt Gina. 'Gisteravond belde ik om zeven uur aan met mijn tas tortilla's. Theo deed open in een glimmende kamerjas. Een beetje vreemd vond ik dat wel, maar ik dacht: een heleboel mensen kijken tv in joggingpak, dus waarom niet in een kamerjas? Hij ging me voor naar de keuken. Ik legde hem uit op welke stand hij de tortilla's moest opwarmen en dat de mousse au chocolat nog even in de ijskast moest. De hele tijd stond hij zo opdringerig dicht bij me dat ik zijn aftershave kon ruiken, maar hem wegduwen vond ik ook zo raar. Toen liet ik mijn lege plastic tas vallen. Ik bukte me om hem op te rapen, maar Theo ook. Zijn kamerjas fladderde daarbij open, en wat denk je dat ik zag? Geen onderbroek, een erectie!'

'Jezus wat een lul,' zeg ik. 'Je hebt hem toch wel op zijn bek geslagen?'

'Ik wist niet waar ik kijken moest. Toen zei hij: "Poppetje gezien, kastje dicht,"' en knoopte zijn kamerjas dicht met zo'n rare grijns. Ik werd er bloednerveus van en ben min of meer naar beneden gerend. Ik heb mijn voordeur op slot gedaan en heb jou gebeld.'

'Niet gehoord, ik lag al in bed,' zeg ik.

'Ik wist niet dat je ontbijten serveerde,' vervolgt ze, 'dus toen er om een uur of elf werd aangebeld, dacht ik dat jij het was. Wie zou het anders moeten zijn? Nou, het was weer Theo de Groot in kamerjas. Het had hem heerlijk gesmaakt, zei hij, en hij kwam nu de bordjes terugbrengen. Hij wilde een gezellig praatje beginnen, maar ik heb mijn spullen uit zijn handen gegrist en de deur voor zijn neus dichtgeslagen. Vanmiddag belde hij of ik volgende week weer kom.'

'Dat ga je toch niet doen?'

'Natuurlijk niet. Ik heb gezegd dat ik het te druk had om nog voor hem te koken. Maar ik voel me niet meer lekker in mijn huis met een geile buurman boven mijn hoofd.'

'Niks van aantrekken,' zeg ik. 'Je moet je niet laten wegjagen door zo'n engerd. Gewoon afblaffen, dan vindt ie het vast niet meer leuk.'

Mijn zus zucht. 'Ik hoop dat het zo makkelijk is.'

Om haar op te vrolijken, trek ik een fles wijn open en zeg: 'Het goede nieuws is: meneer Wim van het uitzendbureau gaat me nog voor de feestdagen uitbetalen. Ik heb weer geld! En jij ook, want je krijgt je lening terug.'

'Maak daar maar half januari van, want voordat je met die kerstdrukte je geld hebt...'

'Je bent echt van de kaart,' stel ik vast.

'Vind je het gek?' zegt ze schril. 'Vannacht heb ik met een hamer naast mijn bed geslapen en bij elk geluid zat ik stijf rechtop.'

'Je moet je niet zo druk maken,' zeg ik. 'Je hebt toch goede sloten op de deur? En zodra er iets is, bel je mij of de politie. Die Theo komt echt niet zomaar je huis binnen.'

Ze kijkt me aan alsof ze elk moment in huilen kan uitbarsten.

WOENSDAG

Het is koud maar zonnig, dus ben ik op de fiets naar mijn werk gereden. Op de terugweg zie ik op de hoek van een straat een berg kerstbomen liggen. Een man met stoppels staat ernaast met zijn handen in zijn zakken. Ik stap af en vraag of hij een klein boompje heeft. Na wat gewroet in de dennen, toont hij me een boom op borsthoogte.

'Die past in mijn huis als ik mijn bank op het balkon zet,' zeg ik. 'Hebt u niet iets nog kleiners?'

Hij laat een rotboompje met kluit zien en noemt de prijs.

'En nu iets goedkopers, graag.'

'Deze mag je meenemen voor een tientje,' mompelt hij en hij haalt een boompje tevoorschijn dat aan een kant helemaal kaal is.

'Voor zeven vijftig neem ik hem mee,' zeg ik. Zo blij als een kind fiets ik even later naar huis.

Op de trap laat mijn boom een spoor van naalden achter, en Otje probeert er al in te klimmen nog voor de ballen hangen. Maar zodra ik hem versierd in een hoek heb gezet, kom ik in kerststemming. Ik zet een cd van Bing Crosby op, maak warme chocolademelk en ga in een stoel naast de boom zitten met Otje op schoot. Dan wordt er aangebeld. Met tegenzin sta ik op en roep naar beneden: 'Ja?'

'Ik ben het, Robert! Van de advertentie! Ik wil toch nog een keer naar je huis kijken.'

'Kom maar boven,' gil ik terug. Snel loop ik naar binnen om wat rommel te verstoppen. Ik hoop zo dat die woningruil doorgaat.

ZATERDAG

Claire zit aan de bar van De Arena een bierviltje te verscheuren.

Ik besluip haar van opzij en tetter in haar oor: 'Ik ga verhuizen!'

'Ik had je al aan zien komen,' zucht ze. 'Gefeliciteerd.'

'Niet te enthousiast worden,' zeg ik, en ik hijs me op een barkruk.

'Ik baal als een stekker,' zegt ze. 'Ageeth is vanavond uit met haar ex.'

'Het zal echt niet voor niets een ex zijn,' zeg ik. 'Zal ik je wat over mijn nieuwe etage vertellen? Ik begin een heel nieuw leven. De markt is vlakbij, zodat ik voortaan alleen nog maar verse groente zal eten, de ruimte is beperkt waardoor ik verplicht moet opruimen, en de huur is zo laag dat financiële crises voor altijd tot het verleden gaan behoren. Op alle fronten ga ik er geweldig op vooruit.'

Claire schudt meewarig haar hoofd. 'Geloof je het zelf? Je hebt een pesthekel aan groente en aan opruimen. En met geld omgaan kun je ook niet. Een nieuw huis zal daar heus niets aan veranderen.'

Beledigd zeg ik: 'Je hebt echt een rothumeur.'

'Sorry.' Ze bestelt nog een pilsje en we kijken een poosje zwijgend voor ons uit.

'Waarom maak je je zoveel zorgen?' vraag ik dan. 'Het gaat toch goed tussen jou en Ageeth?'

'Het gaat wel goed, maar zodra de naam van haar ex valt, raakt ze van de kaart. Het ging uit met die Mark omdat hij zichzelf wilde ontplooien of zoiets. Dat moest gebeuren in het buitenland en dat kon niet zolang hij een verhouding had met Ageeth. Nu is hij voor de feestdagen een paar weken over uit Nicaragua en ze is de hele week al van alles voor hem aan het regelen.'

'Haar ex is dus een man. Maak je je daarom zo druk?'

'Daar kan ik toch niet mee concurreren?' Met een ruk verscheurt ze het zoveelste bierviltje. 'Hij logeert zelfs bij haar. Goddank gaat hij half januari terug.'

Ik laat het even op me inwerken. 'Hij slaapt toch niet bij haar in bed?'

'Ze zegt van niet.'

Ik klop bemoedigend op haar arm en bestel nog maar eens.

Dat ontbijt serveren gaat me niet in de koude kleren zitten. Rillend van moeheid zit ik bij mijn ouders aan het kerstdiner. Gina is er niet, want die moet werken. Ze heeft het zelfs zo druk met haar catering dat ik haar de hele week nog niet heb gesproken.

Mijn moeder heeft weer enorm haar best gedaan: garnalencocktail, kalkoenrollade en ijs toe. Na het eten geven we elkaar de kerstcadeaus. Ik schaam me dat ik door mijn geldgebrek zo weinig uit te delen heb. Mijn moeder veinst enthousiasme als ze haar ovenwanten uitpakt en mijn vader lijkt echt verguld met zijn synthetische stropdas. Van hen krijg ik een cd, een sjaal en wanten, vitaminepreparaten en het halve kerstpakket van pap. Want: 'Dat kun jij veel beter gebruiken dan wij,' zegt mijn moeder.

Bij het afscheid omhels ik mijn moeder en zeg dat ze zich niet zoveel zorgen om me moeten maken.

'Daar zijn we ouders voor,' glimlacht ze.

ZATERDAG

Ferdinand, de broer van Claire, zwaait met een groots gebaar de deur open. Terwijl hij me stevig omhelst, gluur ik de woonkamer in. Hij heeft zijn hele huis versierd met engeltjes en dennentakken. Een gigantische tafel is prachtig gedekt met een wit kleed, allerlei soorten bestek en borden in verschillende kleuren. Vermoedelijk heeft hij aan een aantal mensen gevraagd of ze servies wilden meenemen. Elke gast moest ook een gerecht klaarmaken, maar omdat ik niet bekend sta om mijn culinaire kwaliteiten, kreeg ik de taak om de frisdranken te verzorgen.

Nadat Ferdinand mijn jas heeft opgehangen, breng ik de flessen spa en pakken jus naar de keuken. Ik kijk mijn ogen uit, want er staat genoeg eten om twee maanden van te leven en genoeg drank om net zo lang dronken te blijven. Maar Ferdinand heeft dan ook achttien gasten uitgenodigd.

Ik loop de kamer weer in en begin een gesprek met een jongen die ik vaag ken uit De Arena. Dan zie ik Claire, Ageeth en een jongen met romantisch donkere krullen binnenkomen. Als dat Mark is, heeft Claire alle reden om bezorgd te zijn. Hoewel, misschien lukt het me om zijn aandacht te trekken? Ik zet mijn verleidelijkste glimlach op en wil naar ze toelopen, maar dan roept Ferdinand dat we aan tafel kunnen.

Iedereen probeert op de briefjes bij de borden zijn naam te vinden. Claire en Ageeth gaan tegenover me aan tafel zitten, met tussen hen in de jongen met de krullen. Ageeth is druk met hem in gesprek.

'Is dat Mark?' fluister ik tegen Claire.

Ze knikt grimmig. Dat kan een gezellige avond worden.

Links van me zit een roodharige jongen in pak die geobsedeerd is door zijn andere tafeldame. Rechts van me zit nog niemand. Ik pak het kaartje dat op het bord ligt. Freek Borgman staat erop, maar die naam zegt me niets. Dan komt een man met een bril naast me zitten. Het is hém!

'Dag Freek Borgman,' zeg ik.

'Dag,' – hij spiekt op het briefje bij mijn bord – 'Floor Faber.'

Moet ik hem een zoen geven? Wat zijn de regels als je een onenightstand voor de tweede keer ontmoet?

Hij zet zijn bril af, poetst 'm schoon met de punt van zijn servet en zegt: 'Dit is een merkwaardige situatie. Je was die ochtend zo snel vertrokken. Ik wist je naam niet eens.'

'Ik moest… ik wilde naar huis,' stotter ik.

'Dat campingmatrasje ligt ook niet erg gemakkelijk,' zegt hij. 'Inmiddels heb ik een bed gekocht, maar dat komt pas over een maand. Hoe is het met je?' Met lichtgrijze ogen, die enorm worden vergroot door zijn bril, kijkt hij me belangstellend aan.

Terwijl ik vertel over mijn nieuwe carrière als ontbijtserveerster en mijn aankomende verhuizing, begin ik me langzamerhand te ontspannen. Ik ga hem steeds aardiger vinden. 'Hoe ben jij eigenlijk op dit feestje verzeild geraakt?'

'Ik ben al jaren bevriend met Celine, de vriendin van Ferdinand,' zegt hij. 'We kennen elkaar nog van de heao. Zij heeft me uitgenodigd omdat ze het zielig vond, zo'n man alleen met kerst. Tja, vorig jaar zat ik nog bij de schoonfamilie.'

'Ik ook,' zeg ik zacht. Ik krijg een flashback van een tweede kerstdag van jaren geleden. Erik en ik lagen de hele dag samen in bed, tot we ons pijlsnel moesten aankleden om nog op tijd bij zijn familie aan te treden. Maar ik krijg geen tijd om te verzinken in melancholische overpeinzingen, want Claire geeft me een schop onder tafel.

'Kun jij niet een leuk gesprek met die Mark aanknopen?' sist ze. 'Het bevalt me helemaal niet, zoals hij Ageeth opslokt.'

Ik wil pesterig opmerken dat ik me toch nooit meer met haar liefdesleven mocht bemoeien, maar als ik zie hoe ongelukkig ze kijkt, houd ik mijn mond.

Zodra het gesprek tussen Mark en Ageeth een seconde stilvalt, zeg ik: 'Hé Mark, ik hoorde dat je in Nicaragua werkt?'

'Hij zet daar een landbouwproject op voor de boeren,' antwoordt Ageeth. 'Vind je het erg, Floor, we zijn even in gesprek.'

Claire trekt een gezicht alsof ze azijn heeft gedronken.

'Je moet je ook niet opdringen aan tortelduifjes,' zegt Freek.

'Het ligt iets anders,' zeg ik. 'Claire heeft iets met Ageeth, en Mark is de ex van Ageeth die bij haar logeert.'

'Dat bewijst maar weer dat de liefde een ramp is,' antwoordt hij. 'Laten we daarop drinken.'

Ik hef mijn glas, maar zet het meteen weer neer. Ik vind het eigenlijk niet zo leuk om met Freek te drinken op de rampzalige kant van de liefde.

Na het eten zetten Ferdinand en Celine de tafel opzij, zodat er ruimte ontstaat om te dansen. Wanneer 'Last Christmas' van Wham! wordt gedraaid, gaat iedereen uit z'n dak. Nou ja, bijna iedereen, want Claire staat in een hoekje op een kaasstengel te kauwen.

Ik wil net naar haar toe gaan als het nummer is afgelopen, maar Freek trekt me in zijn armen. 'Een slow voor je onenightstand,' zegt hij. Zijn ogen twinkelen achter zijn bril.

Langzaam bewegen we op het zwoele ritme. Ik laat me helemaal gaan, tot harde vrouwenstemmen uit de gang opklinken. Even later hoor ik een deur dichtslaan en loopt Ageeth alleen de kamer in.

'Ik denk dat Claire is vertrokken,' zeg ik tegen Freek.

Hij trekt me nog dichter tegen zich aan.

Om een uur of drie gaan Freek en ik naar huis. Hij fietst met me mee, maar bij mijn voordeur blijft hij aarzelend staan.

'Wil je nog wat drinken?' vraag ik.

'Laat ik dat maar niet doen,' zegt hij. 'Ik bel je, oké? Ik weet nu hoe je heet.' Ik kijk hem na tot hij de hoek is omgeslagen. Even later lig ik alleen in mijn koude bed.

DONDERDAG

Met oliebollen, appelflappen en andere lekkere hapjes zitten Gina en ik op de bank. We brengen oud en nieuw samen door, voor de televisie, omdat we de volgende dag allebei vroeg moeten werken.

'Het is dat ik het zo druk heb,' zegt Gina, 'maar anders zouden deze dagen me echt naar de keel grijpen. Ik moet voortdurend denken aan wat er het afgelopen jaar allemaal is gebeurd: Gerard, dat ik dacht dat ik kanker had, de verhuizing.'

'Dat heeft iedereen rond deze tijd,' zeg ik en ik neem nog een oliebol.

'Ik heb gewoon elk jaar een kerstdepressie,' zucht ze.

'Misschien ben ik deze kerst wel de liefde van mijn leven tegengekomen,' grijns ik. Ik vertel over mijn hernieuwde ontmoeting met Freek.

'Laten we hopen dat ie belt,' zegt mijn zus cynisch.

Ik heb geen zin erop in te gaan, dus zet ik de tv wat harder, zodat we de oudejaarsconference goed kunnen volgen.

De laatste seconden tellen we samen hardop af en daarna vallen we elkaar in de armen. Het wordt het beste, mooiste, meest fantastische nieuwe jaar ooit.